Best Time

白 马 时 光

THE LOOP

循环

〔英〕本·奥利弗 著

肖心怡 译

百花洲文艺出版社

图书在版编目（CIP）数据

循环 /（英）本·奥利弗著；肖心怡译 . -- 南昌：百花洲文艺出版社，2023.5
 ISBN 978-7-5500-4829-4

Ⅰ . ①循… Ⅱ . ①本… ②肖… Ⅲ . ①幻想小说－英国－现代 Ⅳ . ① I561.45

中国版本图书馆 CIP 数据核字（2022）第 227705 号
江西省版权局著作权合同登记号：14-2023-0006

THE LOOP.BOOK 1 by BEN OLIVER
Original English language edition first published 2020 under the title THE LOOP.BOOK 1 by The Chicken House, 2 Palmer St, Frome, Somerset, BA11 1DS, UK
Text copyright © BEN OLIVER © 2020
All character and place names used in this book are © BEN OLIVER © 2020 and cannot be used without permission
The Author/Illustrator has asserted his/her moral rights.
This edition arranged through Andrew Nurnberg Associates International Limited
Simplified Chinese edition copyright: 2023 Beijing White Horse Time Culture Development Co., Ltd.
All rights reserved.

循环 XUNHUAN

〔英〕本·奥利弗 著　肖心怡 译

出 版 人	陈 波
出 品 人	李国靖
特约监制	王俊艳
责任编辑	黄文尹
特约策划	韩 优　董 妍
特约编辑	董 妍
版式设计	童 磊
出版发行	百花洲文艺出版社
社　　址	南昌市红谷滩区世贸路 898 号博能中心Ⅰ期 A 座 20 楼
邮　　编	330038
经　　销	全国新华书店
印　　刷	天津融正印刷有限公司
开　　本	880mm×1230mm　1/32
印　　张	10
字　　数	238 千字
版　　次	2023 年 5 月第 1 版
印　　次	2023 年 5 月第 1 次印刷
书　　号	ISBN 978-7-5500-4829-4
定　　价	52.80 元

赣版权登字：05-2022-249
版权所有，侵权必究
发行电话　0791-86895108　　　　　　网　址　http://www.bhzwy.com
图书若有印装错误，影响阅读，可向承印厂联系调换。

献给莎拉。

很抱歉这个故事里没有龙。

他被生命的汹涌澎湃，被存在的潮涌，被每一块肌肉、关节和肌腱的完美喜悦所控制，那是死亡的反面，那是光彩四射的，狂野蔓延的，在运动中表达自己，在星空下欢快地飞翔。

——杰克·伦敦《野性的呼唤》

循环监狱的第736天

能量收割开始了，空气中弥漫着的只有恐惧。这里就是这样，每晚同一时间，我们都要完成这道例行程序。

几分钟过去了，或许已经过去了几个小时——我也说不好——但在某一个时刻，我开始产生幻觉。

我的大脑从痛苦与恐慌中游离开去，身体也不在牢房。我站在黑路塔楼的屋顶，那是我曾经住过的地方，一座一千米的高塔。一个金发男孩在尖叫，一边从口袋里掏着武器，一边退向屋顶边缘。那个戴女巫面具的女孩离他太近了，我要是不做点什么，他会把她杀了的。

"退后！"他尖声叫着，声音因恐惧和愤怒而嘶哑。

他终于拔出了枪，向后退了一步，稍稍离那面具女孩远了些，瞄准她的头。

收割结束了。我的眼睛猛地睁开，身体完全被掏空。我躺在自己这间灰色小牢房里，躺在那坚硬的混凝土地板上，心跳声那么大，跳得那么快，我都能听到它在我周围从天花板延伸到地板的透明玻璃管壁上的

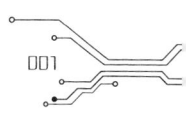

回声。

我试着为接下来的事情做好准备,试着屏住呼吸,但是来不及了。冰冷的水从天花板猛烈无情地倾泻而下,我确信我会窒息。那些管子里充满了含化学物质的水,我的肺像着火一般。疲惫的身体渴求氧气,可一旦尝试着呼吸,我就会被溺死。

仿佛过了一百年,身下的下水道被打开了,我被紧紧吸在地板上。水被抽干了,我被憋得够呛,连忙大口大口地吸气。

我赤裸地躺在管道底部,上气不接下气地咳嗽起来。热空气紧接着袭来,那是一股不停吹送的热风,我裸露的皮肤都要被烤焦了。

皮肤风干后,热风便停了,管道升了上去,又一次消失在了天花板上。接下来的好长一阵子,我都静静地躺在冰冷的地板上动弹不得。

在循环监狱,经政府许可的水刑,就是我们最接近洗澡的待遇了。

很快就要下雨了。每天晚上,尽管要忍受能量收割的痛苦,我却还是强迫自己保持清醒,等待雨。它会在午夜时分降临——就在能量收割结束后半小时,将会像季风一样持续三十分钟。

"小乐,和我说话。"我大口喘着气,勉强挤出这句话。墙上的屏幕点亮了。

屏幕说道:"你好,犯人。"那是个女人的声音,很平静,甚至让人感到一丝安慰。

"生命指标。"我下了指令。

"心率201,下降中。血压140/90。体温37.2摄氏度,呼吸速率41——"

"好了,好了,"我打断它,"谢谢。"

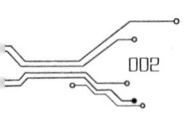

我努力站起来，双腿颤抖着，就这么简单的一个动作，也让我的肌肉极度紧张。我环视着自己的牢房，熟悉的环境让我的呼吸平复了些。牢房里四面都是灰墙，一面墙上有一扇三十厘米厚的门，一面墙上有一个显示屏，后墙上还有一扇小窗。我的单人床上铺着薄薄的床单，一个单薄的枕头，角落里有个不锈钢马桶，旁边一个洗手盆，此外还有我的一堆书和一张被焊接在地板上的桌子。除了这些，房间里就再没有别的了。

我看着墙上昏暗的屏幕，发现现在距午夜还有五秒。我感觉自己完全没有恢复过来，却还是拖动着疲惫不堪的双腿，颤抖着，拖着脚步走到房间后面，透过那个长方形的小窗户，集中全部的注意力看向天空。

我的呼吸依然沉重，只得从玻璃前退后了一步，以免它起雾，挡住视线。

漆黑的夜空中闪过几百个小爆炸的闪光。我的房间是隔音的，所以听不到任何声音。但我记得自己还是个孩子的时候，这种爆炸的声音听起来是怎样的。此刻我仿佛还能听到那撕心裂肺的回声。黑云在爆炸过后喷薄而出，聚集起来，形成了横跨天空的一层阴影。雨下得很大，第一颗雨滴从院子里的混凝土地面上弹了起来，但很快，那个位置却形成了一个深深的水坑。那股气味扑面而来——并不是真的有什么气味，但和前面一样，我想起了我童年时闻到过的那种气味，那是一种清新、纯净的气味。要是闭上眼睛，我确信能从鼻孔里感受到它。每次想到它，我都希望自己能从这里出去，感受雨洒落在我皮肤上的湿润，但我没法儿出去。

下雨预示着新的一天来临。今天是六月二日，我十六岁的生日。我已经被关在这里两年多了,现在已经是我在循环监狱的第 737 天。

"生日快乐。"我对自己说。

"生日快乐,犯人 9-70-981。"屏幕回复了我。

"谢谢你,小乐。"我喃喃着。

我躺下来,告诉自己不要哭,告诉自己眼泪不会有任何用处,它改变不了任何事。可我还是没能忍住。

我能感受到墙壁密不透风,能感受到那扇我永远也打不开的厚重的金属门,能感觉到一切都是徒劳。我告诉我自己,我可以不用再接受延迟死亡协议了,我可以拒绝它,接受我被判处死刑的事实。死刑是结束这一切的唯一方式。我不必再挣扎下去了。

这种感觉是如此徒劳,如此无望。当这社会的高层不再有共情,当所有的决策不再包含任何怜悯的成分,当人类的命运被交由机器来主宰,事情就会是这样。

循环监狱的第737天

我又在闹钟响之前醒来了。

我看着屏幕从暗淡的睡眠模式中亮了起来。

早晨七点二十九分,秒针走向七点三十分。叫醒服务也在此时响起。

"犯人9-70-981,今天是六月二日星期四,是你在循环监狱的第737天。你牢房内的温度是19——"

"别说了。"我一边咕哝着,一边把腿挪到床侧,站了起来。

"好吧。请选择早餐。"那声音说。

我告诉小乐给我吐司和橙汁。

我把脸转向屏幕,左上角有一张我的照片,是在我被关进来的那一天拍的。那真是张特别糟糕的照片:我的表情一脸茫然,黑色的皮肤上各种浅色的伤疤尤为突出,鼻子看起来比平常更大了,耳朵像壶把手一样从头上伸出来。要是我家有钱,这些不太寻常的五官出生前就会被调整掉了,但我是寻常人家的孩子,于是这大鼻子和大耳朵,以及后来留下来的伤疤就再也无法摆脱了。我倒是不介意——妈妈总是说它们让我与众不同。照片下面是屏幕每天早上都会读给我听的信息：日期和时间，我进监狱多少天了，我牢房里的温度，以及我的下一个执行死刑日期和重签延迟死亡协议的时间（这两个日子只相差一天）。

屏幕下方弹出来一块板子，上面是一个放着我的早餐的托盘，被传送到那张小小的金属桌子上。

吐司很干，难以下咽。吃完后，我把托盘放回那块板子上，传送带又把它带走了。

小乐又说话了："犯人 9-70-981，今天是星期四，给你发一套干净的制服。"

"噢，好的。"我说着，一边解开白色囚服前面的尼龙搭扣，一边把鞋子踢开。

我把监狱发的平角内裤也脱了下来（那玩意儿被浆洗得很硬，面料还很粗糙），把那捆衣服放到传送带上的托盘里。脏衣服从我面前消失了，我光着身子站在牢房中央等着，几秒后，一套干净的衣服出现在我面前，叠得整整齐齐，硬邦邦的。

我把大部分衣物都放到了床上，但是穿上了我特意要求随制服一起发放的短裤。我开始锻炼身体：俯卧撑、仰卧起坐、深蹲、门框上引体向上，然后是六组以上动作的不同变体，一直做到我汗流浃背，精疲力竭。通常我练上一小时就会停，但今天我想继续，想继续锻炼，我想要摆脱在身后追赶着我的痛苦。我又重复了一遍：俯卧撑、仰卧起坐、深蹲、引体向上。我就这么一直继续着，练到四肢再也没有力气了。

我疲惫地躺在地板上，任由疼痛把我压倒。

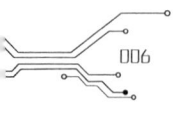

玛多克斯已经不在了。

我接受这个事实。我不再抵抗它给我带来的痛苦，我让它与我共存。

我用牢房里那个迷你洗手池给自己洗了洗，拿毛巾擦干，穿上新囚服。

"犯人 9-70-981，"小乐说，"准备收听 86 区总督盖伦·莱伊先生的每日讲话。"

"好极了。"我咕哝了句，回到自己的床上坐下，面对着屏幕。

整座城市，包括郊区的村庄里，巴克放映机将会停止放映全息广告，晶体镜片的所有游戏、增强现实和社交功能都会暂停，每台电视、虚拟现实模块和屏幕上都会强制播放盖伦的每日讲话。

他的脸出现在我小牢房的屏幕上，友好、热情、自信。

"公民们，早上好，"盖伦脸上露出狡黠的微笑，说道，"我知道你们都很忙，我就长话短说。"

我对这种每日政治广播节目毫无兴趣，但一旦观众的眼神离开屏幕，上面播放的内容就会暂停，直到我再次看向它。还是赶紧看完的好。

"我之前承诺过增加工程岗位，这件事情目前正在逐渐实现，我个人向你们保证，将会有百分之五十的非机器人工作留给'平凡人'。我们这里不是媒体讲的那样四分五裂，在我的任期内，绝对不会允许那种事情发生。"

我翻了个白眼，就在我眼神没有集中在屏幕上的这一秒，盖伦的画面停在了那里，举起一根手指，直到我再次看向他。他继续谈论起他的政策，说现在的第 86 区是它五十年来最成功的时刻——这可不一定。

他的演讲以惯常的口号结束——"团结一心"。接下来的两个小时，我都花在了读书上。我很幸运，被关进来一年后，和循环监狱的人类雇员，狱警瑞恩·索尔特成了朋友。她收藏古书——不是电子书，也不是能在什么介质上显示的那种，而是原始的纸质书籍。在循环监狱，牢房每三秒就会被扫描一次，检查犯人有没有逃跑，也检查是否有电子违禁品。在这种情况下，只有这样老式的纸质书能被成功偷运进来。我的床脚堆着一百八十九本书，从三百年前出版的书页早已受潮泛黄、文字的边角也褪了色的西部故事，到我出生的那一年的书，那是最后一本大批量印刷的纸质书。

要是碰到好书，我能读上一整天。有几本书我重复读了好几遍，它们的故事很棒，人物刻画得也好，让人印象深刻，如《血亲》《哈利·波特》《少年派的奇幻漂流》《黑暗的左手》……我不知道当年它们出版的时候是不是也很受欢迎。

现在，我正在读一本讲一个家庭被困在闹鬼旅馆的书，作者是个我挺喜欢的作家。我已经读了至少五本他的其他书，现在这本可能是最好的。

我之所以喜欢书，是因为它可以让我暂时迷失在别人创造出来的地方。只要我活在另一个世界，我就可以短暂忘记自己身处何处，是一个什么样的人。有时候我很需要这个。我想，在这一点上，我与那些居住在城市边缘高大塔楼里的人和贫民窟的人并没有什么分别。

十一点半，我房间的后墙开始慢慢往上滑动。墙的移动并没有声音，但我能听到鸟儿的鸣叫，能感觉到风和太阳的温暖。我放下书，站在墙边，看着它升起。

我们每天有一小时的户外锻炼时间，我会花四十五分钟在三角形的小院子里快速跑圈儿。

只有在门完全被打开的时候，你才能真正弄明白监狱的形状。正如

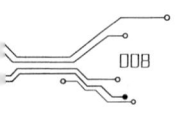

"循环监狱"这个名字一样,这建筑是个大大的环形,周长大约一公里,有一百五十五间牢房,中间有一个小缺口,是唯一的出入口——通过隧道系统连接循环监狱的黑暗列车。每个犯人的房间最宽处也不过三米,通往院子的那面墙有两米半。房间两侧各填了一米厚的混凝土,上方也有半米,所以隔音效果极好,还是防爆的——当然你也别想从这里逃出去。每个犯人都有一小块院子,这使得牢房呈锥形,延伸近六十米,一直通到中心那根巨大的混凝土柱子。柱子顶端便是无人机停放的地方。

锻炼时间是犯人们仅有的能与其他人交流的时间。我们互相看不到对方,因为有十五米高的墙把彼此隔开,但我们可以说话。墙才升起来还不到一半,我就听到了其他犯人的大喊和尖叫。我听到潘德尔·班克斯在唱她还能记起的来自外面世界的七首歌中的一首。把所有的七首都唱完后,她会重新再来一遍。

我能听到院子另一边无人机嗡嗡作响,对马拉查伊·班尼斯特发出威胁。班尼斯特喜欢爬上围墙,在上面待到机器人守卫的三秒警告倒数计时数到最后一秒,才跳下来哈哈大笑。我右手边过去第四和第五间牢房是波德和伊格比,他俩比较安静,但我也听到他们继续玩着他们那个奇怪的冒险游戏。他们的道具是五个骰子,是瑞恩偷偷给他们拿进来的。他们一定是特别诚实,要么就特别好骗,毕竟隔着高墙,谁也没法儿翻过去确认对方掷出的是几点。

我还听到"计划者小队"的讨论声从我的两边传来。他们一共有四个人,分别是我左边的亚当·卡斯威尔、富尔顿·康威、温彻斯特·肖尔和我右边的伍兹·拉夫卡,每天都在讨论如何从这里逃出去,想法时而荒谬(使用无人机的飞行技术飞过高墙)、时而精妙(一场周详的进攻计划,利用了延迟死亡协议,还要劫持黑暗列车)。他们其实也和其他人一样，十分清楚从循环监狱逃出去是不可能的，他们也知道我们在这里说的每一句话都会被录音，并且政府还能访问植入我们头部的针孔相机——尽管这是违法的，然而这一切都不能阻止他们继续讨论下去。

就在这一大片的混乱嘈杂中，我听到一个沙哑的声音一遍又一遍地尖叫，说他多么想杀了我。他不停地喊着我的名字，从后墙开始升起的那一刻，直到它完全打开，每一天都是这样。

"卢卡·凯恩——"他的声音十分刺耳，"卢卡·凯恩，我要杀了你！卢卡·凯恩，我要杀了你！"

这个尖叫的男孩是在我进来后的第 2 天被关进循环监狱的，至今已经 736 天了，罪名是谋杀。我承认，刚开始的几天我还挺害怕的。我一秒也没敢离开过自己的房间，总是一脚刚踏进院子，便马上收了回来。这样的行为会让"小乐"理解为我不想待在外面了，于是牢房的后墙便会被关上，我则再次身处一片寂静中。不过，很快我就发现了自己有多傻，因为他根本不可能接近我，他不可能翻越把我们隔开的那巨大的高墙，它们实在是太高了。即使他真想试试看，无人机也会立刻用带剧毒的飞镖将他射杀。

狱警告诉我，那个男孩的名字叫泰科·罗斯。他想杀了我，而最糟糕的是，我根本不知道他是谁，不知道他为什么想要我的命。

我的牢房墙壁终于升到了顶，我马上跑去了院子。我用我最快的速度跑起来，不断逼近身体的极限。我离中心那根柱子越来越近了，看着它在我的视野中渐渐变大，于是放慢脚步，用手掌碰了一下冰冷的混凝土柱子，然后再转身快跑回自己的房间门口。这样一来一回，只需要不到二十秒的时间。我就这么一圈又一圈地跑着，直到呼吸变得急促疼痛

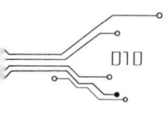

起来，肌肉仿佛火烧。我能感觉到乳酸在腿部堆积。我没有理会这疼痛，继续坚持着。这是我的反抗，这是我告诉政府我对这酷刑室的看法的方式。

我跑回中间，那堵隔开我与其他人院子的墙很近，触手可及。我想着右边的那片空地。那间牢房已经空了两天了，它曾经属于我最好的朋友玛多克斯·费尔法克斯。他也是个平凡人，再过三个月就要被转去绝境监狱了。玛多克斯经历了十一次延迟死亡协议，却没能活过最后一次。那是一次外科手术，他们取下了他的眼睛，换上了一种混合了实验室培育组织的高科技人造眼睛。这新眼睛起初还好好的。回到循环监狱的时候，他很难受，毕竟伤口刚刚缝合，还在肿胀，但他只需要从一面墙看向另一面墙，就能告诉我院子的确切尺寸，他能马上看出来收割管道的容量是多少升，能说出掠过头顶的一架飞机的高度、它行进的方向和速度。

但有一天，他不再是原来的玛多克斯了。他的身体开始对假体产生排异反应，眼睛里的组织开始感染。他们用黑暗列车把他带走，他再也没有回来。

这就是我们接受延迟死亡协议的风险。你向神明乞求，希望给你安排的是某种纳米技术试验、免疫接种，或是脱去所有体毛、改变眼睛颜色之类的美容注射，但每隔上一段时间，总有那么几个犯人被带走，接受延迟死亡协议安排的手术。回到这里后，当牢房后墙打开来到运动时间的时候，你可以听到他们痛苦的尖叫，因为医生们取走了他们的腿，或是肺，或是心脏，换上一些人造的四肢或器官。

延迟死亡协议是为优选人的利益服务的。这些试验的目的是要测试那些能让富人生活得更好的新产品，而循环监狱里的我们，就是富人们的小白鼠。

我想到玛多克斯，在我的庭审结束后，在小乐判定我在道德上对自己的行为有所意识并应当为自己的罪行负责后，正是他引导我度过了在循环监狱的最初几周。

我来到循环监狱的第4天，也是我终于壮起胆子敢去院子里多待一会儿的第1天，玛多克斯和我说话了。我们谈到了"延迟死亡协议"，我们都认为我们理应拒绝，宁可接受死刑，也不要屈服于政府的意志，但我们也都知道，无论是谁，都几乎无法拒绝这样的协议。选择死亡，就等于完全放弃了希望，而选择"协议"，不管事情发展到怎样绝望的程度，总还有一线希望。

六个月后，我迎来了我第一次真正意义上的"延迟死亡协议"（在我体内安装防逃跑装置的那一次不算）。我盯着屏幕看了很久，知道有一天我接受的延迟死亡协议，那可能是截肢，可能是骨骼置换，也可能是换上一种新的合成血液，知道它可能会失败，而我将痛苦地尖叫。在医疗中心负责人体实验的科学家们那里，可没有安乐死一说。他们会把患者带走进行观察，一刻也不间断地观察，直到他们死去。他们甚至不会给你止痛药。他们通过摄像头细细观察每一帧的画面，注视着身体对新装上去的四肢产生排异反应，或是新换上去的胰脏不再工作，或是静脉血管爆裂。他们记录下患者的疼痛等级，以及他们的身体对于失败实验的反应，然后依此调整方法，换一个犯人再次实施这项实验。

听说绝境监狱的情况更为恐怖，在那里，犯人六周就要签一次延迟死亡协议，而不是六个月。那地方比这里要新，是在七年前修建完成的。大家并不太清楚那里的情况，但我听到过一些流言，说那里的条件远比循环监狱艰苦，痛苦也更甚。犯人一旦长到十八岁，就会被送去绝境监

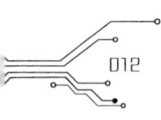

狱。730 天之后，我就要被送去那里了。

我克制住自己不去想延迟死亡协议，不去想绝境监狱，不去想死刑判决，不去想玛多克斯，只一心一意跑着，直到最后精疲力竭地瘫倒在墙边——那是隔开我和玛多克斯曾经的牢房的那堵墙。我一边大口吸着温暖的空气，一边想着优选人的呼吸会是什么样。他们体内的机械化供氧系统让血液中氧气循环的效率比天然肺要高出七倍，还有自动肺调节器，帮助清洁他们的心脏，并无声地将血液泵入静脉。

超人类、半机械人、优选人，这些家伙全都瞧不起我们这些平凡人，视我们如草芥。

听到左边过去几个院子传来的谈话片段时，我几乎屏住了呼吸。我强撑着站起来，挪到另一侧的墙边。在歌声和喊叫声中，在泰科·罗斯不间断的死亡威胁中，我听到一些零星的字句，那是一个男孩和一个女孩在讨论外面世界发生的事情。我认得那两个声音，是阿利斯泰尔·乔治和埃默里·费斯。

"他们在议论动乱的事呢，好像平凡人要起义……"说话的是阿利斯泰尔，但他的爱尔兰口音加上周围的嘈杂，让我没能听清后半句。

"怎么可能？"埃默里说，"这又怎么能办得到呢？这是场不可能赢的战斗呀。"

"有人说外面有战争，他们说……"我又听不清阿利斯泰尔的声音了。

"阿利斯泰尔，已经一百年没有过战争了。"

"确实没错，但你要怎么解释城里那些无缘无故失踪的人？我听说他们藏到红区去了。要是他们……"

我费尽力气想要多听几句，试图在噪声中捕捉完整的句子，但对话却被院子里传来的警笛声打断了。紧接着小乐的声音传来，通知我们一分钟内回到自己的房间。为了提醒我们不服从命令会发生什么，位于中心柱子顶部的无人机将会飞向空中，武器扫描起所有犯人。循环监狱的犯人们纷纷回到自己的牢房，我听到大家互相告别，潘德尔歌声的最后音符，还有泰科最后的叫喊，等着他们的又是寂寞和孤独的一天。

墙壁重新合了起来，我坐在床上，在一切回归死寂前享受微风拂过的声音。

我回想着埃默里和阿利斯泰尔之间的对话。他们谈到了外面的战争，但那是不可能的：世界是由唯一的政府管理的，而这个政府在小乐完美严密的逻辑的指导下运行。还有另一个理由说明这不可能：两个循环监狱里的犯人也不可能获知外面世界的消息。这里不允许探视，没有电视广播，没有晶体镜片，没有"清醒梦"沉浸系统，甚至没有虚拟现实系统。尽管所有这些设备使用的系统都是小乐，但我们没有办法访问任何信息，通过牢房里的屏幕也不行。我们唯一有机会与之面对面交流的人类就是狱警瑞恩，政府要求她每天下午过来一次，给我们送午餐。官员们认为这是一种仁慈（当然是在小乐的建议下），这样可以不让人们觉得犯人受到的是非人的对待。

我最后一次见到除看守、警卫和医生以外的外面世界的人，还是警察把我从家里拖出去的时候。那时我眼前的人是我的妹妹莫莉，她哭喊着哀求我不要去。

那是我还拥有自由的最后一天。我就那么被带到警察局，在那里供认了自己的罪行。接受了小乐的审判后，我被带去医疗中心，他们割开

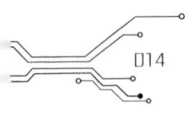

我的手腕，植入了一个盘绕在钴合金里的磁芯，再割开胸腔，在心脏上接上了一个装置。这算是我的第一次延迟死亡协议——循环监狱的每一个犯人都要接受这个手术，因为这是他们控制我们的方式，是他们防止暴乱和越狱的方式。

我尽量控制自己去不想这些。这是我真正生活的终结和在这里监禁的开始，是痛苦的回忆。来到这里后的日子毫无波澜地重复着，日复一日，没有任何事发生，没有任何事改变。当世界政府决定了事情应该这样运行，它就是不可改变的。

"小乐？"我看向屏幕。

"犯人9-70-981，什么事？"屏幕回答道。

"全景回放：在循环监狱的第733天，时间：上午十一点四十五分。"

"好的。"屏幕答道。那些统计数字消失了，取而代之的是植入我脑袋的全光学摄影机拍摄下的连续镜头。我听到沉重的呼吸声，那时我刚刚完成从柱子到门口的最后冲刺。镜头慢慢来到院子的间隔墙，我倒在墙边。

"喂，玛多克斯？"我自己的声音，在泰科的尖叫和潘德尔的歌唱声中传来，"玛多克斯，你在吗？"没有任何回应。

看录像的时候，心如刀割的感觉再次侵袭了我，但这一次我忍住了泪水。

终于，我听到了玛多克斯的声音，断断续续的，十分微弱。

"我想我终于要被他们弄死了，卢克。"这声音颤抖着穿过墙壁。

"你在说什么呢？"这是我自己的声音，语调轻松幽默。我以为我的朋友肯定是在跟我开什么玩笑。

"我想我撑不到去绝境监狱了。说不定这倒是件好事吧。"

我看着录像,那天的回忆在脑海中缓缓铺陈。听他这么说,我不得不开始面对现实。我的心脏扑通扑通跳得厉害。

"玛多克斯,怎么了?"

"卢克,我的眼睛,出现排异反应了。"

玛多克斯是唯一一个可以叫我卢克的人。再次听到他这样叫我,真是太让人难过了。

"停下。"胸中涌动的情绪让我的声音都颤抖起来,"回放,在循环监狱的第4天,时间:十一点半。"

"没问题。"屏幕回答道。

我看着录像。情形是我试探性地走到院子,泰科·罗斯尖叫着要杀了我的声音让我浑身发抖。

"是你吗,新来的?"是玛多克斯的声音。

录像显示出我看向那光秃秃的墙面的画面。我没说话。

"我叫玛多克斯。我猜你就是那个神经病成天提到的卢卡·凯恩了。别理他,肯定是有根螺丝钉在往他空荡荡的脑袋里钻。"

我走到墙边,伸出一只手,搭在金属墙面上。"嗯,我……我是卢卡·凯恩。"

"卢卡·凯恩,"玛多克斯重复了一遍,说,"终于见面了,邻居。"

"为什么那个男孩想要我的命?"那是我自己的声音,空洞,充满恐惧,那么年轻。

"谁又知道呢?"玛多克斯的声音听起来明亮又自信,"说到底谁会在意呢?他又接近不了你。"

"犯人9-70-981,"小乐出声打断了我,"你的每日回忆时间还剩

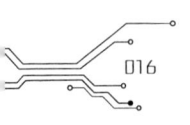

两分钟。"

"回放,"我说,"进入循环监狱的第 6 天。时间:十一点三十九分。"

"没问题。"小乐说。

新的画面浮现出来:院子,隔开我们的墙,玛多克斯的声音朝我的方向传来。

"问题是,卢克,我的朋友,你说不定会慢慢适应这地方。放松下来,日子就还过得挺舒服。要是你足够不幸,你可能会在这里待上很久。"

"不幸?"我听到了自己的回应。比起第 4 天的恐惧、颤抖、结结巴巴,我这时的声音要清晰可辨多了。

"没错,"玛多克斯说,"兄弟,我们就是实验室里的小白鼠,到最后,谁也落不下什么好。"

"那为什么还要接受延迟死亡协议呢?"

他大笑起来:"我每一次也都会问自己同样的问题。你知道他们会怎么做,怎么处决我们?"

"我想应该是通过心脏装置。"我说。

"是删除器。你见过吗?它们看起来就像是没有缠线的半个网球拍,有点像一把镰刀。你的任何部分从中穿过的话,就会被粉碎成微小的碎屑。下一次延迟死亡协议的时候,看看你有没有勇气面对这个选项吧。"

屏幕上的画面慢慢黑了下去:"你今天的回忆时间已用尽。"

"好吧,"我说,"能让我单独待一会儿吗?"

"当然。"小乐说着,屏幕上的内容完全消失了。

我告诉自己不能再沉浸在对玛多克斯的回忆里。一遍又一遍地想他并没有什么意义,更不能让他重新活过来。

我回到床上躺下,拿起枕头下的书。才读了五个词,便完全沉浸在书里那丰富灵动的世界。这比晶体镜片的效果还要好，比"清醒梦"的梦境控制技术还要厉害。

我就这么沉迷其中两个小时，直到牢房门上的小窗口被滑开，瑞恩的声音传来。

"生日快乐，卢卡。"

这瞬间把我从书中的世界拉了回来，但听到是她的声音，我的脸上不由得挂上了微笑。

瑞恩是在一年多以前来到循环监狱工作的。她之前的狱警是个脸上总密布愁云的老头儿，叫福勒斯特·哈姆雷特，他会花上五秒大喊大叫着问我问题，然后把午餐从门缝里给我塞进来，"砰"的一声扣上门闩，就此消失。而真正恐怖的是，我居然会渴望见到他。循环监狱教会我一件事，那就是永远不要小觑孤独的威力——它甚至会让你想念起最恐怖的经历。

但瑞恩不一样。没错，她是个"优选人"，但她和其他优选人不一样。她是真的关心这里的犯人，以及他们的心理健康。

"谢谢。"我坐起来，转身看向她。

她问："书怎么样？"一头金发完美地垂落，盖在她翠绿的眼眸上。

"很棒，"我夹好从枕套上撕下来的布料书签，将书放在手边，"特别棒，是目前为止最好的之一。"

"是呀，我也喜欢这本。"她微笑着说。她的微笑真美——这是肯定的，毕竟她是优选人，也就是说，在她出生前，她父母就付了钱，确保她外形好看，基因完美无缺，还植入了十几项科学改进。但不知为什么，她的微笑看起来却是如此真实，如此自然。"等你读到他的幻想系列再说吧，那可能是他写得最好的作品。"

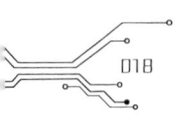

"太期待了。"我说。

瑞恩将她的手伸进那个小舱门。这样的行为是被禁止的,我房间墙上的屏幕变红了,小乐坚决地说:"非法进入。将在五秒后锁闭。四,三……"

看到她手中那个红银相间的礼品纸包装的小物件,我迅速站起了身。我接过它,盯着看了一会儿,她收回手,警告声停止了。

"礼物?"我透过舱门往外看。

"今天是你生日嘛。"她耸耸肩,说道。

"我没想到……"我没有说下去,而是撕开了包装纸。

"不过是本书而已,"她说,"不过这本真的很不错。"

我在手中翻来覆去看了一会儿,书是精装本,封面是绿色的,画的是田野中的草茎。书的名字是《护戒使者》。

"这是三部曲中的第一本,"她对我说,"我想你一定会很喜欢的。"

"这太棒了,"我说,"谢谢你。"

"别客气。"

"我读完手头这本就开始看,"我冲着手中的书点点头,又问,"需要我还你几本吗?"

我指给瑞恩看床脚那座小小的书山,她摇摇头。

"你每天都问我一遍,"她笑着说,"留着吧,我在古物店用一个硬币就能买上十本。"

"你确定吗?"我问。

瑞恩点点头,而我又一次意识到,这些对我而言就像无价之宝的书,对于外面的世界来说根本就不算什么。在那里,高科技和完全沉浸技术才是王道。

"我很确定,"她说,"那么,你最近怎么样?"

接下来的十分钟里,瑞恩和我谈论了外面世界里我最喜欢的滑冰队战绩如何,她最近看了哪些好电影,她想要成为虚拟建筑师的愿望,还有她在空闲时间学习编程的经历。走之前,她递给我一个三明治当午餐,然后与我告别。

这是我一天中最悲伤的时刻:门闩落下的那一刻。我知道,我又要等二十四小时才能再次见到瑞恩了。现在甚至都不到下午三点,我无事可做,只能读书,等着能量收割开始。

我再次回到独自一人的处境,再次面对一片寂静。我开始想象要是没有了瑞恩,我在监狱的日子将会如何艰难。在福勒斯特退休前,我已经在循环监狱待了将近一年,当时我已经快要承受不住那种压力,我感到每一分每一秒都像有无限长,我觉得我快要失去理智了。

后来有一天,我正躺在床上等待福勒斯特的到来,等着那与他虽然日渐苍老却英俊不减的优选人的脸不相称的粗哑声音响起,吼叫着问我政府批准的问题,但舱门打开,出现的却是瑞恩。她对我说:"你好,我是瑞恩,我是新来的狱警。"

我想我感受到了一丝希望。当我坐起来,看到她对我微笑,露出完美的洁白牙齿,那双优选人特有的绿得纯净的眼睛闪着光,我的胸中燃起了一丝火花。我也向她问了好,我们聊了天。没什么特别深入的内容,只是友好的寒暄——你过得怎么样?你叫什么名字?你进来多久了?诸如此类。我能感受到,她是关心我的。

从她第一次给我书开始,我就爱上了她。只是个很简单的举动。她对我说:"给你点打发时间的东西。"我盯着那本书黑色的封面,上面

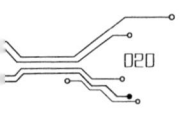

有一匹狼，红色的剪影正对着天空嚎叫。她哈哈大笑起来，说我看它的表情仿佛是在沙漠里看见了一杯冰水。我说那对我来说的确就如同在沙漠中得到了一杯冰水。这回答很无趣，但她笑了。那本书是杰克·伦敦的《野性的呼唤》，是本古老的小说，讲了一条狗混入狼群的故事。我很喜欢，至今还能背出其中的一些句子。我如饥似渴地读了两遍，直到第二天她又给我带来了另外一本。

那之后，瑞恩几乎每天都给我带来一本新书。她花费自己的私人时间上网，用晶体镜片去逛商场——那是个巨大的虚拟购物中心，里面有超过四百万家商店——去一家古董商店为我选购一本新书，那本书将在一小时内由无人机送到她家。她无私、善良、友好。她和我以前见过的所有优选人都不一样。

是瑞恩让我免于像这里的许多犯人一样发疯的命运。在锻炼时间，我听到那些不幸的人对着空气胡言乱语。他们已经习惯了循环监狱内折磨人的孤独，不再能适应外部世界对感官的刺激。

瑞恩离开五分钟了，我依然凝望着她消失的那个小舱门，为她出现在我生命中而暗自庆幸着。我吃着三明治，尽量让这美好的感觉停留得更久一些。

下午五点，屏幕上显示出我可选的晚餐，我选了汤和面包，几秒之后，传送带就把它送到了我面前。吃过晚餐，到了五点二十五分，屏幕告诉我站到牢房中央地面上的光圈中央。我叹了口气：又到了能量收割的时间。

收割开始的时候，透过屏幕传来的声音不是小乐的，而是盖伦·莱伊的。

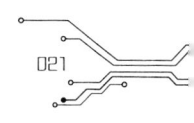

"请脱下所有的衣物。"他的声音里不再有平常那种亲切的语气。

犯人也可以拒绝，但后果是无人机将向你施毒。我松开鞋上的尼龙搭扣（在循环监狱里我们是不能系鞋带的），把它们踢到床上，再扯开纯白囚服上同样的尼龙搭扣，脱下来，和鞋一起放到床上，光着身子站好。盖伦的声音又响了起来："把手放在身体两侧，双腿并拢。犯人们，要知道，能量收割是对你们罪行的惩罚。你们要知道，犯罪行为是不被容忍的，你们所遭受的痛苦，对监狱外那些想要犯罪的人会起到震慑作用。"

"你可闭嘴吧！"我咕哝道。

那巨大的玻璃管从天花板上垂了下来。五点三十分，能量收割开始。

它开始得很快。

肾上腺素进入我的身体，我的心脏在一秒内从平静的状态疯狂加速起来，每一寸肌肉都开始紧张、打结、僵硬，我感觉它们马上要被撕裂了。我无法再控制自己的身体，直直地倒了下去，脸猛地撞在玻璃管壁上。疼痛让我想要大叫，喉咙却怎么也发不出声音。接下来，微型纳米机器人被释放进入管道，它们穿过我的皮肤，进入太阳穴处的静脉，随着血液流入我的大脑，在那里进行自我复制，并进入控制恐惧的大脑皮层和杏仁核中心。它们让我相信自己的生命正处于极大的威胁中，让我确信我即将死去。无论我多么努力说服自己这只是能量收割，他们从我们身上获取能量的方式，只是为了保证循环监狱的运行，又不用让优选人交更多税，却始终无法摆脱自己即将迎来生命终结的念头。我扭动着身体，拼命抓挠着玻璃管，疯狂地想要找条出路。

终于，我落回到地板上，又能发出声音了。我尖叫起来。

能量收割一共要持续六小时，可那感觉像是经历了好多个日日夜夜。

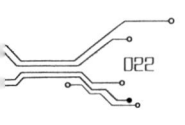

这个过程终于结束，而我在体力和精神上都已到了极限。我瘫倒在水泥地上，浑身被汗水浸透。这时水落了下来，散发着辛辣的味道——那里面混合了除虫剂、甘油三酯和一种漂白剂。

再之后，热空气吹了进来，将汗水和后来落下的水烘干，变成颗粒状残留物，管子才终于收了起来。

我就那么躺在那里，几分钟后，我笑了起来，因为明天我还要跑步，我要不停地跑啊跑，耗尽我所有的力气，看他们还能从我身上取到什么。

我爬回床上，看了看时钟，倒计时等待午夜的到来。

时间到了，我站在窗边，看着由政府控制的雨，那场在每天午夜下三十分钟的雨。雨量经过精确计算，恰好够庄稼和树木在夜间享用，恰好等到了明天，能让恰到好处的云朵出现在天空，让完美适量的太阳光透过它们洒向大地，让生活在地球这个象限的居民保持快乐和健康。

半小时后，雨停了，我可以睡觉了。

我躺在床上，月亮把我的手影投在墙上，我开始练习小时候妈妈教我的手语。我拼写出我妹妹的名字"莫莉"。我拼出我家的地址：黑路塔楼177层44号门。我拼写瑞恩的名字。我默写字母表。

明天，我将重复这所有的一切，然后是后天、大后天，就这么一直到我满十八岁，被送去绝境监狱。当然，也有可能我在延迟死亡协议中遭遇不幸，或是得上红区的什么新型疾病而死去。

这就是循环监狱里的生活。

循环监狱的第738天

我在闹钟响之前起床,吃早餐,然后开始运动。

上午九点,盖伦的讲话开始。

我一直读书到上午十一点半,这时牢房后墙会安静地升起,锻炼时间开始。

我从牢房跑到柱子那儿,再跑回来,就这样一圈又一圈,在四十五分钟的时间里不断让自己逼近极限,然后休息十五分钟,享受温暖的阳光,听潘德尔唱歌,听泰科威胁要杀掉我,最后回到牢房。

我继续读书,在快要读完的时候,瑞恩来了。

我们聊了十分钟。今天的午餐是沙拉。瑞恩离开后,我在沉默和悲伤中度过了三个多小时,直到能量收割开始。

在能量收割的恐惧和痛苦中,我煎熬了六小时。

终于结束了。我爬到窗前看雨,然后瘫倒在床上,睡得一点也不安心。

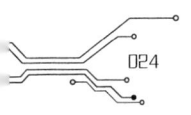

循环监狱的第739天

我在闹钟响之前起床。

选择了麦片粥做早餐。

锻炼。

收看盖伦的讲话。

读书。

锻炼。

瑞恩给我送来午饭,是蔬菜卷。

我在孤独寂静中坐着。

我选择晚餐。

能量收割。

我看雨。

我睡觉。

循环监狱的
第740天

同样的一天……

循环监狱的第741天

每天都是这样……

循环监狱的第742天

没有尽头。

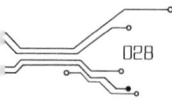

循环监狱的第743天

我在闹钟响之前醒来,笑了起来。

今天是星期三,星期三不一样。

白天和平常没有什么区别——唯一的区别是它仿佛显得分外地长,每一分钟都好像一个小时那么长,每一个小时都让我觉得像是过去了一整天。

锻炼时间过后,我忍不住一次次地看向时钟,每一次都希望时间能奇迹般地赶快过去,但上面的数字却顽固地不肯改变。

瑞恩依然在老时间过来,我们聊了会儿天,但这次要更加谨慎,二人话也不多。我们之间有一个秘密,我们心里清楚,却不能说的秘密。至少现在还不能说,要等到凌晨两点。

她向我告别,在舱门关上前对我眨了眨眼。我回给她一个笑容,感到一阵兴奋涌上心头。

我微笑着面对今天的能量收割。但收割正式开始后,这笑容马上就消失了。但今晚我还能承受,我能挺过去。

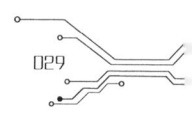

雨下过，又停了。我躺在床上，感到自己的精力一点一点恢复。今夜我将不会入眠，今夜我等待着。

我看着时钟上的数字从一点五十九分跳到了两点，屏幕稍稍闪动了一下。

我伸手从枕头下拿出黑色针织帽子，戴在头上后拉低，遮住他们植入我身体的全景相机。这只是一项预防措施——只有在获得公民许可，或是本人被怀疑积极参与了犯罪，或者该名公民失踪的情况下，政府才有权查看全景摄像头拍摄的视频。

我从床上坐起来，热切地盯着那扇厚厚的铁门，等待着。

我听到门锁"啪"的一声，紧接着是从外侧转动旋转手柄时的金属声。门开了。

"准备好了吗？"瑞恩在我的牢房门口微笑着。她美丽极了。

我点点头，站起来，在门口停了一下，深吸了一口气，然后走到循环监狱那宽敞的走廊里。

我能听到瑞恩从一间牢房走到另一间，打开几扇特定的门，让里面的犯人获得三小时的自由——或者说，三小时对我们来说最接近自由的时间。

我沿着走廊灯弧度前进，终于看到瑞恩。我看着她打开朱诺的牢房，不禁惊叹于她的勇敢和无私。循环监狱每周要进行三小时的系统诊断和分析，其间牢房扫描将会中断，这是这里唯一的安全漏洞。瑞恩正是利用了这一点。为了让我们得到这三小时的自由，她冒上了失去工作，甚至失去自由、失去生命的危险。在这个世界上，不会有第二个优选人会为了低贱的平凡人做出这样的事情了，更何况是被定了罪的平凡人。

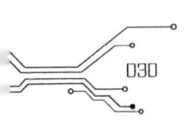

"使劲盯着吧你,还真是一点也不奇怪呢。"伍兹出现在我身边,咧着嘴笑,宽阔的肩膀从我身边擦过。

"我只是……"我结巴起来,"我没有盯着看。"

"你说是就是吧。"伍兹笑的时候,那结实的身板也跟着抖动。他绕着走廊,走向他的男朋友兼"计划者小队"的同事温彻斯特的牢房。

走廊里开始挤满了被放出来的犯人,大家在这宽敞的空间里又唱又跳,三三两两地聚在一起聊天,互相拥抱,在短短的三小时里做回了普通人。

在这个世界上,没有什么礼物、没有什么经验或是感觉可以与这样的时刻相媲美。我们注视着彼此的眼睛,在没有墙壁阻隔,也没有麦克风监听的情况下互相交谈。

瑞恩放出了最后几个幸运的人。我们是被她认为值得信赖、头脑冷静、意志坚定的人,既不会对其他人的生命构成威胁,也能保守住这个足够导致瑞恩被关进监狱的秘密。

我看着马拉查伊大摇大摆地走出牢房。马拉查伊是一个平凡人,但幸运地生得又高又帅。老实说,他相当好看。优选人把这样的平凡人称作"天赋者"。他不如优选人生得完美,但某种程度上说,这反而让他看上去更有味道。他微微有些歪的鼻子和小而圆的眼睛丝毫没有影响他作为"天赋者"的魅力。瑞恩回应他那迷人的笑容时,我不由得将目光移开。我试着把注意力集中在其他事情上,目光最终落在了墙上的一条小裂缝上。我盯着那裂缝,试图平复住自己那因嫉妒而颤抖的心。

瑞恩笑了,那声音让我的所有决心都溃不成军。她转向大家,双手举过头顶。她也和我们这个"两点俱乐部"的其他人一样,头上戴了顶帽子用来遮住摄像头。

"朋友们，请听我说，"她喊了一声，走廊顿时安静下来，"就是快速提醒你们一下：你们都得在四点五十九分前回到牢房，否则我们都要被抓了。你们不能越过探测界限……原因很明显。"

大家都笑了。我的目光投向了监狱的出口——两间牢房之间的一个开口处，那里通往黑暗列车的站台。

瑞恩仍在继续："如果你想要些什么东西，当然不能是电子设备，请告诉我。我不能帮你们和外面的人联系，这风险太大了，对不起。如果你有——"

"温彻斯特？嘿，他在哪儿？怎么回事？他在哪儿？"

走廊上传来伍兹低沉的声音，打断了瑞恩的讲话。

伍兹推开潘德尔、阿奇米和朱诺，冲向瑞恩。所有人都转头看向骚动的方向。

"打开他的牢房，瑞恩。"他以不容置疑的口吻说。

"伍兹，你听我说，"瑞恩一边慢慢摇着头，一边说，"他还没从医疗中心回来。"

尽管伍兹背对着我，我都能看到希望从他的身体里流走。他看起来像是泄了气，整个人崩溃了。

"他甚至都没告诉我……我还以为他没来锻炼只是睡过头了……他什么时候……他走了多久了？"

"他的延迟死亡协议是早上十点开始的，"瑞恩答道，"这不意味着他就不会回来了，伍兹。人们通常过几天就回来了，你知道的。"

"说是那么说，但通常他们根本不会回来了。"

他说得没错。我们都知道发生了什么，我们不需要听任何解释。伍兹气急败坏地冲回自己的牢房，"砰"的一声关上了门。所有人的眼神

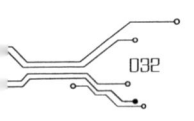

里都写满了心知肚明——我们中的任何一个都有可能在下一次的延迟死亡协议中碰上手术，我们中的任何一个都有可能步温彻斯特的后尘。

"不管怎样，"瑞恩对大家说，"享受你们的三小时吧。"

慢慢地，大家将温彻斯特的命运抛到了脑后，继续享受起剩下的自由时光，走廊中的音量又回到了之前的水平。除了瑞恩定下的规则，这里的犯人之间也有些不成文的规定：在"两点俱乐部"，你不能抱怨，不能谈论自己过去的生活，也不能问别人为什么被关进这里。我们谁也不想去想那些事。

朱诺趁这个机会靠近了瑞恩。她侧着身子向我们的女狱警走去时，我看着她那骷髅般的身材。白色连体囚服挂在她身上空荡荡的，都快穿不住了。她压低声音和瑞恩说话，但从我在的地方恰好能听清楚每一个字。

"你考虑过我说的了吗？"朱诺悄声说，"上周说的那个？你有帮我弄到吗？"

"朱诺，你知道我不能给你带那个。他们送你去戒断所了，对吧？你都已经戒掉了，为什么还要让自己陷进去呢？"

朱诺呆滞无神的灰眼睛和瑞恩明亮的绿眼睛对视着。她冷笑着摇了摇头，淡沙色的头发披散着，遮住了她的脸颊。"瑞恩，你知道人为什么要戒掉'潮落'吗？为了未来的希望。我将会死在这里，这是现实，你知道的。我已经没有未来了。拜托了，好不好？"

瑞恩的目光扫过她面前这个女孩瘦骨嶙峋的脸，说："对不起，朱诺，我不能这么做。"

朱诺咬着下嘴唇，努力压抑着涌进眼里的泪水。"好吧。"她喃喃地说。

"你还想要纸吗？一支新铅笔？你的画太棒了，朱诺，集中精力

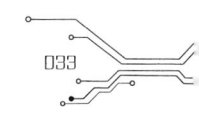

画画……"

但朱诺已经不再听了。她转身走开，盘腿坐到了波德和伊格比旁边的地板上。那两个人正面对面坐着掷骰子，与想象中的怪物战斗。轮到波德掷的时候，他会用手指摸索着骰子的表面，计算数字，他那只盲眼的眼珠一直朝上转，但什么也看不见。波德和朱诺正相反，他体形高大，肩膀很宽。伊格比要比他矮，也比他瘦，他来自第19区，那里以前被称为韩国。他很聪明，反应很快，骂人水平也令人难以望其项背。他的发际线也后移得厉害，是我见过发际线最高的十五岁男孩。

潘德尔又开始唱歌了，那是一首我们高曾祖父时代的老歌。她还只有十三岁，不怎么说话，但喜欢唱歌。潘德尔的眼睛是棕色的，很大，透过厚厚的镜片就显得更大了。她的两只耳朵都戴着助听器，脖子上有一道伤疤，但这些被优选人称为缺陷的东西，在她唱歌的时候仿佛都消失了。她的两只眼睛下面都有文身，是用白色墨水刺上去的，这样在黑皮肤上更加鲜艳。这是黑帮的文身，不过从来没有人问起过她。

奇拉克和凯瑟琳从我身边跑过。这两个年轻犯人显然对彼此有好感，可是在这样死亡随时可能到来的环境里，却也还没有向对方表白。他们只是互相追逐着，玩孩子们在操场上玩的那些游戏，希望偶尔能有些肢体接触。

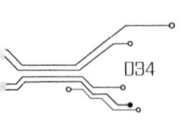

阿奇米则进行着她在两点俱乐部的惯常活动：瑞恩递给她一个装满衣服的纸袋，她接过后便走回牢房去换衣服。现在她出来了，穿了一件红色的夏装连衣裙，搭配白色球鞋。她拉起裙摆转圈，随着潘德尔的歌声起舞。阿奇米有时说话有第70区的口音，这在过去被认为是东欧口音，但这只有在她害怕或生气的时候才会冒出来。当她生气的时候，她声音里那些甜美、尖锐的特质就会变得十分吓人。

亚当和富尔顿几乎就像双胞胎，两人都是黑发、白皙的矮个子。通常和他们在一起的就是温彻斯特和伍兹，但今天就只剩他俩了。他们站在一起，讨论着最新的逃跑计划。

伊藤蕾娜在宽宽的走廊里跑着、跳着，她边跑边笑，用眼前的自由对抗着能量收割带来的影响。她伸出一只手，沿着墙跑，亮红色的鬈发从帽子里掉出来，盖住她的眼睛。

"你看完那本书了吗？"瑞恩的声音打断了我的观察。

"嘿，"我转过身，对她笑道，"快了，你说得对，这书真是太棒了。"

"后面会更好，"她笑得更灿烂了，"第三本是我的最爱。"

"我等不及了。"

"那么，有什么想要的吗？记得不能是电子的。"

"我想，这小说的第二本和第三本吧。"我说。

"已经拿来了，"她说，"我放到你房间了。"她碰了一下我的胳膊，走开了。

"喂，等等。"我说。她回过头，我才意识到自己不知该说些什么。我只是不想让她走。

"嗯？"她应道。

沉默。我赶紧用上了脑海里第一个冒出来的话题："是不是有要爆发战争的传闻？"

瑞恩明亮的眼睛眯了起来，笑得更开心了："什么？"

"嗯，就是外面，不是有人在谈论战争的事吗？"

她笑了："没有，卢卡。我们要和谁开战呢？我们生活在同一个国家，同一个星球，大家都在同一套规则体系的管辖下。战争？那简直是疯了。"

"那些失踪的人呢？"我问，"有什么消息吗？"

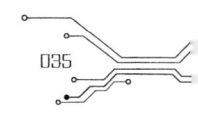

"嗯，人员失踪的事情还在发生，事实上，发生得还更加频繁了，一个月至少有四起。不过……"她又笑了，问，"卢卡，你问这个干什么？"

我也笑了："啊，没什么。只是，在这种地方，你稍微动一下脑子，就会听到些事情。"

"好吧，你放心，没有战争。"

"太好了。你知道……谢谢你做的一切。这太疯狂了——你冒了这么大的风险，就为了给我们这么一点点自由。这对我们来说就是一切，你知道吗？"

"冒点险是值得的，"她说着，把金色的头发往耳后别了别，"在这里，他们对待你们的方式，实在是……我是不赞成的。我不在乎小乐怎么说，我不在乎这是否合乎逻辑，我永远不会……冒点险是值得的。"

"嗯，这就是我想说的。"

这不是实话。我想说的是，我爱你。我真希望我能把这个地方炸成碎片，然后和你一起逃走。但即使只是在脑子里对自己说说，我也觉得这实在是太蠢了。

"别客气。"瑞恩说着，往马拉查伊那边去了。那家伙说出什么有趣的话时，她便笑着去捶他的胳膊。

我转过身去，在脑海中屏蔽这一幕。

我看到阿利斯泰尔和埃默里靠在走廊的墙上，环抱着对方，嘴唇紧紧贴在一起，随着接吻的节奏摇摆着头。阿利斯泰尔漂白过的乱发在昏暗的灯光下几乎能当灯泡使。我在想要不要找他们聊聊他们在锻炼时间提到的那些传言，问问他们是从哪儿听到的消息。但我决定还是不要打断他们的幽会了。

"想再玩一次捉迷藏吗？"一个声音从我身边传来。我转过头，看

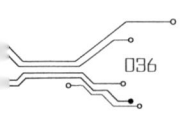

到是哈维，两侧腋下挂着老式的不锈钢拐杖。这男孩患有脑瘫，这是种不应该再存在的疾病，但哈维家很穷。

"你还记得上次的事吗？你躲在马拉查伊的房间里，惹得他对你大喊大叫来着。"

"去他的马拉查伊，"哈维说，"如果他再胡来，我就用这玩意儿揍他一顿。"他挥舞着一根拐杖，咧着嘴笑。

我也笑了，说："下次吧。"

"好吧，废物。'团结一心'！"哈维说着，一瘸一拐地走开了，去找别人陪他玩。

盖伦·莱伊以压倒性的优势赢得了这个地区的上一次选举，他现在是这里的总督，他的口号是"团结一心"。他成了这社会中最富有的和最贫穷的人共同崇拜的英雄。他有一种迎合极端政治观点的本事。在世界上的其他国家纷纷在消除边界时，他承诺收紧移民控制；他承诺把无家可归的人征召进入紧急服务的队伍；他还承诺，当他觉得人类的意志受到威胁时，他将投票反对机器算法。他还向穷人承诺，在虚拟建筑、人类钍反应堆工程等方面提供免费培训，并为低收入和无收入家庭提供更多教学职位，以此赢得了穷人的选票。

原本根据预测，盖伦·莱伊会以极大的差距落败。我还记得爸爸告诉我要仔细听他说的话，他告诉我，那不是仇恨，那是纯粹的操控人心的话术。这个男人非常知道如何团结原本的敌人，来共同对抗一个新的共有敌人，并利用它来为自己谋利。

莱伊以创纪录的优势胜选，他的支持者坚信他代表正义的力量。我可不怎么确定。

我看到哈维用拐杖绊倒了奇拉克,他俩都笑了。看着这些孩子将自己的童年浪费在这样的火坑里,我的心都碎了。不久以前,我也是他们中的一员——即使现在,在很多方面我还仍然是。

我尽量不去想这些。这是个快乐的时刻,尽管很短暂。我走到阿奇米面前,她仍然穿着那身临时礼服在跳舞。她握住我的手,我们一起跳着,笑着,享受这转瞬即逝的美好时光。

明天又将是循环监狱里毫无波澜的一天。

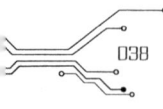

循环监狱的第744天

现在是凌晨五点三十二分，一阵隆隆的响声穿透了墙壁。

我立刻警觉起来。任何打破常规的事情都可能在我心中激起一种是战还是逃的反应。

我发现，这与其说是一种声音，不如说是种感觉。这是种震动，就像是这巨大监狱的地下发生了一场小地震。我知道这是什么——黑暗列车。来了个新犯人。

我闭上眼睛，想要接着睡，但很快就发现办不到。尽管能量收割对身体是很大的消耗，我的大脑却很清醒。

我起身走到门口，把耳朵贴到门上，好像这样就能听到新来的犯人在循环监狱中走向他自己的牢房的脚步声。其实我什么也听不到。我听到的是深深的、长长的静默，我每天都生活在这样的静默里。

我不愿我的早晨就这样开始——在这样的地方，多出的两个小时就仿佛是一辈子。于是，我回到床上躺下，在昏暗的光线里盯着天花板。

我回到我为自己创造的世界——我自己在脑海中构思的故事。这是我为了防止自己在这看不见尽头的孤单寂静中失去理智而锻炼出来的技巧。这样，我可以让自己暂时迷失在另一个世界里，就像看书时一样。这个故事发生在遥远的过去，远在一切都被机器控制以前，远在富人在出生前就能得到外表改善之前，远在"优选人"诞生并且统治了"平凡人"之前，更远在盖伦·莱伊出现之前。我爸爸曾经提到过那个时代，他说，那是人类历史上很短暂的一个时代，那时候我们几乎就选择了正确的道路——不是所有人都做出了正确的选择，也不是每一次都做出了正确的选择，但那时，我们很接近了。

我在这个世界里巡游，远离循环监狱。我可以自由地去任何我想去的地方，可我总是来到同一个地方：河边。这地方有我最美好的回忆。曾经，在漫长的夏日里，我们全家会一起去到河边，忘掉一切，放空休息四五个小时。现在，我的妹妹和爸爸正和我一起，待在这个地方，这里没有优选人和平凡人的区别，也没有战争、没有仇恨。这个故事很平淡，没有冲突，没有危险，没有曲折，但在这个世界里，我可以获得真正的快乐。没错，这个世界里也有瑞恩，是的，有时候我在这个世界的河边散步时会牵着她的手，有时她会对我微笑。有时候，会有那么一会儿，我甚至会忘了这不是真实的世界。我知道，沉迷在这个世界里真是太舒适了。我能理解为什么外面的世界里有那么多人沉迷于"潮落"。

不知不觉中，几个小时就过去了。时间来到了早上七点半，扬声器里传出小乐的声音。

"犯人9-70-981，今天是六月九日星期四，是你在循环监狱的第744天。你牢房内的温度是19摄氏度。请选择早餐。"

一成不变的日常又开始了：吃毫无味道的早餐，看盖伦的每日讲话，

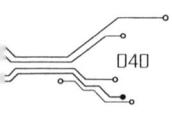

锻炼，然后我打开三部曲中的第二本——《双塔奇兵》，开始读了起来。

那幻想的中土世界让我太过沉迷，到了十一点半的锻炼时间，我竟然几乎都没听到鸟鸣和微风。但后墙打开后，我还是折好书页作为标记，迅速伸展了一下双腿，冲进阳光里。

我再次听到循环监狱里四面八方传来的嘈杂声响，它和前一天一模一样，仿佛时间完全没有流逝。疯狂的人们胡言乱语，潘德尔的歌声，当然，还有从院子那头传来的一遍又一遍的威胁："卢卡·凯恩，我要杀了你。卢卡·凯恩，我要杀了你。"

现在，我已经十分擅长屏蔽那些根本无法成真的威胁，以至于差点没有听到从我左侧的墙那一边传来的哭声。

是那个新来的犯人。我跑完第一圈，转身再次向柱子跑去的时候想着。

我觉得我有责任去帮助我的新邻居，告诉他或者她一切都会好起来，告诉他或者她恐惧会消失的，就像之前玛多克斯对我做的一样——但不是现在。现在，我得完成我的冲刺跑，还剩四十三分钟。

感觉今天的太阳温度比平时高，但这是不可能的，因为这个地区的温度是由机器控制的，从早上八点到下午五点都是恒定的 19 摄氏度，然后在晚上慢慢降低到 5 摄氏度。一定是因为我想到了这个新来的犯人，想到这人可能会成为我的新朋友，这样的想法让我今天感觉比平常更疲惫。我每跑完一圈就要看一眼屏幕，可时间仿佛停滞在那里一动不动。

不过，我终于还是跑完了。我完成了四十五分钟艰难的冲刺跑，瘫倒在分隔墙边。

我重新开始听到循环监狱里的声音：犯人们无休无止的聊天，潘德尔美丽的歌声，伊格比和波德没完没了的游戏，还有泰科·罗斯喋喋不休地怒吼着要杀了我的声音。但除此之外，我听到有些无聊的犯人已经察觉到监狱里进了新人，开始教训他或者她了。他们每次都这样。

"欢迎来到循环监狱。你会死在这里的。"一个声音叫道。

"别哭了，哭累了就没能量留给能量收割了。"一个人大笑着喊道。

终于，我听到隔壁牢房传来低低的呜咽声。从那声调中我能听出来，新来的犯人是个女孩。

我明白她的感受。此刻，坐在牢房里，或是外面的灰色水泥院子里，她一定感受到了从未有过的孤独和绝望。我刚来的时候也有过那样的感受，那些没心没肺的犯人说的话感觉就像拳头落在你身上。

这地方有一种特有的残酷：你的生命会被毫不犹豫地夺走。一切都发生得太快了，电视直播的审判几秒之内就会结束，你不能跟任何人道别，你会被拖到站台上等待火车的到来，然后是第一次手术，目的是确保你永远无法逃跑，再之后便是被监禁的生活，你周围的死寂会立刻侵蚀你的理智。

我过了好一会儿才让自己的呼吸平复下来。我试着去想该说些什么，以及该用什么方式去说，才能够给这位新人多少带来一些帮助。

"嘿！"我终于开口了。我等了一会儿，没有等到任何回应，甚至也没有突然大哭的声音，"嘿，一切会好起来的，明白吗？不会很好，但……比现在好。"

我转过身，靠在墙上。我能清楚地感受到女孩的痛苦和愤怒。

"嗯——"我小心地斟酌着词句，"我明白你的感受，我们都经历过，几乎所有人。有些人就是神经病，你知道吗？还有，呃……"

警笛声突然响起，还有时间只剩一分钟的警告，打断了我的思路。

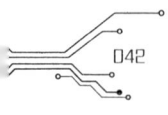

"所有犯人请在一分钟内返回自己的房间。所有犯人请在一分钟内返回自己的房间。"

我仰望蓝天，想要在墙再次合上之前尽可能多地吸进去些新鲜的空气并感受阳光的温暖。但我没时间享受这个了，因为墙那边的女孩正经历着痛苦，我很希望能帮上点忙。

有了！我想起了自己房间里的那一大堆书。

我跑回房间，跨过门槛，提前激活了推拉门。我迅速冲到床脚，开始找一本书，那本特别的书——《野性的呼唤》。那是瑞恩给我的第一本书。我找到了书，再往外冲，从已经半关的门下面钻了出去。我非常清楚，如果门关了我还没进来，无人机会向我射击。倒不是用子弹——那样就太仁慈了。他们会用一种镇静剂，它会导致可怕的幻觉，然后是持续很多天的可怕疾病。

我之所以会知道这个，是因为一个名叫鲁克·福特的犯人曾经试图用无人机自杀。在监狱待了五年以后，鲁克终于疯了。他从十二岁起就被关了进来，一天又一天过去，理智也逐渐离他而去。他大声宣称自己正试图从一个坏掉的系统中夺过控制权，并且在一分钟警告过后拒绝回到牢房。他从无人机投射的药物中恢复过来后，就完全变了个人。他身上的某些东西已经改变了。他悄悄告诉所有离他够近能够听到他的话的人，那用来射他的东西，远比死亡更可怕。他深信自己在一个噩梦般的世界里生活了几百年。他拒绝了下一次的延迟死亡协议，接受了"删除"。人们说他是面带微笑登上黑暗列车的。不过这很可能只是个虚构的谣言，因为并没有人看到他登上列车的情景。

一想到那些装在昆虫般的飞行机器上的毒飞镖，我的心跳就开始加速。我加速冲向了墙边。

"嘿，新来的女孩！"我边喊边把书高高地扔了出去。我看到最近的那架无人机朝向还飞在空中的那本书的方向盘旋，有那么恐怖的一瞬，我几乎确信它会在空中把书击落，但它的感应器一定是把它当成了一只鸟或是一片落叶。它没有动它。

书翻越过了墙顶的金属栏杆。我转身朝向门口往回跑。现在门几乎完全关上了。

我跨了两大步，然后躬身，落地前翻了个身，臀部着地，从门下滚了进去。挤进去的时候，我能感觉到那扇又硬又冷的门紧紧压在我的身体上。在门"砰"的一声关上之前，我听到我的新邻居惊讶而又充满感激的声音："谢谢你。"

循环监狱的
第747天

"新来的女孩是谁?"我朝旁边的牢房点头示意了一下,问瑞恩。

三天过去了,我们又经历了三次锻炼时间,但我那新邻居自从说了那句"谢谢你"之后,再也没对我说过别的话。除了我扔给她第二本书的时候她又说了一次"谢谢"。

瑞恩没有回答——她好像没听到我说的话。她看起来很不安,眼神空洞,眉头紧锁着。

"瑞恩?"我又叫了她一声,终于让她注意到了我。

"什么?噢,对不起,卢卡,我只是……没什么,没什么。"

"你还好吗?"我问,"你一直心不在焉的。"

瑞恩笑了笑。她还挺会装的,但我能看出来她是强颜欢笑。"真的,卢卡,我没事。你刚才问什么来着?"

"新来的女孩,"我重复了一遍,"她是谁?"

"吉娜·坎贝尔,"瑞恩咬了一口她自己的三明治,说,"是个好女孩,也是个平凡人,和你一样。"

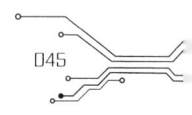

瑞恩咬住了自己的嘴唇，内疚地看向我，好像发觉自己说错了话。我忽略了那句话。

"我给了她几本书，希望你不会介意。"

"那都是你的书。"她微笑着回答。

瑞恩的目光飘向左边，看了看她的晶体镜片上显示的时间。"我得走了，"她说，"明天见。"

"嗯，明天见。"

她走了。

那天晚上，看着雨，我的思绪不由得又飘向了脑中那个虚拟的世界。我想象着我和瑞恩坐在某个山坡上，谈论未来，我俩的未来。这是个愚蠢的幻想，愚蠢的少年的幻梦，永远也不可能成真。即使我没有被判死刑，即使我不用面对注定死于某次拙劣的延迟死亡协议的命运，这也不可能。瑞恩是个十九岁的优选人，而我是个十六岁的平凡人。要是出了这个循环监狱，她连看都不会看我一眼。

我真的恨这个地方，有时这恨让我难以忍受。我完全理解为什么鲁克·福特会想让无人机杀了他。

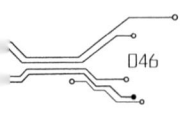

循环监狱的
第748天

第2天,当后墙升起,锻炼时间到时,我没有再跑步。我走到分隔墙前,把手按在墙上。

我在思考新邻居和我说话时,我该如何回应。

"你好。"

她的声音嘶哑、低沉,我相信今天是她第一次没有哭。

"嘿。"我说。

"谢谢你的书,要不是它们,我都要疯了。"

"别客气。"

"我叫吉娜。"她说。

"卢卡。"我答道。

"卢卡?"她说,"就是那个人每天喊着要杀掉的卢卡吗?"

"正是。"

"他为什么那么恨你?"

我想了一会儿。我有我的推测,但我不确定。有那么一瞬间,那个男孩从黑路塔楼的屋顶上落下的情景闪现在我的脑海。"老实说,我也希望我知道答案,"我说,"我想他可能是认识什么我在外面认识的人吧。"

"好吧,"吉娜用一种全新的开心的声音说道,"再次感谢你的书,卢卡。"

"我还有很多呢——"我感觉谈话到这里快要进行不下去了,但我不想就这么结束,"我是说书。我有几百本。我都读过了,所以你随时可以找我借。"

"图书管理员卢卡,"她笑着说,"你是怎么弄到的?"

"我和狱警瑞恩是朋友。她人很好,你会喜欢她的。"

"瑞恩?"她说,"噢,是的,她看起来很不错。"

"是的,她真的很棒。"我忍不住脸上的笑意。

"那么卢卡,你在这个豪宅里住了多久了?"她问。

"两年两周零四天。"我说。

"天哪,那可真是……很久了。"她低声说。

"噢,当你活在……一片寂静中的时候,时间还真是过得很快呢。"

吉娜笑了,她的笑声也让我再次微笑。"好了,"我从墙边退后一步说,"我要开始冲刺跑了。"

"冲刺跑?"吉娜问。

"嗯,我喜欢跑步。"

"真的?"

"没错,跑步让我保持健康,还可以在能量收割的时候让他们没有能量可收。"

这把吉娜逗笑了。"我喜欢这个,小小的反抗行动。"

我也笑了:"正是。明天再聊?"

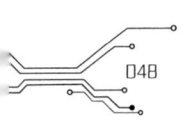

"明天聊。"她答道。

今天,跑步似乎也比平常显得轻松了些。这一晚,就连晚餐后的能量收割似乎也变得可以忍受了。

午夜临近时,我挣扎着从地板上爬起来。我拖着无力颤抖的双腿,跌跌撞撞地走到后墙,透过窗户望向天空。

我凝望着漆黑的夜空,静静等待。午夜到了,我抬眼向天上看去,但爆炸并没有出现。

这不可能。小乐从来不会晚,一秒都不会——这个系统是不会出错的,它控制着一切。我看了看屏幕上的时间,发现距预定的降雨时间已经过去了三十秒。

"小乐?"我呼叫着它,目光一刻不离地继续望向天空。但我的屏幕并没有反应,"小乐!"

屏幕闪了一下,恢复了正常。

"需要什么帮助?"屏幕再次响起那熟悉的声音。

"雨——"我说。

我正恐慌着,天空中却终于出现了第一道闪光,紧接着是第二道和第三道,它们在远处散开,形成一道长长的光网。云层呈螺旋状散开,又汇合在一起。

"刚才发生什么了?"我问。

"一切都是应有的样子,犯人 9-70-981。"小乐对我说。

"雨,"当第一滴雨水落在院子的地面时,我终于移开了目光,"下雨的时间晚了。"

"一切都是应有的样子。"

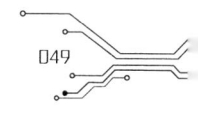

我的目光再次从屏幕转向外面的雨。

看到大颗大颗的雨滴敲打着地面,沿着墙壁流淌,淋湿了停在柱子上的无人机时,我松了一口气,暂时忽略了这个错误,就那么看着雨,假装什么都没有发生过。

但它确实发生了,而我不知道这意味着什么。

循环监狱的第749天

犯人们都在谈论迟来的雨。

这让我很惊讶。我一直以为我是唯一一个每晚看雨的人。

我听到人们在院子里互相问着:为什么?这是什么意思?外面发生了什么?

我完成了冲刺跑,然后靠在了和吉娜之间的那堵墙上。我得花点时间喘口气。

"跑得怎么样?"她问。

"挺好的,谢谢。"

"卢卡,雨……"

"下晚了,"我接过她的话,"我知道。你觉得这意味着什么?"

"或许没什么吧。"

"嗯,或许没什么。"我表示了赞同,但好像实在没法儿摆脱这种不安的感觉。

我静静地坐了一会儿,听着犯人们的聊天。马拉查伊·班尼斯特嘲弄着无人机,潘德尔在唱歌,奇拉克和凯瑟琳在试探着说话,四个"计划者"中的两个在计划。温彻斯特还没有从上次的延迟死亡协议手术中回来,伍兹知道这意味着什么——他死在了手术台上。也不知道当时他们打算植入他身体的是怎样的高科技,但总之那完美地害死了他。上周三知道这个消息过后,伍兹再也没有说过一句话。

我问吉娜:"你装那个心脏装置后恢复得怎么样了?"我的手本能地摸了摸自己胸口上的小伤疤。

"一点也不疼,"她说,"只是有一点不舒服。"

"会没事的。"

一想到那第一次手术,我的身体便不由自主地抽搐了一下。它给你带来的创伤你永远也无法忘掉,但在这里,在循环监狱,没有人会去谈它。我努力想要压制翻涌而来的回忆,但它来得是那么快,完全无法抵挡。

法警们踹开了我家的前门,木屑飞溅,命令叫喊声不断。我的妹妹尖叫起来,爸爸则严肃地盯着窗外那个越来越小的黑点,被一架大大的无人机带往地平线。

电击枪的电流让我四肢僵硬,无法动弹。法警们拖着我出了门,走下了177层楼梯。

接下来的记忆是一片黑暗。引擎的轰隆声,还有路上的颠簸——我被送去了医疗中心。

然后我挨了一针麻醉针。

第一次经受这种事情的时候,你很肯定这将要一直持续下去了,你的生活就这样了,这就是他们对待罪犯的方式:让他们动弹不得,把他

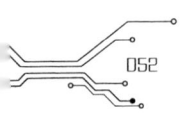

们关进牢房，让他们被遗忘。

接下来是手术。

她的脸，那张被白色医疗口罩遮住了一半的脸，出现在我的视线中。向我陈述他们将对我的身体所做的事情时，她的眼里流露中一种令人恐怖的喜悦。

她高举着粗粗的钻线，告诉我他们将会在我的手腕切下一道深深的口子，嵌入磁性手铐。

当刀刃撕裂我的皮肤时，我的身体抖动了一下，然后我听到有什么东西刺进我骨头的声音。

她再次出现了——那个医生。她说话的时候，我能听出她声音中的笑意。

"这个，"她用镊子夹着一根小金属丝，说，"这就是我们对重罪犯做的。"金属丝被编织成了一个"8"字形的无限符号。那是银质的，上面均匀分布的白色小灯快速闪烁着。医生把那玩意儿转了过来，好让我那动弹不得的眼睛能看到它。

"它会在你的右心房穿一个洞，然后穿过你的肺动脉。它会追踪你的行动，将你联结到循环监狱的系统中，而最重要的是，如果你越界，它会自动引爆，杀死你。"

我想要尖叫，想逃离那里，但我做不到。

我的身体并没有任何感觉，但我能听到她切割我的胸口、穿过我的肋骨、刺我跳动的心脏时身体被割开、撕裂的声音。在我的心脏里装上这么一个"环"，这样我就被彻底困在了循环监狱里，毫无逃脱的希望。

"你的下一次延迟死亡协议是什么时候？"吉娜的问话把我从回忆

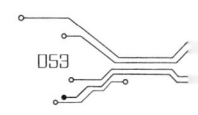

中猛地拉回到这个阳光灿烂的院子里。

"呃,大概还有三个月。"我说。

"你觉得能幸运地撑过去吗?"

我彻底抛开那挥之不去的植入心脏装置的记忆,说:"到目前为止,我已经活过了四次延迟死亡协议,要是算上心脏植入,已经五次了。"

"分别都是什么?"她问。

"第一次是纳米手术,他们没告诉我那到底是干什么的,只是让我喝了一些蓝色的液体,然后给我注射了些什么东西。第二次是个手术,但很幸运只是个小手术,他们用一种新型纤维替换了我两根肋骨之间的软骨,据说那纤维比天然纤维有更好的抗拉强度。他们做了一大堆测试,让我在没有止痛药的情况下自行恢复。第三次,我被注射了一种快速作用的病毒,让我的体温迅速上升,皮肤上也开始出现瘀伤,表皮下的血管破裂。一直到病毒让我出现痉挛,他们才给我注射了一种实验中的疫苗。幸运的是,疫苗起作用了。第四次,是一种新的外科缝合技术,他们切开我小臂的皮肤,从手腕到肘部,然后用某种工具把伤口缝合起来。"

吉娜沉默了一会儿。我听到她深深吐出一口气:"这听起来太可怕了。"

"的确不怎么好受。"我说。

"他们怎么能这样对我们呢?政府怎么能这样对待我们?"

"人们是不会给盖伦·莱伊投反对票的,"我提醒她,"如果你是有钱人,那他就是资本家的英雄;如果你是穷人,他是在为你争取权利。"

"真让人好奇,为什么从来没有人反抗呢?"

"反抗需要付出很大的代价,而站在盖伦一边的还有极端分子。再

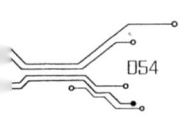

说，他们也让反抗变得不可能，"我说，"他们控制着我们生活的方方面面——我们的货币是数字货币，他们可以不动一根手指地拿走它；工人们什么也不用做，税就自动被扣掉了。我们一天二十四小时都在无人机的监视下，你没法计划任何事，他们让足够的人能够搞定其他人，这样被压迫者的声音就永远不会被倾听。"

"其实有一些传闻，呃，在外面。我从来没有直接听到人们议论，但我妈妈，她——"

院子里响起的一分钟警告打断了吉娜的话。无人机从中央的柱子上起飞，武器对准了下面的犯人。

"什么传闻？"我问。

"没什么，"她说，"无非就是那些阴谋论之类的。我明天再和你说，图书管理员卢卡。"

我很想听听这些传闻到底是怎么回事，看看和上次阿利斯泰尔和埃默里提到的战争是不是对得上，但现在没时间了。后墙开始落下，我回到了自己的房间。

后墙完全关闭了，又是一片死寂。现在我除了大把时间，什么也没有。

我回到床上躺下，想起我和妹妹小时候爸爸给我们讲的故事。那是第三次世界大战的故事——"徒劳之战"。妈妈总说和我们说这些事还太早，但我们总想继续听下去。我常常想，这会不会就是我和玛多克斯如此亲近的原因——他和我爸爸太像了。

在第三次世界大战中，各国一共投下了二十九颗核弹。有些大到炸毁了半个国家，有些甚至连一个城市也没毁掉。据估计，战争中一共死了九亿人，但战争造成了地球温度下降，以及核武器带来了恶劣影响，还有无数人在战后死去。

结束战争的是一个反政府武装联盟。反对者来自各个阵营，几乎各个国家的人都有。事实上，世界上大多数公民都不想有战争。他们太聪明了，不会被政府的宣传和恐慌所迷惑，所以他们结束了战争——不是用炸弹或导弹，而是用希望、勇气和背水一战的决心。

没有一个国家是战胜国，没有一个民族留下来书写他们自己版本的历史。赢得战争的是地球人民。那些发动战争的人被审判和处决后，这些人发誓以后再也不会有这样的事情发生。

旧势力一被推翻，他们的种种腐败证据就被揭露出来，其程度之深，令人恶心。即便曾被认为是最狂热的阴谋论者的论调，也在后来得到了证实。

战争结束后，人们组建了一个世界政府，它代表和平与繁荣，为每个公民提供医疗和真正平等的机会，还有，最重要的是逻辑。逻辑来自快乐公司为政府提供的咨询服务，它帮助解决国际问题，毫无破绽又敏捷地执行司法。有那么一阵子，这还真挺管用的。但在它解决掉了人类排名前五的死因中的三个之后，问题显现了出来，那就是文明重建之后的人口激增。人们活得更长了，几乎没有年轻人死去。之前国家的人口被迫搬去在战争中保存下来的城市，尽可能地远离核爆区域。于是，人口过多成了一个非常棘手的问题，还有水资源短缺、能源短缺、饥荒和核爆带来的新型疾病的蔓延。直到今天，发生过核爆炸的地点和周围被辐射波及的地区依然不适合人类居住，那些地区就被称为"红区"。

我和妹妹听着这些故事，还有关于那些最著名的战役的故事，听得津津有味，听完后甚至久久不能入睡。

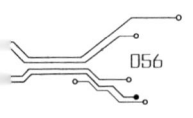

但是一想到战争，真正的战争，我的感觉是既恐惧又兴奋。我也不想为战争这种事情兴奋，可只要一想到这有可能打破循环监狱里的常规，我就被期待而冲昏了头脑。

爸爸告诉我，在第三次世界大战中政府使用了囚犯——向他们承诺只要肯上前线战斗，就能缩短刑期，甚至重获自由。我一定会毫不犹豫地选择这样做。

"你想太多了，卢卡！"——我告诉自己。不过只是听到一些捕风捉影的谣言而已，什么事都没发生。

我知道事实如此，我也为自己渴望战争的想法感到羞愧不已，可当你被反复折磨，关在一个毫无出路的地方，或许战争是你唯一的希望了。

我的思绪被舱门拉开的声音打断了，我听到了瑞恩的声音。

"嘿，卢卡，你还好吗？"

就这样，关于战争和自由的所有想法全都在一瞬间被我抛到了脑后。

循环监狱的第750天

我的屏幕突然响起一阵哔哔声,把我惊醒了。

我的脑海中闪过一些信息:今天是星期三,今天晚上,凌晨两点,我可以走出这间牢房,自由地待上几个小时。但马上我就意识到,这不是通常叫醒我的闹钟。

我认得这个声音:这样高声调的哔哔声,代表延迟死亡协议来了。

我在黑暗中坐起身,揉了揉惺忪的睡眼。

"怎么可能……"我嘟囔着,磕磕绊绊地走到屏幕跟前。我花了一点时间才适应这光亮,但我还是看到现在的时间是凌晨四点四分,屏幕右下角有个小红点在"延迟"这个词的下方闪烁。这不可能。我们每六个月才有一次延迟死亡协议的机会,而我的上一次协议到现在才过了三个月。

我使劲眨了几次眼睛,想让头脑清醒一下。我又看了看屏幕,但那些东西真真切切地还在屏幕上。

我的心开始怦怦直跳起来——这可是件新鲜事,是件不一样的事,

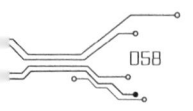

而"不一样"在循环监狱可了不得。一切不同于固定日程的事情都值得细细品味一下,不管它是好是坏。

我按下红点,屏幕的背景变成了白色,上面全是文字。这是一份延迟死亡协议的文本,没有错,但它为什么会在凌晨四点出现在我的屏幕上,而且还提前了三个月?

  签署人(犯人9-70-981,下称犯人),得到了作为B组成员参加临床实验,以换取推迟履行法庭判决的机会(此处的情况是执行死刑)。

  一经接受,犯人将获准暂缓死刑执行168天。届时,在符合下列情况的前提下,犯人将有再次选择接受协议的机会。

  目前,犯人保留拒绝本协议的机会,但必须明白,拒绝的后果是立即执行法院的判决。犯人将有一周的冷静期,一周后,犯人有机会再次选择是否接受临床实验。一旦犯人确认签字拒绝,法庭判决将立即执行。

  实验的内容直到实验当天才会确定,直到实验结束也可能保持对犯人保密,这取决于实验的内容。

  更多详情及合同义务,请参阅第3~14页。

  如犯人同意以上协议,请在以下区域进行电子签名(指纹及虹膜扫描)。

  该协议在二十四小时内有效(至6月5日凌晨4点03分止)。

  该协议遵照世界政府及第86区总督盖伦·莱伊先生的命令下发。

这份协议有两点和标准的延迟死亡协议不一样:"B组",还有,这不合理。这是当然的,从法律的角度来看,前一份六个月的协议履行才三个月,因为来了份新的,之前那份就失效了,这怎么行?不过这也不重要了,毕竟我又不能雇个律师来帮我打官司,也不可能向政府表达我的异议,即使我可以,也没有人会听。

"到底怎么回事?"我对着空气喃喃自语。

我说服自己,这件事可以等等,毕竟我有二十四小时的考虑时间。这时我想起来,还有小乐呢。

"小乐。"我命令屏幕与我对话。

"我在,犯人9-70-981。"

"为什么我收到了延迟死亡协议?"

"一切都是应有的样子,犯人9-70-981。"

"不,不正常,"我坚持道,"离我的下一次延迟死亡协议应该还有三个月。你能解释一下吗?"

"一切都是应有的样子。"

我盯着屏幕,难以置信。我试着放慢呼吸,试着理性地思考,但这一前所未有的事件让我体内的肾上腺素激增。

最后,我说:"好吧。"

我爬回床上,头靠在我扁扁的枕头上。反正也肯定睡不着,我甚至都懒得闭上眼睛。

太阳升起,我又开始重复我的固定日程,但屏幕上协议下角不断闪烁的红点还是让我忍不住分心。它提醒我有些事情不对劲儿,一定是发生了什么。我焦躁不安地等待着瑞恩的出现,希望她能告诉我为什么延

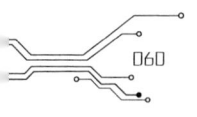

迟死亡协议会提前到来。

时间仿佛慢动作一般，一秒像是一分钟那样长。但终于，户外锻炼时间到了，不等后墙完全打开，我就冲进了院子。

一时间，周遭全都是担心不已的议论声，我知道我不是唯一一个收到协议的人。

"你收到协议了吗？"一位听起来年龄稍大的犯人对他的邻居喊道。

"我上周才接受过延迟死亡协议！"有人回应道。

"这是什么意思？我是 A 组，你呢？"

"我是 B 组。有什么区别？"

在这样的情况下，泰科依旧泰然自若，不停地念着他的杀人咒语。

"卢卡，我要杀了你。你听着吗？我要杀了你！"

我走到我与吉娜的分隔墙边。我还没来得及开口，她的声音便传了过来。

"这意味着什么，卢卡？"

"我不知道。这一定是个错误吧？"

"你分到哪一组了？"她问。

"B 组，你呢？"

"也是 B 组。你接受了吗？"

"还没有。我打算等等，和瑞恩谈谈。你呢？"

"还没有。我也是这么打算的。"

"一定发生什么事了，吉娜。也许是时候告诉我你听到的那些传闻了。"

短暂的沉默后，吉娜说："不过那些都只是小道消息，从我妈那里听来的不靠谱的小道消息。"

"这可能很重要。"

"问题是，我妈妈她，不是一个活在现实世界的人，你明白我的意思吗？"

这我还真明白：吉娜的妈妈是个"克隆"。

"克隆"并不是真正的克隆人，而是平凡人称呼一种流行病的受害者的方式。这些人迷失在发达的科技与一种名叫"潮落"的毒品中。他们之所以被称为"克隆"，是因为使用"潮落"几个月后，他们看起来就都变得差不多了：皮肤苍白灰暗，牙齿脱落，头发蓬乱，而且由于没有食欲，他们都非常瘦。

有钱的"潮落"成瘾者会将它和晶体镜片一起使用——那是一种每个优选人都有的高科技装置，它其实就是个隐形眼镜，能显示信息，录下戴它的人看到的景象，还有虚拟现实或增强现实的功能。而住在塔楼里的平凡人负担不起那样的东西，那里的"潮落"成瘾者就只能用老式的虚拟现实头盔了。药物的效果加上虚拟的现实，让成瘾者们相信他们活在一个完全不同的世界，而在现实中，他们会变得瘦弱不堪，牙齿腐烂，皮肤生疮。这些人完全没有在现实世界中好好打理自己的意愿——"潮落"的世界如此完美，还折腾其他的做什么呢？

"我很抱歉。"我实在不知还能说些什么。

"没关系，"吉娜说，"据我所知，她甚至不知道我在这里，她根本不知道欧拉的事。"

说完这句，吉娜突然打住了——她显然原本并没打算说这么多。

"你听到了什么？"我接过话来问她。

"嗯，我妈妈用'潮落'的时候总会去见朋友，也就是其他瘾君子，你明白吧？就在虚拟现实世界某个肮脏角落的虚拟酒吧里。我听到她和

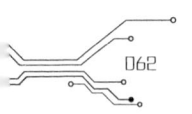

那些人聊到一场起义。'起义',他们用的总是这个词,从来不会说'战争'。我也没有多想过,只是以为那都是瘾君子们在瞎扯,但他们似乎总会聊到这个。可是——起义?那又怎么可能呢?"

我几乎没听到她说的最后几个词,因为我想起了两周前埃默里和阿利斯泰尔之间的对话。不知为何,他们也听到了关于战争的谣言。

"也许根本就没什么,"我说,"也许是我们太快下结论了。雨下晚了一次,延迟死亡协议来早了一次,不见得意味着就有战争要发生。我被抓进来前,最大的新闻就是有人从城市中消失,但没有人认为那是战争开始的预兆。"

吉娜过了一会儿才回答:"这种事还在发生。新闻上管他们叫'失踪者'。一年大约有四十人,大部分是平凡人,他们就那么凭空消失了。有人说他们去了红区,想办法在辐射下生存。"

"我听说他们在计划一场革命——"一群平凡人想要推翻由优选人领导的政府,这一想法让我差点笑出声来,"不管怎么说,对于'失踪者'我们没有下任何结论,又为什么要对这件事这么快下结论呢?"

"你说得对,"她说,"等瑞恩来了,她肯定会向我们解释的,这只是程序出了点小错之类的。"

"就是,"我说,"我们别瞎想了。"

"嗯。"吉娜表示了赞同。我们沉默了好一会儿。

"还有别的书吗?"吉娜问,"你给我的书我都已经读过两遍了。"

尽管依然有些不安,我还是被她逗笑了。"当然,有什么特殊要求吗?"

"什么都行。"

我用最快的速度浏览了一遍我带到外面来的几本书,想看看吉娜会最喜欢哪一本。

锻炼时间结束的警报响起时,院子里的骚动还远未平息。

吉娜和我告了别。直到躺回床上开始读《指环王》第二部的倒数第二章,我才想起来我今天没跑步。一定是这延迟死亡协议和迟到的雨弄得我太心烦意乱了。

我读完了这本,又挑了一本我很久都没读过的书。一点半已经过了,瑞恩还没有出现。

我只能安慰自己,她以前也迟到过,然后努力把注意力集中在文字上。可我怎么也读不进去,倒是忍不住不停地看时间:两点。两点半。三点。三点半。四点了。瑞恩还没有来。

我站起来,在房间里踱来踱去。从门口到后墙只有几步的距离,但我实在是需要做点什么事情来分散自己的注意力。

终于,在五点差几分的时候,舱门打开了,我透过它看到了瑞恩疲惫的眼睛。

"瑞恩,"我朝门挪了挪,"发生什么事了?"我不想让她听出我的慌张,但我无法控制我自己。

"你好,卢卡,"她的眼睛瞪得大大的,眼神里的东西让我很不安,"抱歉,今天太忙了。"

"我想也是。"

"事情是这样的,"她那无精打采的声音告诉我,这不是她今天第一次说这番话了,"这次的延迟死亡协议不是个错误,地区政府确认了这一点。有一个大型的临床实验,协议的时间会累加,也就是说,上次剩余的时间会被加到你这一次协议的有效时间里。"

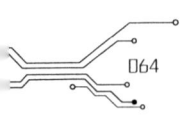

"好吧。"我对政府的宽大感到惊讶。他们大可轻而易举地剥夺我们剩下的时间,并把这件事掩盖起来,毕竟我们也没人能活着离开这里告诉外面的人,"那如果我不接受呢?"

"不幸的是,不接受本次协议意味着你不可以继续享有之前的推迟执行时间,"瑞恩抬起眼睛,像是想起了新延迟死亡协议的规则,"拒绝接受意味着你的判决将开始执行。"

"也就是说,拒绝的话我就会被'删除'喽?"我确认了一遍。

"基本上就是这样。"

"那我还是接受吧。"

"我想这是最好的做法。"瑞恩说。我再次感受到了她的忧虑。

"那分组是怎么回事呢?A组和B组有什么区别?"我问。

"这我就不知道了,"瑞恩说,"我只被告知组别是随机分配的。"

"好吧。哈,不过这次之后,我的下次延迟死亡协议就是九个月之后了,"我耸耸肩,"这倒挺不错的。"

我走到屏幕前,抬起手指,准备按下"接受"。

"卢卡,等等。"瑞恩喊道。

我停了下来,放下手指,问:"怎么了?"

她咬着下嘴唇,摇了摇头:"不,没什么,你必须接受。"

"瑞恩,怎么了?如果发生什么事情了,我应该知道——"

"不是。我不知道……我有种不好的预感。我听到一些事情。"

"瑞恩,如果这个延迟死亡协议会让我死,我倒宁愿直接拒绝。"

"是这样,我不知道这次的实验会是什么,但是……"瑞恩停顿了一下,然后抬头向左看了看——这是在激活她晶体镜片中的功能菜单。她的视线又往右挪了一点,然后低声发出指令,"关闭监视功能。"

"你可以这样做吗？"我问。

"卢卡，听我说，我不应该和你说这些，但是我的政府工作邮箱收到了一封邮件。我认为那是误发的——那里面全是各种代号，很复杂。这邮件几乎立刻就被删除了，但我看到那是个程序，是一个可执行的程序，另外还附了一份文件。我只读了几秒它就被删除了，但里面写了些什么'第一阶段'和'大选举'之类的，还有'清醒区'和'电池计划'。我不知道那都是什么意思，但看起来很不对劲儿。卢卡，这让我觉得害怕。"

我看着瑞恩的全景摄像头，知道她在冒很大的风险。政府不应当在没有充分理由或使用者授权的情况下查看录像，但鉴于最近的状况，他们不是没可能这样做。

我思考着她对我说的话，试图搞明白这些词语之间有什么含义。"也可能根本就没什么吧，政府不是一直都给各种计划取代号嘛。"虽然这么说，可我自己都能从自己的声音里清楚地听出怀疑。

"文件被谁不小心发给了所有政府雇员，但它原本是写给'第三级申请人'的。那是周六晚上的事，也就是4天前。那之后，有十五名政府雇员就再也没了消息。"

"瑞恩，我没有选择，如果我不接受协议，我也只有一死。"

我回到屏幕跟前，按下"接受"按钮，像往常一样一阵激动和紧张，却又比往常还要强烈一千倍。指纹和虹膜扫描的画面出现了。我犹豫了一会儿，就一会儿。

系统认证了我的指纹和虹膜，这样协议就算是签好了。

屏幕闪烁起绿色的光，随后出现了更多文字——

你的实验将会在2天13小时2分钟后开始。

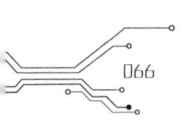

"3天后？"我惊讶地问瑞恩。

"是的，"她的声音在颤抖，"A组明天早上就要去了，B组的人晚两天。"

我咽了口唾沫，点点头。

"好了，"瑞恩擦了擦眼泪，继续说，"我得去告诉其他犯人发生什么事了。"

"理解。"我想问她今晚是否一切照常，我们是否还会像往常一样在凌晨两点见面，但我得小心一些，以免有人在监听，"我想你在经历了这漫长的一天后，会很想好好睡上一觉吧？"

她看着我，嘴角漾起一丝微笑："倒也没有太累——我想我应该要到凌晨才会睡了。"

我回给她一个微笑，说："再见，瑞恩。"

瑞恩重启了她的晶体镜片的监视功能，冲我悲伤地笑了笑。

"再见，卢卡。"

舱门关上了。

瑞恩的话回荡在我的脑海。"第一阶段""大选举""清醒区"，还有"电池计划"，她眼神里和声音中的恐惧让我的大脑飞速运转。那会是什么意思呢？为什么最近一切都这么奇怪？外面的世界到底在发生些什么？

好几个小时后我才平静下来，才终于说服自己，一切都会没事的。

可到了晚上，能量收割结束后，我站在窗前等待着下雨，所有的焦躁不安又回来了——今晚根本没有下雨。

今天的凌晨两点来到的时候，没有通常的喜悦和欢呼声，大家只是站在一起，惴惴不安地扫视着彼此。大家都感觉到坏事临近。

"好了,"马拉查伊打破了沉默,"谁是 A 组的?"

奇拉克和凯瑟琳缓缓举起了手。哈维举起了一根拐杖。

"谁是 B 组?"马拉查伊又问道。他自己举起了手,还有我、波德、伊格比、潘德尔、阿利斯泰尔、伍兹、埃默里、朱诺、亚当、富尔顿、蕾娜和阿奇米。

"有谁知道会发生什么事吗?"哈维失去了平衡,他一边发问一边调整着拐杖的位置。

我想着瑞恩告诉我的事,偷偷看了她一眼,但她只是低头看向地面。

"会没事的,"马拉查伊把一只手放在那男孩的肩膀上,对他说,"下周这个时候,我们还会在这里相会,再说笑着聊这件事的。对吧,瑞恩?"

瑞恩点点头,努力挤出一个微笑:"嗯,没什么好担心的。"

"好啦,"马拉查伊环视了一圈小团体的成员,说,"我们每周只有一次这样的机会,让我们尽情享受吧。"

人群慢慢分散成了小圈子。

瑞恩在人群中穿梭,和每一个人说话,确认我们都还好,和大家开几个玩笑,试着安慰 A 组的人不用太担心明天的事。

我往后退了退,靠在墙边看着这一切。我满脑子都在想着这大规模的延迟死亡协议,根本无心享受这宝贵的自由时光。

瑞恩朝我走来,明亮的眼睛注视着我。我的心顿时充盈起来,一瞬间忘记了所有的忧虑。

"一切都好吗?"我问出了口,然后赶紧又补充道,"一切都好吗?你怎么样?你还好吗?"

太棒了,这搭讪水平还真是无可挑剔。

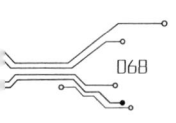

我听到马拉查伊在我左边某个地方哈哈大笑,我很肯定他是在笑话我。我的脸涨得通红,朝他那边瞥了一眼。他正一只手撑在墙上,和明显被他迷住了的蕾娜说话。她不再绕着循环监狱四处蹦蹦跳跳,而是认真和这位天赋者说着话。这时她正将一绺红鬈发掖进帽子下。

"我很好,卢卡。你呢?"

"很好,我挺好的。"

"听着,我之前说的,我相信是我反应过度了。我不是想吓唬你。"

"吓唬我?没有,这可没吓到我,我不会被吓到的。只是这情况不太寻常而已。"

"很好,我很高兴你没被吓到。我反应过度了,仅此而已。"

"嗯,正如马拉查伊说的,下周我们会再说笑着聊起这件事的。"

"就是。"

我点点头。"嘿,对了,那个新来的女孩,吉娜,她看起来挺不错的,你说呢?我感觉她应该也可以加入我们?"

我环视了一下我们这个小团体,瑞恩也随着我的目光看了一圈。

"大概有些早了,"她说,"我们得非常确定才行,百分之百确定,确定她……是合适的。"

"她就是。"我说。

瑞恩的脸上浮现出一丝微笑,她眯起了眼睛:"卢卡·凯恩,你是不是喜欢上她了?"

"我……呃……不,不是,我……没有喜欢……她只是……看起来……"

瑞恩笑了:"让我和她谈谈。也许等个几周就可以了,我们看情况,好吗?"

"不是喜欢她,"我好不容易才不结巴了,"我没有喜欢她。"

瑞恩又哈哈大笑了一番,接着朝阿奇米那边走过去了,给她递上每周时装。

"我没有喜欢上她,因为我爱的是你——"我超小声地嘟囔着,"我应该这么说的。"

潘德尔在墙边唱着歌,我在她旁边坐下,听着她用完美的嗓音哼唱着一些 20 世纪的流行歌曲。有些歌已经重新发行了太多次,我都听不出来她唱的是哪个版本了。她抬起手,调整了一下一边的助听器,终于能听得更清晰了,她露出笑容。我仔细听着歌词,这是一首关于年轻与叛逆的歌,一首关于爱与心痛的歌。这歌声在循环监狱的水泥墙上回响,真是美好,很有氛围感。

阿奇米从房间出来了,转着圈,欣赏身上那条绿色的裙子。

一阵突如其来的悲伤淹没了我。尽管我们所有的对话和互动都在"两点俱乐部"不成文的规矩的指导下进行,但我爱这些人,而此刻,我无法抑制地觉得这一切都将要结束了。

循环监狱的第751天

早晨七点半,叫醒铃响了。

我小心翼翼地从床上爬起来,选好了早餐。那一连串无法回答的问题依然在我脑中不断循环。几分钟后,传送带把我动也没动的食物送走了。

小乐让我准备好收听盖伦的讲话,我在床边坐好,面对屏幕。屏幕黑了四五分钟,才重新恢复了正常。

"真是棒极了,"我压低声音自言自语道,"我看一切都完蛋了。"

几个小时后,后墙打开,这是有史以来第一次,院子里一片寂静。

我走出门,聆听着微风的声音,直到泰科的声音响了起来。看来他也被分到了B组。

"卢卡,你在吗?"他叫道。

"我在。"我也叫道。

"总有一天我要杀了你。"

"我知道。"

院子又恢复了寂静。

我们站在阳光下,却心知肚明有一半的犯人不在这里,知道他们正在接受临床实验,那感觉太诡异太可怕了。以我目前了解到的情况来看,他们有可能已经死了。

"卢卡?"吉娜的声音从我右边传来。

"在。"

"我一点也不喜欢这样。"

"我也是。"我说。

"你觉得 A 组还好吗?"

"嗯,"我几乎立刻回答,答得太快了些,"我肯定他们会没事的。他们今天晚些时候就会回来,我们明天锻炼时可以问他们都发生了什么。"

"随后就轮到我们了。"她说。

"卢卡·凯恩,"泰科吼道,"我要杀了你!"

"消停一会儿吧!"马拉查伊冲他吼了回去。

泰科消停了。

今天大家的交流全都是低声嘀咕,好像不想打扰到其他人似的。一分钟警告来了,大家彼此告别,重新回到各自的牢房。

过了好久,瑞恩还没有出现。我都以为她已经被逮捕,关进了绝境监狱,我再也见不到她了。

就在这时,我听到了舱门打开的声音。

"嘿,卢卡。"

"嘿,瑞恩。"我也向她问了好,禁不住又猛吸了一口气,一阵舒

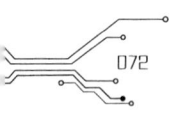

适的感觉涌上心头。我转过身来看着她,那感觉更加明显。她是如此完美,如此漂亮,这让我的心都痛了。

"听我说,我给你带了本书。"她举起一本小小的平装书,好让我看到。

"哇,瑞恩,谢谢你。我读完《指环王》就看——"

"不,今晚就看,卢卡。"

我看向瑞恩恳求的眼睛。

"好的,"我说,"我今晚就看。"

"很好,"她的声音有些颤抖,呼吸声很重,"我想你会觉得它很有趣的。"

我看了看书的封面——上面画的是悬崖上的一座大城堡,悬崖下便是波涛汹涌的大海。我大声读出了书名:"《基督山伯爵》。"

"没错,这是本经典小说。"瑞恩说着,伸手拿过一个装了食物的盒子递给我。

我站起身去接那个盒子,不去理会非法进入的警告声。瑞恩的指尖碰到了我的手指,她再次用恳求的眼神看着我。我点点头,确认我明白了她话里有话,才从她手中接过食物。

"好了,我得走了,"她说,"回头见。"

"瑞恩,等等——"可舱门已经关了,回应我的只有一片死寂。

我先看了看装面条的盒子,又看了看书,最后把盒子扔到床上,翻开《基督山伯爵》的第一页,快速浏览里面的文字。作者写到一艘大船正驶进一个码头,没什么特别的内容,没有任何东西能对应上瑞恩刚才试图传达给我的里面有重要信息的暗示。

我又翻了一页,停了下来。在书的第三页,盖在一整页印刷文字之上的，是瑞恩用红色墨水潦草写下的笔迹。

　　卢卡，你得想办法出去……

　　我以最快的速度合上了书。我想到了我额头上那个手术植入的摄像头。我不知道瑞恩是不是知道一些我不知道的事情，不知道政府是不是比平常更密切地监视着我们。

　　我随意地把书扔到床上，拿起吃的，花了二十分钟咀嚼我不感兴趣的面条，等着夜晚的到来。

　　现在是凌晨一点，我还没有去看那本书。

　　我太心烦意乱了，一年多以来，这是我第一次没有在窗前看雨。我假装伸懒腰、打哈欠。我知道不太可能会有人查看我的全景相机的录像，但我不能冒险。

　　我爬上床，把头靠在枕头上，然后伸手去拿书。我把毯子拉起来盖住头，挡住摄像头，好躲开那些窥探的眼睛。

　　我翻到第三页，读了起来：

　　　　卢卡，你得想办法出去。A组的犯人回来了，他们都昏迷了几个小时，醒来后完全不知道发生了什么，然后完全变了个人。他们开始失去理智，一言不发地在牢房里走来走去，对着房门拳打脚踢，用头猛撞地板，却不发出一点声音。有一些人已经死了，我想还会有更多人死去。卢卡，最恐怖的是他们一直在微笑，试着杀死自己的同时一直都在笑，好像很高兴似的。在我收到不该收到的那些信息开始，我就被二十四小时监视了。我没有办法帮你，但你得想办法逃过这次延迟死亡协议。

我也不知道该怎么办，我不知道这到底办不办得到，但你得试试，卢卡。想个办法。等一个机会，抓住它。我会尽量通知更多人。我真希望我能帮上忙，但他们在监视我。不惜一切代价，逃跑。

瑞恩

我又读了第二遍，然后是第三遍。

再过二十四小时多一点，我就会被送去医疗中心，发生在 A 组那些人身上的事情也会发生在我身上。

我翻过那一页，挪开挡住额头的手，假装真的读起书来，心跳也慢慢恢复了正常的节奏。

我又怎么可能从这里逃出去呢？循环监狱到今天已经运行七十年了，还从来没有人逃出去过，连稍微接近成功的尝试都没有过。

这是不可能办到的事情。瑞恩的字条不过是给我几乎注定的死亡提前发了警告而已。

好吧，我想，既然如此，那就这样吧。在这种地方你又能保持理性多久呢？

我吞下泪水，下定了决心。

延迟死亡协议实施的那一天到来的时候，我会准备好利用任何可能出现的机会来逃走，但如果真的没有机会，那我也就只能接受我的命运。

我合上书，转向屏幕。

"小乐？"

"我在，犯人 9-70-981。"屏幕答道。

"全景回放。到循环监狱的第1天,时间:下午五点十七分。"

"马上。"

屏幕黑了二十秒,然后出现了我跨过门槛进入监狱的画面。我听到自己被领着穿过走廊时发出的惊恐的喘息声。我的身后跟着一个警卫,他手上拿着一个心脏触发器——那是个小小的圆柱形装置,连接着刚植入我心脏的无限符号形状的炸药。走到我自己的牢房跟前时,我看到他打开门,听到他叫我停下来的声音。我被推了进去,门在我身后"砰"地关上了。

小乐允许犯人每天观看四分钟记忆回放。严酷的一点是,你只能观看你来到循环监狱之后的记忆,查看不了来自以前的任何东西。

我看着自己的记忆,看着自己看看这堵墙,又看看那堵墙,在以为自己马上就要倒下的那一刻跌跌撞撞向前走去,感受着墙壁的冰冷,透过小窗户望向院子里。

"犯人9-70-981,"小乐打断了我,"你的每日回忆时间还剩两分钟。"

我说:"关闭。"屏幕又变回了一片空白。

尽管前一晚根本没有睡觉,我却还是睡不着。我整夜躺在床上,在昏暗的光线下思考着自己的人生。我想到十一岁的时候,我爸爸失去了他在天空农场的工作。政府同意保持百分之五十的人类劳动力,但数量还是一年年地慢慢降了下去,直到最后变成了百分之二十。我想到十二岁的时候,我从一个在黑路塔楼卖废品的小孩那儿买了个22世纪早期的显示屏幕,用那玩意儿去扒窃那些还在用拇指芯片转账的优选人。我想到十三岁的时候教我妹妹认字,想到黑路塔楼的屋顶和那个拿枪的男孩,想到我妈妈的死,想到瑞恩,想到死亡。

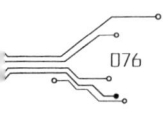

循环监狱的第752天

到了第二天的锻炼时间,我感觉像是生活在梦里。一切都感觉放缓了节奏,还那么不真实。我的思路很混乱,行动笨拙,什么也做不对。

今天,到了盖伦的讲话时间,屏幕还是一片空白。

后墙打开时,迎接我的又是一片可怕的寂静。

几秒后,一些B组的犯人开始向他们分到A组的朋友喊话,没有回应。

"卢卡?"吉娜在墙的另一边叫我。她的声音很弱,很低。

"嗯。"

"他们为什么还不回来?"

我想把瑞恩告诉我的事情告诉她,想告诉她他们回来了,幸运的那些已经死了,不幸运的则陷入了沉默的精神错乱。但我不能。

"我不知——"我还没来得及说完,院子里的寂静被一个人撞击吉娜另一侧院墙的声音打破了。那一侧住的是哈维。

"怎么回事?"吉娜问。

我没有回答。那可怕的撞击声和嘎吱嘎吱的声音又出现了。我试着想象哈维一头撞到墙上,骨头折断,皮肤撕裂,挣扎着要弄死自己的画面。

我听到循环监狱的另一侧也传来了类似的声音,第一声骨头断裂的声音就像枪声,打破了寂静,紧接着是更多声,从各个方向传来,仿佛他们都收到了信号:现在是时候了。

"卢卡,这是怎么回事?"吉娜问我。

我没有回答。我听到更多 B 组犯人担心的叫喊,和更多疯狂的犯人试图打破墙壁。

这时,哈维牢房里传来的血肉之躯撞击墙壁的声音被手脚乱动的声音取代,紧接着中央柱子上的一架无人机启动了,空中响起警报声:"犯人 9-71-343,停止你的动作,回牢房去。"

但哈维没有停下来。我能听到他急促的呼吸,还有爬墙时打滑的沙沙声。吉娜尖叫了起来。

"犯人 9-71-343,这是最后一次警告。停止你的动作,回牢房去。"

"噢,天哪,他怎么了?"吉娜叫道,"他想进我的院子来!"

我所在的地方看不到她看到的情况,但很显然,哈维,或者说哈维剩下的部分,已经爬到了隔离墙的顶上。

然后更多无人机从柱子上飞了起来,用它们的激光指示器对准了越来越多试图翻墙去抓那些清醒的犯人的人。

从 B 组的犯人那里则不断传出不安的低语和疯狂的发问,但当第一架无人机向哈维发射了一枚飞镖时,所有人都陷入了沉默。大家听着那些嘈杂的声音渐渐静下来,迷幻药开始在他的身体里发挥作用,致幻剂削弱了他的力量,直到最后他再也抓不住墙。黏滞的一声"啪",回荡

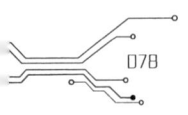

在整个循环监狱里,那是他的身体摔到地面的声音。

接下来,第二架无人机在我右边开火了,紧接着是几乎同时发射的第三架和第四架。身体倒地的声音此起彼伏。第六个,第七个,第八个。所有人陷入了一片死寂。

"他……他在笑。"吉娜说。她的声音太轻了,我几乎都没听到。

我听到远处还有更多无人机在往这边飞过来。

嗡嗡声越来越响,院子里窃窃私语的声音也又响了起来。我仔细听着那声音,感觉身体僵在了那里,每一次呼吸都是那么无力,似乎没能对我的身体起到任何作用。正在高速接近监狱的,是棺材无人机。

我感觉自己完全没有了力气。我靠在墙上,看着棺材无人机嗡嗡地落进院子。

"喂!"我听到一个女孩高声喊了起来,"喂!到底发生什么了?这是怎么回事?谁能回答我?"

不止她一个,要求答案的声音越来越多了,大家纷纷冲着有可能正在另一边的全景摄像头前监视或监听着我们的人发出叫喊,但他们没有得到任何答案。

大约一分钟后,棺材无人机重新升上了天空。它们的金属爪抓着黑色运尸袋。

哈维,我的朋友,被循环监狱折磨成了脑瘫,而现在他死了。A 组的所有人都死了。

我只能希望他们死得不要太痛苦,他们现在得到了自由。我滑坐到了墙根,看着无人机朝向远方飞去,在我的视线里变得越来越小。

监狱的犯人还在尖叫,要求得到答案,要求知道 A 组的人究竟发生了什么。

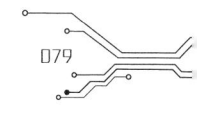

最后，院子里唯一剩下的声音，是失去朋友的人们的低声啜泣。

警报声响起时，就连泰科都很安静。

回到房间后，我踱着步，等待瑞恩的到来。她迟到了。我告诉自己她以前也迟到过。但我一直等，她却一直没有出现。一直到能量收割开始，我才终于接受了今天见不到她的现实。

今晚的能量收割显得分外漫长。收割结束的时候，我确信自己将永远无法恢复。我在地上躺了两个小时。

好不容易有力气爬上了床，我却发现自己根本睡不着。我担心瑞恩，担心明天，我担心这是我在地球上的最后一晚。

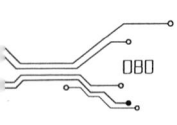

循环监狱的第753天

今天的叫醒时间早了半小时,是在七点。我想我根本就没睡着。

有个通知告诉我,我将在三十一分钟后登上黑暗列车。

我慢慢坐起来,试着集中注意力。我太累了,足足花了一分钟才从睡眼惺忪中缓过神来。

我选择了早餐,但我甚至根本不确定自己到底按了什么按钮,因为我的脑海里不断浮现出瑞恩可能的遭遇。他们会不会决定让所有收到了文件的人保持沉默?这一切和关于战争的那些谣言有关系吗?还是因为她给犯人的警告被发现了呢?她被关到绝境监狱去了吗?

我还想到了今天我登上黑暗列车后有可能会发生的事。

准备好吧!我告诉自己——要是找到一个逃跑的机会,一定要抓住它!

屏幕响起哔哔声,提示我将在五分钟后离开牢房。我还没碰过面前的早餐呢,原来那是麦片粥,此时它已经在碗里变成了黏稠的胶状物。我把碗放回传送带,让它送走。

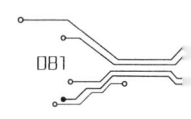

"小乐？"我抱着最后的希望，想看看这个无所不在的系统最近发生的问题是不是已经自行修复了。

屏幕闪了几下："犯人 9-70-981，什么事？"

"在医疗中心，我会怎么样？"

"一切都是应有的样子。"

"我就知道你会这么说。"我看向地板，深深吸了一口气，又开口说，"小乐？"

"犯人 9-70-981，什么事？"

"我真恨你！"

我拉紧鞋子上的尼龙搭扣，在门口等着。

延迟死亡协议的好处是，你终于可以走出循环监狱。我不知该如何向你解释我从这个简单的动作中获得的喜悦。自由是一种特权，当你失去的时候才能真正体会它的价值。不过今天，任何事都难以让我体会到乐趣。

倒计时结束，我听到两声刺耳的喇叭声，牢房门上的那个小舱门滑开了。

时候到了，卢卡——我告诉自己，等候时机，做好准备。

一个全身黑衣、头戴防暴头盔的警卫向里窥视。他做了个手势叫我靠近些。

我上前一步，他拿一根金属管指着我的胸口，那玩意儿顶部的一盏绿灯变成了红色，我听到胸腔里传来一连串哔哔声。警卫手上的武器现在已经连接上了我心脏里的那个无限符号形状的植入装置，一旦警卫的手从金属管上松开，一场小爆炸便会撕裂我的胸腔，我甚至来不及倒地

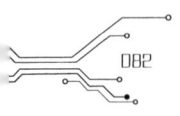

就会死去。他们管这叫"死人开关"。

防暴警卫打开了我房门上的锁,拉开了门。他用空闲的那只手指了指循环监狱的入口,跟在我身后四五步的距离,直到我们来到大门口。

入口处用黄色的大字写着:

> 犯人请注意,在未经授权的情况下越过这个点将引爆植入装置!

我停下脚步,那个沉默的警卫走到墙上嵌着的一块面板前,摘下手套,将拇指按在扫描仪器上。完成后,他转身做了个手势让我走出监狱。

每次走过这些门,我的心跳都要漏半拍。我想着那个扎在我心脏里的无限符号形状的装置。我设想着系统出了问题,指纹扫描错误,或是碰上个漫不经心的警卫,满脑子都只有下班后喝点什么或是周末的乡村旅行。

但是我安然无恙地走了过去,进入了另一条短短的走廊,那是通向站台的。黑暗列车已经等在了那里,从下方的六条铁轨上面三厘米左右的地方,传出一种几乎难以察觉的电子设备的轰鸣声。列车的每一节车厢都很小,只能坐下一个人,现在有一半的车厢门都是关上的,里面都已经坐上了要去接受这次大规模临床实验的犯人。

警卫指着第一节开门的车厢,我走过去,爬上了车,坐进那个极不舒服的模压注塑座椅。

我面前的一个屏幕亮了起来,告诉我应该把手放在哪里。扬声器里传出小乐的声音。

"早上好,犯人9-70-981。请把手放到座位两侧的空隙处。"

这不是我第一次坐黑暗列车,所以我知道该怎么做。我把手伸进身体两侧的圆形空间里,一直到手腕的位置。我能感觉到三层拉力拉扯着

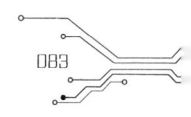

我的前臂,防止我逃跑。

这时候,警卫本应该过来关上舱门,把我和外面的世界隔绝开来,也不让我有窗户能看到自己是要被带去哪里,但他忘记了。他转过身,又走回了循环监狱。

我想,他肯定会想起来的,他随时会跑回来。

但他没有。我就这么被留在车厢里,听着火车的轰鸣声,等待着接下来会发生的事。几分钟后,一个女孩走上了站台。不知为什么,我马上就认出那是吉娜。她的黑发被剃得很短,几乎能看到头皮(犯人入狱的第1天就要剃光头发),她的眼睛是深棕色的,近乎黑色,但在棕色皮肤的映衬下似乎还是闪闪发着光。她又矮又瘦,但看起来有一颗强大的内心。她也看到了我,冲我笑了起来。

"你好,卢卡。"她边说边冲我点点头,就像我们是在街上擦肩而过。

"吉娜。"我也模仿着她若无其事的样子回答道。那警卫慌乱地冲过来,"砰"的一声关上了我的车厢门,我俩都没忍住笑出了声。

我在安静又黑暗的车厢里笑了很久。我笑是因为警卫忘了他的职责,这很搞笑,但更重要的是,我看到了吉娜——我看到了我朋友的面容。

"吉娜·坎贝尔。"我大声念出她的名字,又一次笑了起来。

终于看到我的朋友长什么样,终于能够想象她半边嘴角上扬着微笑的样子和她棕色的眼睛,这对我来说意味着整个世界。即使今天我就将死去,至少我拥有了这个。

我发现至少在一分钟的时间里,我忘记了瑞恩。但随着死一般的沉寂慢慢消磨了我的这点快乐,我全部的念头又回到了她身上。我希望她没事,希望她已经平安回了家,和家人在一起。

又过了一个小时,火车才开动。车厢都是隔音的,也没有窗户。我

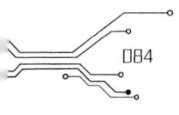

看不到自己正被载往何处,也无法判断我们在往哪个方向走。但十五分钟后,我们开始减速,最后停在了医疗中心。

我们还是得在火车上等着,因为犯人要一个一个被押下车。我感觉自己独自在车上等了好几个小时,而这什么也没有的死寂,不由得让我对瑞恩的担忧更甚,对即将到来的临床实验也愈加恐惧了。

车厢门终于被打开,警卫用触发装置扫描了我的胸部。胸腔里的装置开始工作后,控制我手臂的力量就解除了。

我走到水泥站台上,看到了医疗中心。那是座有着巨大黑色圆顶的建筑,十米宽的入口上面还有白色的几个大字:"F-459"。建筑本身还是老样子,但前面的空地却不像以往空空荡荡的,而是排起了一条蜿蜒的长队,从入口一直延伸到站台。排队的有些犯人我在循环监狱里见过,有些我则根本不认识。我不认识的那些大部分年龄稍大一些,一定是从绝境监狱过来的。

"什么情况?"我问。

"闭嘴,"警卫答道,"把手放在背后。"

我几乎没有听到警卫的声音,这么多人的场面让我惊呆了。我已经两年多没有见过这么多人了。

"再给你一次机会!"警卫的声音瞬间从平静变得凶狠,"别反抗,否则我炸了你,明白吗?"

我被他的激动吓到了,转头看向他,说:"好的,好的。"

我把双手背到身后,感觉植入我骨头里的钴被磁化了,因为我的手腕被一股不可抗拒的力量拉到一起,在身后撞上了彼此。

"排队去。"警卫对我说。他推着我往前走,我晃了一下,勉强保持住了平衡。我排到了队伍的最后，前面是一个四十岁左右肩膀宽阔的女人。

"你知道他们要对这里的人做什么吗？"我压低声音问她。

"学校春游，"她疯狂地四下张望了一会儿，偏头看向我说，"最好表现好一点，否则别的孩子进博物馆餐馆的时候，你可就只能在车上等了。"

很显然，绝境监狱把她给逼疯了。但我又试了一次："你知道这是怎么回事吗？"

"你再和我说话，我就吃了你的心！"这回她彻底转了过来，我看到她只有一只眼睛，另一边是一大片疤痕组织。她咧开了嘴，口中发出喘息声，过了好一会儿我才明白过来她是在笑。

我转过头不看她，希望她会对我失去兴趣。继续往队伍前面看，一个又高又瘦的秃顶男人在剧烈地抽搐，他瑟缩着，仿佛在被只有他自己能看到的鸟攻击。他前面不远处的那个男人跪在地上，朝着地上的泥土发出歇斯底里的笑声。队伍的最前面，一个绝境监狱的优选人一遍又一遍地吐痰，嘴里还念叨着什么毫无意义的咒语。

绝境监狱里到底是什么样的境况？

我快速扫视了一下队伍的情况，发现每隔五米左右就有一名警卫，他们一动不动地站着，手里都有心脏装置触发器，身边还有超声波（也就是USW）枪。大约在队伍一半的位置，停了一辆巨型军用坦克。这是我第一次在现实生活中看到这样的东西。

是时候了吗？我默默想着——是时候试着逃跑了吗？如果我能尽快把所有人召集起来，想办法让他们知道我们是被弄到这里来送死的，那

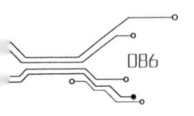

么也许我们能一起行动，推翻这些警卫，夺过他们的武器。嗯，逃跑。

我尝试了一下挣脱自己被磁化了的手腕，明白现在还不是时候。周围人实在太多了，我过于显眼。耐心点，卢卡。

我听到潘德尔在前面的某个地方冲着一个绝境监狱的年长男囚犯大喊。他一定说了些非常不恰当的话，因为我的视线找到她时，她冲那男人的两腿之间狠狠踢了一脚，他跪倒在地。潘德尔俯身凑向他，厚厚的眼镜离他疼得发紫的脸不过几厘米。

"哟，你不是挺厉害的嘛？"她冲他嘘道，"这会儿怎么尿啦？"

"犯人9-71-444！"一个警卫朝潘德尔走了几步，用心脏装置触发器指着她，喊道，"再敢动一下，我就地处决你，听见了吗？"

"什么？"潘德尔假装无辜地叫道，"我什么也没做呀，他自己倒下了。"

"犯人9-71-444——"

"潘德尔，我的名字叫潘德尔。这难道不比什么'9-71-444'好记吗？"

"犯人9-71-444，马上到队伍前面去。"

潘德尔把头偏到了肩膀上，摘下耳朵上的助听器，说："对不起，你说什么？我是聋子，我听不见你说什么。"

警卫举起手中的触发器，小金属管末端的绿灯变红了，潘德尔胸腔里传出一连串的"哔哔"声。

"好了，好了，别激动。"她说。

她又放肆无礼地说那个警卫是黑帮成员。我感觉到有人从后面靠近，所以没再听下去。我扭过脖子，看到吉娜缓缓走到我的后面。

"卢卡。"吉娜说。

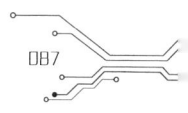

"吉娜。"我掩饰不住嘴角的笑意。

"看来潘德尔并不是我想的那个可爱小女孩嘛。"

我转身去看潘德尔,她朝地上那个绝境监狱的男人胸口又踢了一脚,才走去队伍的前面,口中还一直在抗议说自己是无辜的。

"听我说,瑞恩有没有给你传递什么消息?"我低声问。

"消息?什么消息?"

"这次临床实验——是死路一条。"

"哈维……"回想起往事,她的声音变得微弱起来,"我想我已经知道了。"

"犯人,安静!"一个附近的警卫朝我们吼道。

我们安静了一会儿,等到队伍向前移动了几米,后面来了更多的犯人。

"那我们怎么办?"吉娜低声问。

"我不知道。我们被铐着也做不了什么。瑞恩说要等机会,等到他们没有防备的时候,想办法逃出去。"

"犯人9-70-981和9-72-104,再让我听到你们说一个字,你们都要被就地处决,听到了吗?"

我脸朝前方,低下了头。

我听到越来越多的犯人排到了队伍的后面,大家慢慢朝这座巨大建筑的入口处逼近。

"你有计划吗?"吉娜的声音几乎低到听不见。

"没有,"我耸耸肩,说,"我们只能做好准备。如果有人采取行动,我们想办法帮助他们。"

新加入队伍的人越来越多了,我们拖着步子向前走。

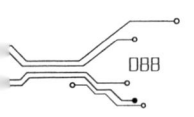

"卢卡,如果我们逃不出去……我只想说谢谢,谢谢你帮助我度过了最初的几天。"

"别客气,"我对她说,"我只是很抱歉一切结束得太早。"我的声音听起来平静又克制,可实际上我的心在狂跳,五脏六腑都扭在了一起。

我们向前移动,越来越靠近医疗中心那巨大的入口。我抬头望向太阳,享受着阳光洒落在我脸上的温暖。这时我听到了泰科的声音,这让我一时间恍惚不知身在何处。

"卢卡·凯恩,我要杀了你!"

我转过头,几乎都以为会看到锻炼时间的院子,但眼前却是一片开阔的空间和红区边缘的焦土。我想看看那个想杀我的人长什么样,但他离我太远了,我什么也看不到。

"犯人9-70-982,待在原地不要动。"我听到队列后面一个警卫发狂般的声音,他跑过来的脚步声越来越近,越来越大。

泰科的机会来了,他现在就要杀我。六个慌慌张张的警卫的声音汇集在一起,一个比一个离我更近。

"犯人9-70-982!给我站住,否则我把你就地处……"

"犯人9-70-982!站住不许动,否则我把你就地处决……"

"犯人……泰科·罗斯……站住,给我站住。"

我转身看到警卫围成一圈包围住泰科。我很想看到他的样子,但已经太迟了。我听到五六声接连不断的"哔哔"声,显然几个警卫使用了他们的触发器,还有一些则用枪指着他。看来他们终于控制住了这头发狂的公牛。

"他们为什么不干脆杀了他?"吉娜问。

我看着警卫把泰科赶回队伍的后面,回答道:"我也不知道。"

"你,"一个警卫一边冲向我一边喊道,"9-70-981,你是下一个。"

"可还没排到我呢。"我说。

"我们不能让你在这里和别人起冲突。"他边说边把触发器对准了我的胸口。我听到四声"哔"声。他示意我离开队伍。

"卢卡,"我听到吉娜说,"睁大眼睛。"

我正被推着朝大楼方向走去,回过头朝她点了点头。

"进去。"警卫命令我。我跟在他后面几米处。

"祝你好运,卢卡。"我听到伊格比说。

"好运。"波德也附和道。

"好运,卢卡。"亚当小声说。然后是马拉查伊和伍兹。

时间到了。这就是那段长长的路。这就是我生命的终结。

巨大的门槛外是一个十分宽敞的飞机库,里面坐满了等待实验的犯人。警卫们用晶体镜片识读犯人的编号,然后把信息传送给小乐,犯人们随后被一个一个领进医疗中心。

那个警卫把我推到队伍最前面,告诉那里的同事我是下一个。没有人提出任何异议,我被带领着穿过了门,进入大楼。

"下个口左转。"警卫咕哝着。这指示其实完全没有必要——我以前走过这条长长的白色走廊,经过路上一扇扇紧闭着的门,耳朵里充斥着动物的尖叫,鼻子里满是化学物品的气味。但这一次的感受与以往不同。以前我知道我可能会活不下去,可这一次,我确信我没法儿活着离开这里,至少没法儿以能够活下去的健康状态离开这里。

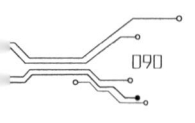

右转了一次后，再穿过三组自动门，我们终于来到了医疗实验间那扇锁着的门。

我想着吉娜对我说的话：睁大眼睛。我想着瑞恩对我说的话：等一个机会，抓住它。

警卫示意我在麻醉室外的走廊里转身，我感觉到体内"手铐"的磁力消失了。

"犯人9-70-981，我们需要告知你如下信息——"警卫日复一日地重复这样的工作，念这段话时已是漫不经心，"当你进入等候区，在你面前的椅子上坐下。你将一直处于监控之下，你心脏的植入装置也将一直处于激活状态。在此期间，你可以撤回你的延迟协议，如果这样做，你将被立即带去法庭，执行你的……"

我的注意力集中在他左手握着的触发器，他的话全都变成了模糊的背景音。

就在这时，我看到了我的机会。

"我撤回。"我打断了他的话。

"你说什么？"他瞪大了眼睛问道。

"我撤回。我不想签延迟协议了，我改主意了。"

那警卫盯着我看了五秒，然后结结巴巴地开口道："你……你……你确定吗？如果你撤回已经签过的协议，将不再有7天的冷静期，他们今天就会删除你。"

"我非常确定，"我说，"我不想参与这个，我宁愿死。"

那警卫目瞪口呆地看着我，然后耸了耸肩。他抬头向上看，然后转向左，激活了晶体镜片，低声嘟囔出几条语音指令。我看着他的目光在空气中扫视，阅读只有他能看到的指示信息。

"好吧,"他开始大声读起来,"在延迟协议生效期间决意要撤回已签署的犯人,需要仔细听以下内容:犯人已充分了解如果不接受延迟死亡协议,他/她将在法庭确认后的一百二十分钟后被执行死刑,并通过虹膜扫描和指纹进行确认。该决定一经做出,将是你的最终选择,不能被再次撤销——"

我没给他念完这段话的机会,快速行动,利用他注意力被分散的机会,用右手抓住他的左手,死死摁住触发器,迫使他将那个一旦松手就能杀死我的装置紧紧握在手里。与此同时,我的左手握住了他那把USW手枪的枪柄,将它从枪套里抽出来,顶在他的肚子上。

"解除触发器,否则我就在这儿杀了你,"我恶狠狠地说,"听明白了吗?"

那警卫低头看着我,眼里充满了好奇。"放下枪,孩子,"他说,"放下枪。我让你接受协议,就当这件事没发生过,怎么样?"

"不,"我说,"听起来一点也不好。我告诉你接下来该怎样:你解除触发器,把它交给我。"

我感觉到他轻轻拉了一下触发器,试探我抓得有多紧。它纹丝不动。

"听我说,"他微笑着说,"你犯了个错误,一个判断上的错误,但我们可以当它没发生过,你……你和我,我们可以做个交易,没有人会受到任何伤害。"

"我给你三秒的时间来解除触发器,如果我数到一,你还没关掉这玩意儿,我就开枪打死你。"

"打死我你也就等于自杀,"警卫对我说,"我一旦松开手——"

"三。"尽管体内肾上腺素激增,我的声音听起来还是分外平静。

"你只能杀了我了,孩子,我是不会解除……"

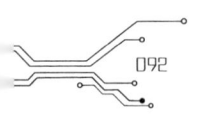

"一。"

"你别想吓倒我。"

"一。"

"等等!等等!"警卫尖叫起来,"好了好了,听你的。"

他再次抬眼朝左看了看,嘟囔出"解除"这个词,触发器上的红灯变成了绿色。

"现在把它给我。"我边说边放开了警卫的手,伸出我的手。他把那金属管"啪"的一声摔到我手中,冷笑起来。

"你以为现在又能怎样呢?真以为你能出得去吗?你完蛋了,孩子,他们会杀了你的。"

"我想我们也只能走着瞧了,"我说,"现在把衣服脱了。"

"你说什么?"

"把你的制服脱了,快点。"

"为什么?"

我拿枪指着他的头,靠近了些:"我可没时间回答你的问题。把衣服脱了,再把你的晶体镜片也取出来。"

警卫紧紧咬着牙,脱下防弹衣时下巴的肌肉拧成了一团。

当他穿着内衣裤和袜子站在我面前时,我也脱下了我的囚服,踢到他面前,说:"穿上。"

他照做了。我一边依然举枪瞄准,一边艰难地穿上了警卫的制服。

"我向你保证,你逃不出去的。"

"晶体镜片。"我没理会他的话,只是命令道。

他将拇指和另一根手指伸向左眼,取出晶体镜片,放进我的手掌。我把它放在指尖,装进自己的眼睛。我的视线中立刻出现了一个平视显示器，屏幕底部有红色字体，显示我目力所及的所有东西的信息：桌子的原材料、建筑的坐标、房间的尺寸等；顶部滚动显示的是最新的警卫工作的日程、任务和其他杂项信息；右边有五个选项，分别是通话、信息、虚拟现实、紧急联络和购物中心。

"通话"按钮开始闪烁绿光，我听到脑海中响起嗡嗡的提示音。

"转过去。"我对警卫说。

"什么？"

"面朝墙壁，快点，"我用枪威胁着他，"别出声。"

他照做了。我移动眼珠向右看，直到选中"通话"按钮。什么反应都没有。

"呃，接听。"我试着说。突然间眼前出现了一个穿着军装的女人，透过她的全息身体，我依然能看到面朝墙站着的那个警卫。

"佩特洛夫警官，怎么耽搁了？"

我有些慌张——我一旦出声回答，她就会知道戴着这晶体镜片的不是佩特洛夫警官了。

我很想知道，她能看到我吗？要是能的话，我就死定了。

"佩特洛夫警官？"那全息身影追问道。

我尽量模仿那警官的声音，脱口而出我想到的第一句话："一切都在掌控中，情况正常。"

"我看到这个犯人要撤回，我们不接受。他既然签了协议，就要接受实验。赶快。"

"呃，现在正在做。"

"把犯人带到操作室，佩特洛夫，时间不多了。没有百分百付出的第三级人员是到不了'天穹'的。第一阶段三十小时后就要开始了。"

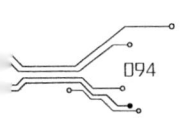

"抱歉……老板。"我说。

"回去工作吧,"她说着,又补充了一句,"团结一心。"说完她的图像便消失了。

我呼了一口气,很惊讶自己居然没被发现。

"没有百分百付出的第三级人员是到不了'天穹'的。"这到底是什么意思?还有,她是不是说了句"团结一心"?什么时候这成了优选人对话的结束语了?

"别转过来。"我一边指示那警卫,一边朝门口退去。门在我身后自动打开了,我一步步退出门外,想要从外面锁上手动门闩。警卫要不了多久就会拉响警报,但我希望我能抢得一些先机。我找到那个门闩,锁上它,转身跑过空荡荡的走廊。

我又跑过了一组滑动门,抬眼向左看了看,晶体镜片为我提供了十几种选项,大部分都与警卫的工作有关,其中一项叫作"F-459图纸"。我的视线扫过它,小声说"激活"。我视线的余光里出现了一份详细的医疗中心平面图,上面实时显示着每个警卫位置的光标。

很好,很好,这很好,我想。我能用得上这个。

我慢慢转过身,地图跟着我的方向转动,我开始寻找另一个出口。我发现有一个无人看守的紧急出口就在大楼后侧,再下两层楼就是。

我进了动物房。猴子的尖叫声突然变得很大,我只好用没拿枪的那只手捂住一边耳朵。可这时鸟儿们也尖叫起来,老鼠们在玻璃笼子里上下乱窜。

房间突然暗了下来,扩音器里传来小乐的声音:"所有单位请回应,发生九号事件,地点:C-F1。所有单位请回应,发生九号事件,地点:

C-F1。"

我不确定,但我敢拿我的生命打赌,我就是那个"九号事件"。

我看着地图,又有几十个警卫冲进了大楼。

我得赶快行动,赶快跑。要是被他们抓住,我就死定了。

这时扬声器里的声音再次响起:"所有单位请注意,危险人物已被控制在四号实验室。小心靠近。"

"已被控制?"我大声叫了出来,全身的肾上腺素再次急剧飙升。

我跑向动物房另一头的门,锁上了。我跑回进来时的那扇门,试了一下,也锁上了。

总不能就这样结束吧,我想。我的逃跑计划还没开始就被扼杀,这让我太震惊了。

我用偷来的武器对准门锁开火,钢筋铁骨的锁头冒起火花,却丝毫没有松动的迹象。我只能不停地冲它开着枪。要是我能有十分钟的时间,这说不定能管用。可我已经没有时间了。

"犯人 9-70-981,放下武器!"一个声音从门外传来。

我该怎么办?我的大脑飞速运转,眼睛扫视着整个房间,寻找另一条出路、另一个选择,可是什么也没有。我被困在了这里。

我走到房间中央。地图显示现在每个出口处都有一小群警卫。我已经没有任何机会了。

两扇门同时打开,警卫从两边同时拥了进来。他们占据了各种理想的战略位置,猫着身子躲在桌子和猴笼的后面瞄准。

"不许动!"一个声音从我身后传来。

我转过身,看到三个警卫正悄声向我逼近,其中两个用枪指着我,

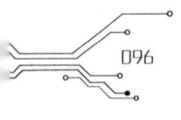

另一个用触发器对准了我的胸口。我听到自己的心脏里传出四声电子器件的"哔哔"声,便知道一切都结束了。我死定了。

"犯人 9-70-981,放下武器,否则我当场处决你,明白了吗?"带头的警卫喊道。

又进来了五个警卫,全都用来复枪瞄准了我。

"犯人 9-70-981,放下武器!"另一个警卫冲我喊。

我想一切都结束了。要是我再勇敢一点,我一定现在就自杀,只要把枪管抵着自己的头,扣下扳机就好了。我可不想再被拽去法庭,不想被带到删除室,不想让某个不知道名字的穿防暴服的警卫启动删除器,在一眨眼的瞬间把我删除成一万亿个亚原子粒子。要是我有勇气在这里结束这一切就好了。但我意识到我不需要自己了结,只要我不放下枪,他们就会杀了我。

"犯人 9-70-981,最后一次警告。马上放下武器!"

我环顾四周,看到一群警卫,还不断有更多人从后面加入。我笑了,说:"不。"

我慢慢举起枪,瞄准我面前的那群警卫。

"第一排,瞄准!"领头的警卫喊道。

我闭上眼睛,鼓起勇气。

"等等!"另一个声音从后面传来。

我认得那声音。但我还没来得及细细回忆,腰部便被什么东西重重地击打了一下,手臂"啪"的一声垂落到身体两侧,枪也从手中掉了出去,落在地板上。我低头看了看,只见一根金属带缠绕着我,把我的胳膊绑在身体两侧。又一声闷响,第二根金属条撞上了我的小腿,在脚踝处自动收紧。我没法儿腾出手来保护自己,脸朝下摔在了坚硬的地板上。

我觉得鼻子都要被自己的体重压断了。

我几乎动弹不得,就那么被牢牢摁在冰冷的地板上,血在我的脸上滴落。

我看到一双黑色的鞋子,脚尖处被擦得锃亮。

我再一次想:一切都结束了。

我听到某个不知名的设备传来嗡嗡的轰鸣,然后是那个穿闪亮鞋子的男人沉思时的呼吸声。

"血压:完美;呼吸系统:完美;碱基对:完美——"那男人的声音继续响起,我再一次确定我听过这个声音,"这个叫卢卡·凯恩的男孩身体状况非常好,年轻、强壮、健康。他将是一块极好的电池。把他带去操作室。派两个警卫看着他。"

"团结一心!"我听到一个警卫回答道。

这下我想起来了——我认得这声音,是因为我在循环监狱每天都要听到它。这是总督盖伦·莱伊的声音。他在这里做什么?他就是这次害死了我一半朋友的大规模延迟死亡协议的幕后黑手吗?

盖伦走开了,我被两个警卫拖着站了起来。

"先带去麻醉室,省得他又闹出什么名堂来。"带头的警卫指示道。

警卫们拖着我,沿着我刚才逃过来的走廊往回走,我的双脚被捆在一起在地板上剐蹭着。动物室里的猴子们还在发狂,仿佛一群乌合之众在嘲笑我。我又被拖回到了操作室那扇锁住的门前。

那个被我偷了衣服的警卫穿着我的囚服站在我面前,咧着嘴笑。"自由的滋味怎么样啊?"他边问我,边毫无征兆地对准我的胃部狠狠来了一拳,我差点当场吐出来。之后他凑近我,耳语般的声音说道:"要是

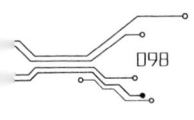

你让我失去第三级的名额,我会让你不得好死。"

"滚开。"我呻吟着喊道。

"带他去'椅子'。"佩特洛夫低声说。麻醉室的门打开了。

我被拖进了白色的无菌房间。除了中间的那把椅子,里面空无一物。那是一把又大又不舒服的轮式牙医椅,座椅部分和扶手部分都覆盖着蓝色塑料,方便擦拭蹭上去的血迹。我好不容易挣脱了捆住手脚的金属带,两个警卫把我拽到了椅子上。我转身坐起来的时候,椅子的不锈钢框架在灯光下闪闪发亮。

这是医疗实验中最糟糕的部分,不管他们在实验台上对你做了什么,都比不上椅子来得糟糕。

一阵电子仪器运转的轰鸣声后,针尖升起。我感到自己的脊椎底部被刺了一下,便彻底瘫倒了。

我身体的每一块肌肉都失去了控制,整个人成了一只填满血液和器官的软绵绵的口袋。我其至不能眨眼睛,嘴角流着口水,头垂下的角度让呼吸都变得很困难。我唯一还能控制的就是我的呼吸和身体机能。

我听到自动门的声音,几秒后,两个身穿刺眼白色制服的勤务兵走了进来,随意闲聊着周六晚上要去做什么。编着脏辫的那个说要去参加一个音乐节,享受"潮落",另一个只是与妻子共度,所以听起来有些失望。

他们一起手动调节椅背的角度,把它变成了一张床。水平躺下后我马上可以正常呼吸了。脏辫男朝我干燥的眼睛里喷了些喷雾,然后推着我穿过自动门,进了操作室。

"再见了,卢卡·凯恩。"佩特洛夫警官的声音从玻璃隔断的另一头传来,听得并不是很真切。我只能盼望被一个十几岁男孩制服的耻辱会让他丢掉工作，还有他在第三级的名额——鬼知道那是什么玩意儿。

由于身体完全无法动弹，我能看到的只有头顶的天花板，唯一能做的也只有祈祷感受不到他们即将注入我体内的让我发狂的药剂，祈祷药剂让我精神错乱时，我的身体没有任何部分还能做出任何事情。

我从未如此害怕过。

一张脸出现在我上方，那是一个戴着外科口罩的中年妇女。她明亮的眼睛里露出可怕的笑容，说话的声调很欢快。

"你一定就是凯恩先生了？"她明知道我僵掉的声带无法回答她的问题，"那个逃脱专家——你在我们这儿可有名了呢。那么我们开始吧？"

她从我的视线中消失了，我听到手术器械发出的金属摩擦声。

我想要跑，我请求自己的身体服从大脑的命令，请求我的腿动起来，带我离开这儿，不要让他们在我身上做实验。可除了等待，我什么也做不了。

医生的脸又出现了，她拿着一支注射器。

"来吧。"她咕哝着，把巨大的针头扎进我的身体。我不确定它扎在了哪里，但根据她站的位置推断，我想应该是上臂或者脖子。我听到她把注射器放回托盘的丁当声，然后她又拿起了另一支注射器。

"第二支。"她简直像唱歌般说出这句话，然后又消失在我的视野里，再次给我注射。

"还有第三支噢。"她又拿起第三支。我很确定这一支是其他针的两倍长。

之后是整整五分钟的沉默。我想他们大概是在剥我的皮或者锯掉我的腿，反正我也感觉不到。

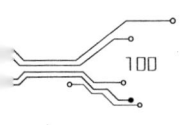

"好了，应该够长了。"医生说完，惊讶地"噢"了一声，又叫道，"索托医生，欢迎。来见证你的劳动成果吗？"

"不是。"那女医生简短地答了一句，便走开了，从我头旁边的托盘里拿了些东西，又离开了房间。当然，这一切都发生在我视线之外。

我又动了起来。我的床被推到房间的另一端，进到一个看起来像是廉价温室的有机玻璃隔间里。

我听到嘶嘶的声音，隔间里注满了白色的气体。我的本能反应是忍住呼吸，但我和气体共处的时间远远超出了我憋气的极限，最终我还是放弃了，吸入了这玩意儿。我没有任何感觉，但在我的想象里，腐蚀性的薄雾进入我的肺部，灼烧了肺部组织，让我的气管起了泡，毒素进入我的血液。

嘶嘶声停了下来，我躺在那里等着接下来会发生什么，等着那气体发挥它的作用，等着变成像哈维、奇拉克、凯瑟琳和 A 组的其他人那样。

我试着去想一些事情，一些快乐的回忆。在我的大脑停止运转，在我变成另一个人之前，我要努力想着这些。我的思绪回转，我想起我的妈妈，她去世前我们相处的时光；我想起小时候和我妹妹一起偷溜进天空农场；我想起站台上看到的吉娜。但最后，我想到了瑞恩，她第一次递给我一本书的样子，那改变了我的世界。要是我还能控制自己的肌肉，此刻我一定会微笑。

我让这些回忆停留在脑海，等待着。

什么事都没有。

过了一会儿，玻璃隔间的门打开了，有人推着我出了操作室另一侧的门，把我一个人留在那里。插进我脊髓的那根针被收回，麻痹感立刻消失了。

我尖叫起来。这是不自觉发出的痛苦和恐惧的声音,但更重要的,还是由于这噩梦般的延迟死亡协议终于结束了,我松了一口气。我还能感受到脖子上注射伤口的刺痛,我感觉到大脑对四肢清晰准确的控制,我摆动脚趾,又伸出手指,忍不住抽泣了几声,又深呼吸了四到五次,努力想要控制住自己。

"我还活着,"我的声音在颤抖,"为什么我还活着?"

他们本该在我试图逃跑时杀了我,他们应该当场开枪打死我或者把我带到法庭去实施删除,但他们没有这么做。

为什么?

盖伦说我将会是一块极好的电池,这是什么意思?他们为什么拒绝犯人的撤回请求?为什么实验没有让我陷入昏迷,或是像 A 组的人那样发疯呢?

也许过段时间就会了吧,我想。

但此时此刻,我觉得这已经不重要了。我还活着,不管是出于什么原因,总之他们决定不杀我,而且,至少到目前为止,我熬过了这次延迟协议。我笑了,回想起今天早晨,在站台上等待时看到吉娜的脸,而她也认出了我,她说了"你好",我们还一起笑了。

"吉娜。"我又喊出了她的名字,脸上的笑容更灿烂了。

对于一个渴望与他人产生联系的人来说,那样一个简单的时刻,却有着无可比拟的价值。

小乐叫我换回囚服,我照办了。

通向黑暗列车的门打开了,我使劲眨了眨眼,忍住眼泪,强装平静。三个警卫走了进来,一个拿着触发器对准我的心脏,另外两个用枪指着

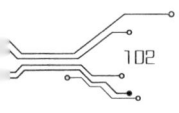

我的头。"走吧，大明星。"拿着触发器的那个警卫说。他们迈着拖拖拉拉的步子，后退着一路押送我进了黑暗列车。

接受实验后总有一个恢复期——政府从你身上夺走的东西，你总归需要一些时间来恢复。玛多克斯以前叫它"灵魂的休养"。

但今天我没有时间去感受这些，我一直在想为什么我逃跑了却没有被杀。

接受实验的当天不会有能量收割，所以我想，今晚这里都要靠储存的电力来运转了。但我无心享受原本应该是能量收割的那些时间，瑞恩还没有出现，我的脑子里反复思考着各种可能性。

我一直奋力锻炼到了午夜时分，直到疲惫得头疼欲裂。我走到床前去看雨，在等待的过程中，所有的烦恼却慢慢变回了那种熟悉的忧虑，因为完全没有下雨，哪怕一分一秒都没有。

我抬头看向天空，一个小时过去了，两个小时过去了，依然没有下雨。到了凌晨两点半，我放弃了，上床睡觉。我躺在一片黑暗中，凝望着虚无，害怕得睡不着觉。我生怕自己失去理智，就像疯狂自残而死的那些 A 组成员那样。

循环监狱的第754天

我一睁眼就知道状况不对。

一开始我以为还没天亮,因为牢房里的灯光不对劲儿,但后来我才发现,那是因为唯一的光源是透过后墙小窗照射进来的细细一缕阳光。

我的视线本能地落在屏幕上,想要看时间。

可屏幕关闭了。

我下了床,站在床边,盯着自己在黑色屏幕中的倒影,那倒影也看着我。

屏幕从来就没有关闭过。

"怎么回事?"我低声嘟囔了一句,然后叫道,"小乐?"

空白的屏幕没有回复。"小乐,你在吗?"我尽量不去在意自己声音里的颤抖,尽量不去理会我对维持这个世界运行的操作系统的可怕依赖。

屏幕没有开的话,我就不知道现在几点。我的起床闹钟是由屏幕控制的。也就是说,现在有可能远远早于七点半,也有可能远远晚于七点半。

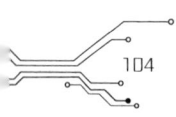

不，等等！我想了想，走到后窗，看到太阳高高地挂在天上。远远晚于七点半。

"怎么回事？"我又喊了一句，这次声音更大了些。我真希望我的睡眠时间没有变得混乱，因为我的生物钟通常会在闹钟响前几分钟叫醒我，可现在，我根本无法判断现在是几点。

好吧，好吧，我想——保持冷静，至少你还活着，至少你还清醒，继续完成你的日常活动吧，马上就到锻炼时间了，你可以问问其他人是否知道发生了什么，如果他们也不知道，你只能希望瑞恩最终会出现，解释这一切。

可是没有了早餐来补充能量，我很难完成我的锻炼项目。做到第三组俯卧撑的时候，我已是汗流浃背，筋疲力尽。

我坐在床上，等着发生点什么，但什么都没有发生。

时间在流逝，我也不知道过去了几小时还是几分钟，但后墙纹丝不动。我确定锻炼时间已经过去了，但由于没有办法确定时间，我也不能百分之百这么说。

我又开始踱步，像潘德尔那样唱歌，但我五音不全，只会被自己的歌声弄得更烦躁。我再次从窗户往外看，看到太阳还是高高地挂在天上——也可能现在已经低了一点。

在给我关于延迟死亡协议的警告之后，瑞恩就没再出现过了。我想，他们一定是发现了，她一定是被抓了。

我等啊等啊等啊等，没法儿集中精神看书，也没力气继续锻炼。我的大脑在飞速运转，试图想明白到底发生了什么。

我时而踱步，时而坐下，时而又站起，看着太阳一点点越来越接近地平线。

这是惩罚吗？是不是政府发现了瑞恩的所作所为？她是不是不堪折磨交代了一切？他们是不是在未经授权的情况下查看了她的全景录像？他们是不是要这样把我们关在这里，锁起来，没有食物也没有水，不能与外界接触，就像笼子里的老鼠一样被关在这里等死。

看天的时候，我注意到一个问题：柱子上围绕着那一圈无人机的小灯还亮着。这不对劲儿——连屏幕都关了，我房间的灯也灭了，这些电子设备又是为什么还在工作呢？我一直以为整座循环监狱的电力系统都失效了呢？可这样看起来，或许停电的只是我的牢房而已？我又想起来瑞恩给我解释过监狱里的安全系统：如果发生灾难性的电力故障，除了安全功能，所有的东西都会关闭，而安全功能依赖的是储存在地下五米的巨大电池中的能量。维持门的运转以及心脏装置的，也是这个备用电源，并且这些设备受到全方位的保护，免受他们能够想到的各种方式的攻击，不管是犯人企图逃跑，还是核爆炸，都动不到这些东西分毫。

黄昏开始降临。我记得天黑的时间大约是晚上七点。

怎么能就七点了呢？我对自己说。瑞恩在哪里？谁来解释一下这到底是怎么回事？

阿利斯泰尔和埃默里的那段对话在我脑海里回放，还有吉娜说过的那些关于战争的话。

要是那真的发生了呢？要是有人投下了一颗灾难性的炸弹，消灭了大部分的人口呢？要是我的家人都死了怎么办？如果瑞恩死了呢？

就在这个想法在我脑海中闪过时，我房间的舱门开了。我转过身，看到瑞恩正盯着我。我马上感到了解脱，有那么一瞬间我甚至觉得我将要跪倒在地。

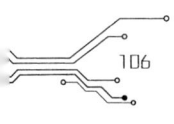

"瑞恩,谢天谢地!到底发生什么事了?屏幕关了,后墙也没有打开,我一整天都没见到任何人。"

瑞恩没有回答,只是死死地盯着我。她的金发披散在脸上,眼睛极不自然地快速眨着。有那么一个瞬间,她的脸上绽出一个疯子般的微笑。

"瑞恩,你还好吗?"

她又眨了眨眼睛,眨了五六七八次,然后摇了摇头,仿佛努力想要从恍惚中清醒过来。

"卢卡?"她的声音有些不确定。但她的眼神清澈了起来,似乎在舱门打开后第一次认出了我。

"嗯,是我,瑞恩。怎么了?"

瑞恩往旁边走了走,马拉查伊的脸出现在门缝里。

"你还好吗,卢卡?"他问我。我听到了门打开的声音。

"你在这里干什么?"我无法掩饰自己声音里的失望。

门开了,瑞恩走进我的房间。她穿着牛仔裤和T恤,伸出双臂搂住了我,说:"我真高兴你没事。"她的呼吸贴着我的耳朵,可这样的情形却不知为何让我脊背发凉。我轻轻推开了她。

"瑞恩,发生什么事了。"

"到处都停电了,卢卡,整个城市都停电了,一切都很……奇怪。"

"怎么个奇怪法?"我问。

"她听到了,"马拉查伊替她回答道,"听到尖叫声和枪声。"

"抢劫?"我问,"会不会是流浪汉干的?"

"嗯,也可能吧,"瑞恩说,"但那听起来像是……我不知道,太吓人了。"

"你周五没有来,怎么回事?"我问。

"他们安排我带薪休假，他们不让我进来，"瑞恩对我说，"有两个武装警卫一直跟着我，昨天晚上才离开。我想他们可能知道了些什么，卢卡。"

"这可能都不重要了。"马拉查伊说着，伸出胳膊搂住瑞恩的肩膀。这一幕让我不禁咬牙切齿。他又说："这里已经九十七年没有停过电了，一定有什么大事发生了。"

她先把他放了出来！我想。这时我看到瑞恩的手正伸向马拉查伊的手。她首先想到的是他。

"那现在该怎么办？"我把目光从他们握着的手上移开，看向瑞恩的眼睛。

"我也不知道，"她没再看马拉查伊，而是皱着眉头看向我，"黑暗列车依靠备用电源运行，但三小时后就会停了。街灯和其他依靠存储电力运行的设备也一样。我们得先弄清楚这件事有多严重，再做决定。"

"决定？"我问，"什么决定？"

"卢卡，如果真的有大事发生，那我们需要考虑离开循环监狱。我们所有人。"

"大事？什么样的大事？"

"比如战争。"马拉查伊接话道。

"战争？"我转向瑞恩，"战争？我几天前就问你是不是会有战争，你说那太疯狂了。"

"嗯，现在看起来不那么疯狂了，行了吧？"她没好气地答道。

"喂，我们就不要起内讧了，"马拉查伊说，"我坦白讲，我倒希望真的是战争。我知道这不道德，但如果世界陷入混乱，我的前景就一片光明。我还有30天就要去绝境监狱了——你以为那里还能有我们的

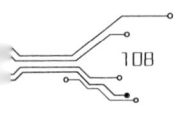

两点俱乐部吗？不可能的。那里也没有所谓的延迟死亡协议，据说他们干脆不停地在你身上做实验。如果现在真的发生了战争，那我再高兴不过了。"

我点点头表示赞同，也想起了自己那时懵懂的渴望，渴望一切能终结我在循环监狱不见天日的日子的东西，不管是多么恐怖的东西。"那么，现在怎么办？"我又问。

马拉查伊叹了口气："我想我们先把人集合起来吧。"

*

我们一个接一个地打开经瑞恩选入两点俱乐部的那些人的牢房门——有幸被分到 B 组的那几个：波德、伊格比、潘德尔、阿奇米、蕾娜、朱诺、阿利斯泰尔、埃默里、亚当、富尔顿，最后是伍兹。

所有人都想要一个解释，我们说等所有人从牢房里出来后再说。

人员已经集合好，我看了一眼吉娜的牢房，想过去把她放出来，或至少解释一下发生了什么，但瑞恩开始说话了。

"今天凌晨，五点左右，整个城市都停电了。起初，一切都还好，有小范围的恐慌——大家以为可能是失踪者，也许他们一直在谋划着袭击我们。但到了六点，所有人都开始享受停电。他们举着蜡烛走在大街上，谈笑着这或许是大多数人这辈子经历的第一次停电。但后来，我们开始听到城中心传来尖叫声，接着是金融区，再后来我们又听到了枪声。我和家人躲进了地下室，在那里待了几个小时。我爸爸出去看情况，可他再也没有回来。过了一阵子，大地都震动了起来，我听到了我这辈子听过的最大的声响。我们以为那是炸弹，我们以为一切都结束了，我紧紧抱住自己的弟弟们,互相道别。可那声音停了下来。我是我们家的老大,所以,又过了一会儿,我上楼去拿了一些食物和水,结果从厨房的窗户看到天空中有一架飞机掉了下来,上面所有的乘客都……他们的眼睛,他们在盯着——"她说不下去了,拼命在忍住眼泪。她深深吸了一口气,让自己镇静下来,继续说道,"我尽快赶了过来,我不能让你们都死掉。列车还在用紧急电源运行,但很快就要停了。"

"所以我们是被攻击了?"蕾娜把一缕红鬈发撩到耳后,提问道。

"我们认为是这样的。"马拉查伊转过头看向她说。

"好了,我们得走了,"富尔顿先是看了看亚当,然后又看了看伍兹,"对吧?我说,你总不能把我们丢在这里等死。"

"我们得讨论一下,"瑞恩说,"我们得——"

"还有什么好讨论的?"富尔顿的声音越来越大,"如果外面开战了,没有人会想到我们的。政府根本不在意我们,他们要么删除我们,要么根本不记得我们的存在,你知道的。"

"他们也可能会赦免我们,"伍兹宽阔的身躯依然看起来特别沮丧,他还在为温彻斯特的死而难过,"如果我们报名上前线,他们可能会赦免我们。"

"你想等到他们给你这个选项?"亚当大步走向伍兹。

伍兹转向他愤怒的朋友,抬头看着他的脸,问:"难道你不想合法获得自由,宁肯做一个逃犯?"

"我们可能永远等不到那个机会了!我想要自由,不管要付出什么样的代价!"

"我想你知道自己该做什么了。"富尔顿盯着瑞恩说。

瑞恩一开始似乎没有听到,她的眼神空洞而茫然。但最后,她深吸

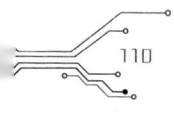

一口气,看着富尔顿,轻声说:"嗯,是的,当然,你说得没错。"

"你要放我们出去?"伍兹问。

"我想我必须这么做,不是吗?我想这是正确的选择。"

"这的确是。"潘德尔坚决地答道。

"嗯,没错,是的。"瑞恩答道。她的声音显得很朦胧,仿佛从很远的地方传来。

"好好想想,瑞恩,"马拉查伊抚摸着她的脸颊,说,"好好想清楚。"

"我想清楚了。我必须做正确的事情。黑暗列车很快就要停了,你们会被困在这里。我先放你们出去,再放其他人出去。"

马拉查伊点点头,退到一边。

看到瑞恩走近门槛处时,我的心跳突然间开始加速。她要放了我们,她要放了我们。我首先想到的是我的妹妹莫莉,然后是爸爸。我得找到他们,这是我要做的第一件事,我得确保他们没事。

瑞恩向前走去,但她的步子不太稳,摇摇晃晃的,像是喝醉了,或是用了"慢爬"。

我跟着她,所有人都跟着她,急切地盯着大门旁边的面板。很快,瑞恩就会将一根手指按上去,解除红外屏障装置,那个一旦我们越过就会立刻杀死我们的红外屏障。

可就在这时,我停了下来,转头看向吉娜的牢房。我真的能现在走掉,让她独自应付那些被瑞恩排除在两点俱乐部之外的危险分子吗?

"见鬼。"我低声嘟囔了一句,退后一步离开了人群。我知道我没法儿丢下吉娜一个人走。我得让瑞恩放她出来,或是自己等到她放出第二组人,碰碰运气。

泰科会在那第二组里，我想着。

"快点，我们走。"我听到潘德尔不耐烦的声音，我转向瑞恩。

她一动不动地站在门口，背对着大家。她静止得如此彻底，仿佛凝固在时间里。我向她走近了一步，那种过于熟悉的恐惧再次渗入我的皮肤。

"瑞恩，"马拉查伊也开口了，这是我第一次从他的声音里听到恐惧，"一切都还好吗？"

事情发生得很快。瑞恩转过身来面对着大家，她的眼睛快速眨动，嘴角扭曲成一个诡异的微笑。人群连忙后退了一步，马拉查伊张开双臂护住大家。瑞恩掏出腰带上的心脏装置触发器，对准了人群。我听到触发器连接上某人的心脏装置的四声"哔哔"声。我闭上眼睛，祈祷那个人不是我。

"不，"我听到富尔顿嘀咕道，"不会吧。"

说完他便倒在了地板上，再也不动了。

人群在这一瞬间彻底陷入寂静。但马上，我们尖叫着，惊慌失措，互相推搡着朝向牢房奔去，因为那是安全的地方。伍兹走进富尔顿的那一间，我前面的伊格比使劲抓住波德粗壮的手臂，把他拖进了一间空牢房，"砰"的一声关上门。我看到马拉查伊背靠着墙缩进另一间牢房，埃默里则一边嘟囔着关上了一扇沉重的门，一边还朝阿利斯泰尔尖叫着："走，走，走！"门一关上，她的声音便听不见了。以上一切都发生在三秒之内，我则被慌乱的人群推来搡去。

我跑向自己的牢房。其实在到达我的牢房前就有两间空牢房，但我没有时间去想。阿利斯泰尔跑在我旁边，很快超过了我，染成金黄色的

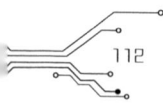

头发出现在我的前方。我听到四声"哔哔"声,不知道那是他的还是我的。他的脚步顿了一下,像是一个布娃娃从高处摔了下来。他的腿开始扭动,没有任何表情的脸在地板上擦来擦去,脊柱弯曲,整个人缩成了一团。

我抓住自己牢房的门,闪身进了那个小小的空间。伸手拉门的时候,我惊慌失措的呼吸十分大声。

我看到潘德尔从我旁边冲过去,她的眼镜掉在了水泥地上,于是停下来,弯腰去捡。我想叫她赶紧跑,但牢房门这时已经关上了,锁"咔嗒"一声落下。我真希望她能成功跑进隔壁房间。

寂静笼罩了我,包围着我,像毯子一样把我裹了起来。

我倒在地板上。这不是真的,这不是真的,这不是真的!

阿利斯泰尔和富尔顿都死了,被瑞恩杀死了。她为什么要这么做呢?

我无法面对,我无法接受。我的大脑无法思考,我陷入了一个虚无的世界,什么也感受不到,什么也看不见,什么也听不见。我什么都不知道。我坐在坚硬的地板上,我什么都不是,也不在任何地方。这是一种幸福。

阿利斯泰尔和富尔顿都死了,被瑞恩杀死了。她为什么要这么做呢?

这个问题很遥远,它在一座鬼城里一幢锁上的大楼中一间锁上的房间里。

要是不控制住自己,我可能会失去理智。我知道的。我狠狠给了自己一巴掌,又再给了自己一巴掌。疼痛让我终于回到了现实。

"阿利斯泰尔和富尔顿都死了,"我大声地喊了出来,"被瑞恩杀死了。她为什么要这么做呢?"

我思考着这个问题。

"她疯了,她失去理智了。瑞恩杀死了阿利斯泰尔和富尔顿。城里发生了战争,电力系统瘫痪了,我们被攻击了。"

我喃喃自语,试图像拼图一样把一切拼凑起来。这一切都说不通,根本解释不通。

我站起来,走到水池边,拧开冷水龙头。没有水。

"可恶。"我喊了一声。

我的心怦怦直跳,仿佛心脏在胸腔里疯狂跑着圈儿。我看着牢房墙壁上那个漆黑的屏幕里自己的倒影,几乎都要认不出自己了:我的皮肤苍白,眼球凸出,表情狰狞,那根本不是我的表情。我被吓坏了,我知道,但我也做不了什么。

我走到屏幕前,摸了摸它那一片漆黑的表面,真希望它能起作用,希望小乐能再次和我对话,陪伴我,给我送吃的,告诉我时间。我不想独自一人被困在这里。我从书堆顶拿起一本,读了一行,便将它扔向了那锁着的门。门从里面是没法儿打开的。

我又被困在了这里。看来我总是被困在这里。难道我注定要一次又一次回到这里,直到死去?

牢房门上的舱门慢慢打开,金属刮擦的声音划破了房间的寂静。我僵住了。

我转过身面对着门,瑞恩明亮的大眼睛瞪着我,眼皮快速地眨着,一下又一下,仿佛蜂鸟扇动的翅膀。

"瑞恩,是我,"我的声音听起来就像是回声的回声,"是卢卡。"

她什么也没说,就那么盯着我,龇着牙狞笑。

她抬起手,拿什么东西对准了我。我如此慌乱,花了半秒才认出触发器末端的小绿灯。一时间我呆立在那里,我甚至接受了瑞恩会杀了我

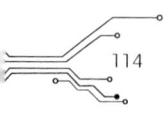

的事实。但我想起了我的爸爸、我的妹妹,还有吉娜。趁她还没来得及将触发器和我的心脏装置配对,我赶紧飞快地跑开了。

"瑞恩!"我咆哮着,让自己的身体紧紧贴在墙上,"瑞恩,拜托,把那玩意儿放下!"

她没有回答。她的表情不见一丝变化,只顾着用触发器瞄准我。

"把触发器放下,瑞恩!你在做什么?"

我看到她的胳膊从舱门伸了进来,触发器转了个角度,正对着我。

趁她试图对准的当口儿,我溜到了另一侧,想也没想就滚进了床下,看着瑞恩拼命努力,想要配对她的触发器,引爆通过手术连接在我心脏上的炸药。

这时我发现牢房里传出了一个声音,那是小乐的声音:"非法进入。将在五秒后锁闭。四……三……二……"

"瑞恩!"我尖叫起来,"快把你的胳膊收回去!"

"……一……锁闭。"

舱门"砰"的一声落下,瑞恩的胳膊被从肩膀处切断,掉在了我牢房的地板上。这时,触发器上的绿光变成了红色,我听到胸腔里传来四声"哔哔"声。

触发器配对成功了。

看着地上那血流不止的残肢,我愣了一秒。但很快我便反应过来,连忙爬过去,小心翼翼地撬开瑞恩的手,拿起触发器,牢牢摁住那个按钮。

"见鬼,见鬼!"我一边喘着粗气一边骂道,紧接着又喃喃自语起来,"晶体镜片,我需要晶体镜片才能解除这该死的玩意儿。"

解除!我的大脑疯狂地在尖啸,可看到地上那只惨白的胳膊,我竟几乎笑出声来。

现在没有时间去评估状况，也没有时间考虑下一步该做什么了，因为我的牢房门嘎吱一声开了，打破了寂静。

我转向站在门口的瑞恩。她依然快速眨着眼睛，脸上依然挂着那个诡异的笑容，显然没有意识到她给自己造成了危及生命的伤害。她向前走了几步，伸出剩下的那只手，扼住了我的喉咙。

我们一起摔倒在牢房硬邦邦的地板上。我的脑袋直接砸到了地面，房间里回荡着一声令人难受的巨响，我的视线开始模糊，眼前全是白色的斑点。瑞恩的脸离我不过几厘米，她微笑地看着我，用尽全部的力气掐住我的喉咙。

我试着叫她的名字，试着求她停下来。血从她肩膀上的伤口流下来，滴到我的脸上，我又疼又恐慌，那感觉真叫人难以忍受。

我的眼睛感受到越来越大的压力，眼前开始变的灰蒙蒙的。我觉得我摁住触发器的手力量也弱了下去。

我必须做点什么，必须现在就做。我用我的另一只手对着瑞恩掐住我的手又是打又是削，可瑞恩的笑容依然毫无变化。我伸手想要去找点武器，找点又硬又重的东西，可以用来砸向她，阻止她杀了我。我的手指触碰到了什么似乎够硬的东西，我使出我仅剩的所有力气，把那东西砸向她的太阳穴。

这几乎没有影响到她什么，但她手中的力气松懈了几分之一秒，这足以让我从她的压制下滚出来，深深吸了几口气。

并没有更多时间给我思考，我翻过身，再次挥舞着我的武器与她搏斗。那东西砸到她脸颊上方时，我看到那是一本精装书——《指环王之护戒使者》。

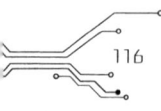

这一重击终于把她打倒在地。我爬到牢房门口，关上门。失去理智的瑞恩向我扑过来，我抬起门把手，转动了一下。门锁住了，瑞恩被锁在了里面。

我用空着的那只手撑在膝盖上，另一只手依然死死按住那个杀人的触发器开关。我咳嗽，拼命吸气，往地板上吐了几口血，努力压制住想呕吐的感觉。

几秒后，上周发生的事情猛地回到我脑海，我发出一声满含愤怒、沮丧、困惑和恐惧的尖叫。

我用空着的手摸了摸自己被汗水浸透的头发，告诉自己深呼吸，告诉自己要冷静。我看了看触发器，可那只是一根实心的金属管，一个按钮此刻正在我的拇指下，末端有两个小灯。据目前看起来的情况，没有任何能关掉它的提示。

瑞恩会死的，我想着。挥之不去的是她的断臂从舱门掉下来，落在我牢房的地板上的画面，和那"啪"的一声响。

我打开了舱门。

"瑞恩，你得绑止血带，不然你会失血过多的。"我的声音微弱又沙哑。

她好像根本没听到我的话，只是像野兽一样在牢房里踱步，脸上依然挂着那可怕的微笑，依然在快速地眨眼。

"瑞恩！"我试着大声喊。

她的目光在我身上落了一秒，便向门口扑过来，冲向舱门，好像相信自己能挤过那个小缝，来到我面前，杀了我。

我赶在她冲上来之前关上了舱门，站在走廊里，感到万分无助。

她身上发生了和哈维同样的事情,我想。可我还是无法拼凑出事件的全貌——A组的成员是在延迟死亡协议之后失去了理智,可瑞恩并没有接受医疗实验啊!

我必须在她因失血过多而死之前进去找她。可是,你要怎么帮助一个一旦接近就会想杀了你的人呢?

我退后一步,靠在走廊的另一侧。这时我注意到有一些牢房门是开着的,似乎开得很随机——第一间关着,第二间开着,接下来有四间关着,三间开着……

体内的肾上腺素分泌得更多了,伴随着深入骨髓的恐惧。我的牢房并不是瑞恩进入的第一间。

我盯着那些打开的门,非常清楚里面是什么。我把触发器举到自己眼前,试着去消化牢房里躺着狱友们的尸体这一事实。瑞恩成功地将触发器和他们身体里的心脏装置配对,然后杀了他们。她跟着感觉走,从一间牢房到另一间牢房,停下来,杀死里面那个无助的犯人,然后打开他们的门,检查他们有没有死透。

要确认这点,我只能去到每一间牢房,亲眼见证这屠杀的场景。可当我直视着富尔顿毫无生气的眼睛,和阿利斯泰尔在地板上扭曲得极不自然的尸体,我知道现在不能这么做,因为如果一切如我所想,这会削弱我拯救瑞恩的意愿。

我看向自己的牢房右侧,发现隔壁的门还是锁着的。知道了我的邻居还活着,内心涌起一阵喜悦。

"吉娜。"我轻声念着她的名字,给了自己一秒的时间微笑。

我深吸了一口气,思考着。

我必须得救瑞恩。要是她继续这样流血,就撑不了多久了。

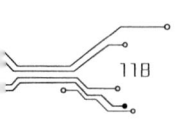

我需要寻求帮助,我需要离开循环监狱去寻求帮助。我跑向监狱的出口,眼睛紧紧盯住前方,不愿向打开的牢房里张望。我就那么心无旁骛地朝出口跑去,直到脑中响起一个声音,叫我停下来。我看到了几个黄色的大字:

犯人请注意,在未经授权的情况下越过这个点将引爆植入装置!

看到自己差一点就跨出了门槛时,我的心脏狂跳不止。责备过自己竟然如此愚蠢后,我走到墙上的面板前。原本我想,我没有办法关闭这道屏障,因为我知道自己的指纹无法通过扫描。唯一能关闭它的人是瑞恩,但她不会自愿把自己的手按在这里——

可是,她不需要自愿!

我以最快的速度跑回自己那间上了锁的牢房。

我没有时间多想自己的计划,便上前打开了门,从地板上捡起瑞恩的断臂,转身扔到了身后的走廊上。我的一只手还死死握着触发器,只能用仅剩的一只手做所有的事情。瑞恩没能迅速反应,或许是因为她已经流了太多的血。那些血流淌在地板上,浸湿了我的床垫。可她终于还是向我冲了过来,手上的指甲划到了我脸上的皮肤。我连忙跑回走廊上,锁上了门。

我捡起那只断臂,跑回监狱的出入口,也就是我被关进来的第一天,黑暗列车送我来到的地方。我把瑞恩毫无生气的大拇指按在面板上,显示器上出现了几个字:

解除防御? 是 否

我按下"是",屏幕上出现了下一个选项:

激活防御？是 否

我按下"否"，放下瑞恩的手臂，出了门。

尽管知道防御屏障已经关闭了，我还是闭上眼睛，屏住呼吸，才敢走出去。

什么都没有发生。我的心脏没有爆炸。我这才重新开始呼吸。

面前就是站台，黑暗列车就是从这里载着我们去接受延迟死亡协议中的医疗实验。站在这里面前却没有列车在等待，这感觉真奇怪。但我现在无法去细想这些了，我还得离开这里去找人帮忙，而在这之前，我还得先给瑞恩止血，不然她撑不过一个小时。

这里一定还有另一扇门吧，我想——一个员工入口之类的，一个准备食物的地方。

我看到了那扇门，它就在铁轨的另一边，通常被等在那里的列车挡住的地方。

我没有犹豫，直接跨到铁轨上，爬到另一边，跑向那扇门。门的左侧有一个虹膜扫描仪，但越过了监狱边界的安全装置肯定不值得他们用备用电源。我轻轻推了推门，它开了。

里面有五六个老式灯泡发出暗淡的光——这一定用的是备用电源，但看起来能量并不是太够。小水槽边有一个工作台，上面放着咖啡机，中间是一张放着三百六十度电视投影的桌子，还有一个电台，远处的墙上有一扇标有"工程"字样的门。就在那扇门旁，还有另一扇门，上面标着"应急设备"。

我打开那第二扇门，看到一个小小的步入式橱柜，里面挂了十几件囚服和两套防暴警卫服，墙上的架子上还摆着四个心脏触发器、一支麻醉枪、一个急救箱和一支旧型号的 USW 手枪。

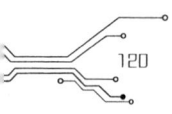

我把麻醉枪装进口袋，把急救箱拖进这间员工房。我把箱子翻了一遍，找到了止血带。这是全电子的，所以我只需要麻醉瑞恩，把布条套在她的手臂上，按下按钮，它便会自动收紧到合适的程度，达到止血的目的。

我再次跑回自己的牢房，内心的恐慌依然驱使着我前进，不允许我崩溃或放弃。

回到房间后，我把止血带扔在地上，打开舱门往里看。我以为会看到瑞恩愤怒地扑向我，可眼前的她却只是坐在床上，脸色惨白，几乎泛着银光。她一动也不动，只剩下双眼还在眨个不停。

我没有理会非法进入的锁闭警告，将麻醉枪对准了瑞恩。她转过脸看向我，脸上笑容依旧。我射出飞镖，击中了她的肩膀。大约五秒后，麻醉剂起了作用，她倒在了地板上。

我将麻醉枪扔在身后的地板上，打开门，走了进去，将止血带绑在她断掉的手臂处，按下按钮。没有反应。就连医疗设备也不工作了。我握着那玩意儿上一个长得就像老式水龙头的小把手，一圈又一圈地转动，布条开始在她粉红色的皮肉上收紧，让带血的残肢紧贴在里面断裂的骨头上，直到切断的动脉在挤压下不再汩汩流血。

昏迷的瑞恩分外地重。我艰难地把她从地板上拉起来，放在床上，退后几步，擦去额头上的汗水。

我注视着躺在那里的她，她看起来毫无生气。在我看来，她可能已经死了，因为她的胸部没有起伏，脖子和手腕也摸不到脉搏。但可能也未见得，毕竟所有优选人在十八岁的时候，就会置换人工的心脏和肺，它们远比人类天生的器官要高效（这些人工器官是多年前在第 7 区和第

44区的囚犯身上测试过的）。

我跪在床边，把耳朵贴在她的胸前，听到她心脏的位置传来人工心肺改进器持续稳定不断的嗡嗡声。这声音让我有点脊背发凉。我知道人工心肺改进器的好处——关于它的广告在城里到处都是，是通过个性化的巴克放映机投放的。我常听到它们在富人区对优选人播放。可我一直很好奇，如果你在害怕、紧张或兴奋的时候心跳都不会加快，这是不是意味着你有点不像人类呢？

我向前倾了倾身子，抬起她的左眼睑。光线照进去的时候，她的瞳孔放大了——她还活着。我用握着触发器的手固定住她的眼睑，用另一只手取出了她的晶体镜片。

我用漆黑一片的屏幕当镜子，把瑞恩的晶体镜片装到自己的眼睛上。没有平视显示器的菜单，没有文字，没有办法解除触发器配对。这玩意儿一定是和供电系统一起坏掉了。

"见鬼！"我嘟囔着，紧紧握住心脏触发器的手已经感觉没有了力气，变得灼热起来。我又说了句："见鬼！"这次大声地喊了出来。

我取下镜片，放在洗手池的边缘，回到走廊里，关上了牢房的门。我再也无法控制自己的情绪，那过去几个小时的混乱带来的激动。我跪倒在地，哑着嗓子骂了一大串脏话，然后站起来，挥起拳头朝墙上砸去。

可就在手砸到墙面之前，我停了下来。此刻我的另一只手还握着触发器，我的命就悬在那上面。这种时候砸坏这仅剩的另一只手，可不是什么明智的事情。

别做傻事了，快想想，你得聪明点——我告诉我自己。

我放慢呼吸，让自己平静下来。

这样下去瑞恩还是会死，我首先给自己列出了这一条事实。止血带

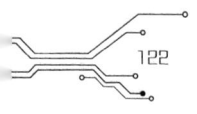

能让这死亡来得慢一点,但得不到真正的治疗的话,她还是撑不过一天。

我知道,我得坐上黑暗列车,离开这里去寻求帮助。我转身再次向站台走去,却犹豫起来。

吉娜还在她的牢房里,慌乱,担忧,不知道发生了什么,就像之前的我。

我走到她的门前,打开了舱门。

她躺在床上,盯着我看了好几秒,褐色的眼睛瞪得老大,半张着嘴。

"卢卡?"

她的语气像是见了鬼。

"吉娜,出事了。"

"我看得出来,"她边说边把腿荡到床边,站了起来,"你想详细说说吗?"

"出……出事了。"我又重复了一遍,意识到自己是多么痛苦。

"好了,"吉娜朝门边走来,说,"深呼吸。"

我照做了,可空气似乎分外稀薄,深呼吸毫无效果,空气似乎完全进不了我的肺。

"慢慢来。"她缓慢而夸张地向我演示着什么叫深呼吸,用鼻子吸气,用嘴巴呼气。我模仿着她的动作,慢慢地,我的头不再晕了,我不再觉得自己马上要昏过去了。

"好了,"吉娜又说,"发生什么事了?"

"断电了,我不知道怎么回事,也不知道为什么,但一定出了什么事,大家都疯了,瑞恩,她杀了……她杀了他们。"

"等等,什么?"吉娜说,"瑞恩杀人了?"

"我想她杀了循环监狱里一半的犯人。我想她……我……"我说不下去了。

吉娜的目光在我身上扫视着,或许是在寻找我弄错了或是我疯了的迹象,"什么意思?什么叫杀了一半的犯人?"

"她疯了,开始杀两点俱乐部的人。我们各自跑回了房间,我把自己锁在房间里,但她来到我门前,想要连上触发器,杀了我。舱门落下来,她的胳膊……"说着说着,我发现自己在模仿着舱门砍断瑞恩手臂的场景时,整个人已经开始胡言乱语。吉娜的眼睛瞪得老大,因为她看到了我另一只手上的触发器。"噢,没错,这个已经连接上了。一松手,我就会死,"我觉得自己又开始喘不过气来,"我出来了,瑞恩在我的牢房里血流不止,我给她绑了止血带,但我得去找人帮忙。我会回来的,吉娜。我会尽快回到这里的。"

我正要关上舱门,吉娜大喊道:"等等!"

我又转回去。

"你慢点说,我完全听不明白。两点俱乐部又是什么?"

"没时间解释了,"我说,"你只需要知道,发生了非常不好的事情,是大事。"

"卢卡,如果是战争呢?如果真的开战了怎么办?"

"我现在没时间去想这个了,"我说,"我得去找人帮忙。"

"要是你在外面被人杀了怎么办?"吉娜继续道,"谁来把我们其他人放出去呢?到了星期二,我们都会渴死。得有人留下来开门,以防万一。"

我点点头,她说得没错。我向前一步,转动她牢房的门锁,开了门。

吉娜走到走廊里,抬头直视着我。

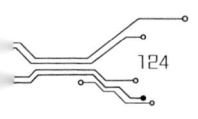

"谢谢。"她说。这时她的目光来到富尔顿的尸体上。他的四肢不自然地打开，嘴巴也张着，皮肤惨白。

"看着我。"我对她说。她慌张的眼神缓缓转回来，迎上我的目光。我继续说道："就在这里等着，好吗？不要动，不要去看那些开了门的牢房，也不要打开任何一间牢房，好吗？"

"好吧。"吉娜答道。这时我听出了她声音中的恐惧。

"会没事的，"我惊讶于我俩之间的角色转变如此之快，"吉娜，如果到了明天早上我还没有回来，去找波德和伊格比——他们应该在同一间牢房里。如果他们死了，去找潘德尔，她戴着助听器和眼镜。要是她也死了，就找马拉查伊。他们会向你解释这里发生了什么，帮助你逃跑。"

"好的，"吉娜的声音依然充满了恐惧，"好的，好的。你要回来，好吗？一定要回来。"

我转身准备离开的时候，吉娜又喊了一声："等等！"

我转回去，感觉到她的手碰到了我的手。有那么一瞬间，我感到一阵眩晕，因为她的手指缠绕在触发器上，我一直死死握住的那个触发器。我的手已经在颤抖。我本能地抽开手。吉娜看着我的眼睛，握住我的手，慢慢地接过那个玩意儿，用她的手指替换了我的手指按在那个对我来说性命攸关的按钮上。

"一定要回来。"她又说了一遍。

我点点头，又和她对视了一秒，然后转身跑了起来。这次我也一样目不转睛地直视着前方。我依然没有做好心理准备去面对那些开了门的牢房，去看看都有谁倒在里面。

我穿过已经解除防御的门槛，一直来到站台上，才终于松了一口气。

除了黑暗列车，循环监狱并没有别的出入方式。我走到警卫们呼叫火车的那个屏幕前，可它一片空白。应急电源已经失效，我来迟了。

我站在灯光昏暗的站台，凝望着这条通往城市的铁路隧道，远处一片黑暗。

现在，我唯一的出路就是穿过这条隧道了。

*

我走下了铁轨。我只有一个前进方向——这条铁轨只连接城市和循环监狱。

我深吸一口气，走入黑暗中。

恐惧立刻占满了我的心。黑暗列车是无人驾驶的，接近循环监狱的这几公里中，它全都在隧道里行驶。目前我正是走在这隧道里，而火车跑起来寂静无声，我清楚地意识到，我随时可能被碾得粉身碎骨。

没有电了，火车停了——我这样安慰自己。

我努力压抑住内心的恐惧，左手指尖一直紧贴着隧道的墙壁，好确保自己没有走错方向。我的手指抚摩着碎裂的混凝土、潮湿的黏液和在墙上蜿蜒着的电线，脑海中试着勾勒自己走过的路，试着想象那六条铁轨——它们工作的时候会发出强大的磁力，让一列十节车厢的火车悬浮起来。我试着想象奇奇怪怪的苔藓长满白墙，试着想象自己的脚一步又一步地踩在水泥地板上。但在这样的黑暗中，这一切并不容易。

我也说不清楚到底过去了多长时间。我就那么一脚前一脚后地迈着步子，一步又一步向前走着，走在黑暗里，走进黑暗中。

在这阴暗潮湿的地下通道里，我开始用紧张而颤抖的声调唱起了潘

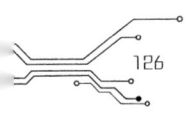

德尔在最后一次锻炼时间里唱的歌。我并不记得所有的歌词,所以就哼着那些句子,断断续续地喃喃吟唱着。

我停了下来。潘德尔——她捡回眼镜之后,有没有成功地回到自己的牢房呢?瑞恩有没有杀了她?她的那扇门是开着的吗?

这念头让我的脑海里又开始浮现循环监狱里的地形,试图回忆哪些牢门是打开的,哪些狱友还活着,哪些已经死了。

我又开始唱歌,这次声音更大了些,试着把注意力集中在我严重走调的声音上,用这个来对抗那些再次侵入我的大脑的想法。

黑暗列车的时速是三百公里,它的终点是医疗中心,到达那里的时间是十五分钟,中途停靠的唯一一个站点便是法庭。也就是说,医疗中心离循环监狱大约有八十公里远。要是除了法庭和医疗中心就没有别的车站了,那瑞恩死定了。

这令人沮丧的计算结果让我加快了脚步,一直到最后开始沿着铁轨跑了起来,哼歌的声音也更大了。可突然,我感觉到有什么东西擦过我的腿,一个巨大的、温暖的活物。我的歌声骤然停了下来。

别理它,我告诉自己。那不过是只老鼠,你不妨碍它,它也不会来妨碍你。

可又往前走了几步,我感觉到了第二只,然后是第三只,它们在我的脚踝处徘徊,它们的体形让我感到不寒而栗。

我小时候,被关进循环监狱之前,我和妹妹莫莉常常会站在城里地铁隧道的入口处,互相激着对方往里跑得远一些,再远一些。我们会给对方讲老鼠的故事,这些故事在平凡人学校的操场里一代又一代地传下来,经过层层演化和夸张,直到成为都市传奇。故事里有从红区过来的地道老鼠，这些变异的生物爬过污水管道和旧的地铁隧道来到我们的城市。故事里的这些老鼠能把成年男子拖进黑暗中，把他们大卸八块，啃噬到只剩白骨。

别理它们，别理它们，别理它们。我一遍又一遍给自己洗着脑，沉浸在潘德尔的歌声里，继续向前。

但现在老鼠的数量更多了。我能听到它们跑在坚硬地面上的脚步声，听到它们无毛的尾巴拍打着铁轨，吱吱的叫声在冰冷的混凝土墙面上发出回响。越来越多的老鼠从黑暗中跑来，一群一群把我包围在中央。我的脚每接触一次地面，就会有更多的老鼠从地道里钻出来。

别理它们，别理它们，别理——

"浑蛋！"我感觉到一口剃刀般锋利的牙齿咬住了我连体裤的小腿处。

这只老鼠的勇敢行动似乎点燃了其他同类心中的斗志，我感觉到自己被咬了第二口，这一口更狠，正中我的脚踝骨，紧接着是第三口，咬在我的左膝上。我能感觉到血顺着自己的腿往下流。

我的血对这些生物来说仿佛是种兴奋剂，空气中开始充斥着这些躁动不已的家伙的尖叫。它们跳起来，用锋利的爪子抓向我，用牙齿撕咬我的衣服。更多的伤口开始流血，更多的老鼠扑向我的身体。有一只甚至爬到了我的肩膀上，它的牙齿深深咬进了我表皮下的肌肉。

我痛苦地尖叫，在黑暗中胡乱挥舞双臂，踢向那一群群不断蠕动的生物。恐慌的念头一个个从脑海中掠过，可速度太快，我一个也想不起来是什么。

我四肢僵硬地继续向前走了一会儿，被那些爬满我周身的生物压得喘不过气来，很快就失去了走出这条隧道的希望。我很高兴我在离开前

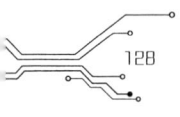

打开了吉娜的牢门，这样至少她还能有机会活着离开循环监狱。我希望她比我聪明，希望她会从员工室找到那把枪并随身带走。为什么我就没想到带上枪呢？为什么我竟会觉得离开这里很容易呢？

我全身上下都有老鼠在爬来爬去，那重量让我承受不住了。我感到越来越虚弱无力，鲜血从身上数不清的伤口里渗出来，它们的猛攻带来的痛苦正在吞噬我的生命。我实在无法再向前了。要是死在这里，我就要对不起瑞恩了。就因为我没拿武器，因为我太虚弱逃不到安全的地方，她也将不得不死去。

一想到瑞恩，一想到被我放在床上的她是多么脆弱，想到死亡离她是多么近，我又勉强往前再走了两三步，可眼前依然毫无希望——我身上的老鼠越来越多，它们的直觉告诉它们要把我弄倒在地，方便取食。我闭上眼睛，与它们搏斗着。

要是吉娜没有从我手中接过触发器，现在我一定松手了。我会让自己的心脏爆炸的。

在等死的当口儿，这种想法给不了我任何安慰。

就在我几乎要放弃的时候，眼前出现了一道亮光。

在前方，在隧道的远处，黑暗中透出一小片光亮。

那太远了，肯定太远了，我一定走不过去了吧。

可那里还有什么呢？

我用仅剩的力气疯狂击打着老鼠，纠缠在我身上的重量减轻了一些，可更多老鼠又马上堆了上来，吱吱叫着，抓挠着，撕咬着。我艰难地向前，双腿的肌肉绷得紧紧的，仿佛要烧了起来。

那一片光的面积越来越大，也越来越亮了。那其实也算不上什么亮光，但和隧道里纯粹的黑暗相比，它看起来简直像天堂。我能闻到户外的新鲜空气，我知道那是月光。

我能看到前方是站台，是高出地面的混凝土建造的车站。身体里有种感觉告诉我，到了那里就没事了。我还有四米远，三米，两米。

这时，我摔倒了。

身体刚一触地，就有成倍的老鼠爬到了我的身上。至少有几十只，它们的身材和小狗差不多。

它们的牙齿撕咬着我的皮肉，口中还发出欢快的尖叫。它们从头到脚爬满了我的全身，为了争夺空间和自相残杀。

它们沸腾着，压在我的脸上，挤到我无法呼吸。我知道，一切都要结束了。

不。

希望近在眼前，我不能就这么放弃。我不会就这样狼狈地死在这里，我还想再最后看一次月亮，作为一个自由的人，再看一次星星。

我从脸上抓下一只老鼠，用尽全力扔向这铁路隧道的墙壁，将手指抠进冰冷的地面，拖着自己和身上那些疯狂的老鼠，一寸一寸地靠近站台的方向。

这时候，奇怪的事情发生了：离站台越近，那些咬着我耳朵和后脖颈的老鼠开始爬开，跑回黑暗的隧道里。

它们一定是怕光——想着这一点，我连忙绷紧了身上的每一块肌肉，继续向前。

又爬了几米，再爬了几米，在痛苦而又令人筋疲力尽的努力中，我终于躺在月光下，摆脱了身上那些令人窒息的重量。我感觉自己仿佛是从一大片碎裂的玻璃上爬过，身上白色的连体囚服现在已经全是红色和黑色，和衣服下面的皮肤一样被撕扯成了碎片。

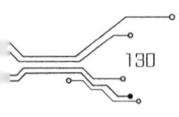

我仰卧在地面，凝望着星空，呼吸着夜晚的空气。我努力让自己不去想，拒绝承认自己在不到两个小时的时间里第二次接近死亡。

我拼命站起来，跌跌撞撞地走到站台边缘，努力爬上了那冰冷的水泥地面。当我站在站台上环视四周，全身的伤口的剧痛再一次袭来。

即使现在全身是伤，即使发生了这么多事，可看到那一轮半月挂在天空，照亮下面小村庄的屋顶和远处天空农场的摩天轮时，我还是忍不住感到惊叹。我抬头望向星空，虚弱地笑了。

可当我的眼睛移向远处的地平线和农田之外的巨大住宅建筑时，这短暂的美好瞬间消散了。塔楼高耸入云，环绕它四周的是一片无家可归的人住的棚屋。它们的屋顶上装着一些巨大的蓝色雨水收集器，通过大家自制的水管把雨水送入各家各户，那些管道杂乱无章，看起来就像是某种巨大的海洋生物缠绕在混凝土上。塔楼已经烧了起来，整座城市都在燃烧，滚滚浓烟直冲天空。

我站在那里，在黑暗中，在明亮的月光下，凝视着我曾经生活过的城市，直面战争。

即使在远离城市四公里外的地方，我还是能听到火焰的咆哮，看到滚滚浓烟直冲云霄。我看到一座高耸的办公大楼倒塌下来，巨大的冲击力让地面都剧烈地震动起来，我在这里都能感觉得到。

那些传闻都是真的，我想。我无法移开自己的目光凝视着这被毁灭的城市。发生战争了，并且攻击第86区的那一方赢了，不管他们是谁。

我没有时间去多想这毁掉的城市，那些逝去的生命，还有这场战争。我得继续行动，我得救瑞恩。

我跑向村庄。来到附近我就发现，这是优选人的度假屋。当红区的辐射开始消退时，这类地方就开始出现了。这里的一套房产价值高达数百万，因为可以远离过度拥挤的城市。大部分优选人都在城市外围有房，这些房子是供他们周末度假的地方。收入最高的优选人至少有三套房，可我们这些平凡人却只能在罪犯聚居区那些造价低廉的摩天大楼里租最高楼层的廉租公寓。

住在这个村子里的这些优选人知道他们离监狱有多近吗？我一边想着，一边迅速向着昏暗的街道行进。

我敲了敲经过的第一扇门，没有反应。我没有久等，迅速来到隔壁，一遍又一遍用拳头敲打着，依然没有反应。我等着随便哪户人家来给我开门，但一个都没有。我穿过马路，被路上的一个金属玩意儿绊倒了，不过天太黑，我看不清那是什么。我还试着按了门铃，可这也不管用。我就那么在一扇扇门上敲啊，敲啊，敲到指关节都疼了，却还是没能找到人来帮忙。

敲到第七家还是第八家的时候，我瘀青的手砸在木头做的门板上，它竟向内摆动，打开了。我走了进去。

"有人吗？"我大声喊着，希望能让里面的人注意到我。我非常清楚，如果被人发现一个年轻人穿着囚服、满身是血，鬼鬼祟祟地出现在这样的有钱人家里，一定会被认为是危险人物。我想但凡是能买这么大度假屋的优选人，一定都安装了固定防御系统，他们现在完全有理由激活它。所以我又叫了一次，好让里面的人知道我不是来抢劫他们的。

我又往里走了一步，希望自动灯能亮起来，希望房里的自动安保系统能问我到底来做什么，可什么都没有发生。

我站在一个巨大的开放式空间里，这里同时承担了厨房、客厅和餐厅的功能。这个家里十分干净，甚至有些光秃秃的——经过了无菌处理。

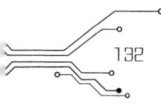

他们没有电视,甚至都没有一个可以从三百六十度观看图像的投影仪。他们倒是有一套沉浸-7系统,观看者可以在电影场景中四处走动,如果是个谋杀的悬疑故事,可以自己搜寻线索;如果是喜剧,可以寻找里面的隐藏彩蛋。这个系统与晶体镜片联动,是镶嵌在客厅远端的墙面上的,但现在它好像也不管用了。

我注意到厨房工作台上有一个紧急联络设备,便走了过去——通过这玩意儿我可以用八种不同的方式联络紧急服务。我冲着半圆形的屏幕挥挥手,可是它什么反应也没有。我又试了一次,依然什么都没有。

我对着那一块毫无作用的玻璃和金属尖叫——倒不是因为它不管用,而是因为现在我知道了,停电的不仅仅是循环监狱,而是整个城市,说不定是整个区,甚至整个世界。我原本希望,拥有备用电源和太阳能存储设备的富人们可能还有某种形式的电力,可在内心深处,其实就在我站到站台上,看着燃烧的城市的时候,我已经知道这希望破灭了。

我救不了瑞恩。我怀疑,在现在这样完全没有电,根本无法使用合适技术的情况下,即使找到了医生也救不了她。

我愤怒地深吸一口气,又狠狠吐了出来。

一定还有办法的!你一定还能做点什么!就在这时,不知怎的,我的脑海中突然出现了一个词:无人机毒药。

刚开始我也没想明白它和现在的情况有什么关联,但一段痛苦的记忆突然在我脑海中浮现出来:我的妈妈躺在床上,毫无生气的眼睛在房间里茫然地扫视,左手的手指焦躁不安地揉搓着。她的额头上一层汗水亮晶晶的,半透明的皮肤下青筋毕现。她的手合到一起,开始比画着手语,但几乎都是一些凑不成任何句子的单词或词组。我妈妈耳聋,所以我们家都会手语。这是一种在优选人中已经不复存在的沟通方式,因为他们生来就有完美的听力。妈妈用手语比画出我的名字，又比画出"爱"和"对不起"。她死于某种疾病，可能是某种新型流感吧——那是一种政府向民众承诺说已经被扼杀在红区的病。疾病诊断的钱我们付不起。爸爸花光了我们所有的积蓄预约了医疗服务，医疗无人机来到我们家之后，提取了妈妈的血液和唾液，就地做了分析。诊断完成之后，无人机询问我们是否需要得到这些信息。我们选择了需要，无人机却说这需要五十电子币的费用，治疗则需要两百电子币。当然，为了确保病毒不扩散，疫苗注射倒是免费的，而且是强制的。

最后是我妈说服了我爸，让他接受我们无须知道她得的到底是什么病，只要能够治疗就可以。我能从爸爸的脸上看出来，他想问：如果是很严重的病怎么办？如果治不了怎么办？要是无人机给你施加的治疗手段只不过是把必将到来的死亡稍稍推迟一点而已怎么办？但他只是微笑着，同意了。

十三天后，她死了。

她之所以还能多活十三天，都是因为无人机最后给她用的一种药物。我不知道它在医学上的名字，但塔楼的居民都叫它"慢爬"。那些沉迷"潮落"的优选人通常会把这两者混在一起，好让药效更持久一些。"慢爬"能减缓人的心率和呼吸系统的运行速度，同时也减慢用户的感知速度，这从本质上来说也就是让时间的流逝速度变慢了。"慢爬"让我妈妈进入了一种类似假死的状态，让她的一切生理机能都慢速运行，也包括夺去她生命的疾病。

妈妈去世的那一天，也正是我被送去循环监狱的日子。那时我正站在她的卧室里，眼睁睁地看着棺材无人机把她裹进黑色塑料布里带走，法警突然破门而入，出现在我们拥挤的小家里，带走了我，莫莉在一边高声尖叫，试图告诉他们我没有做错任何事。

我努力压抑住回忆带来的痛苦，把关注点拉回到现在。

要是能搞到一些"慢爬"，我就还有机会挽救瑞恩的生命。她体内的人工心肺改进系统输送血液到全身的速度一旦慢下来，断臂失血的速度也就越慢，这样我就能有更多的时间去找人帮忙。可现在整个城市都烧了起来，也没有电，我又要怎样才能再跑四公里，找到一家医院，搞清楚哪种药才是"慢爬"，还能在瑞恩因失血过多死去之前回到循环监狱呢？

我对自己说，只剩下唯一的选择了：无人机毒药。

就是当鲁克·福特在锻炼时间结束后拒绝回到牢房时，无人机射入他身体的那种毒药——那里面有"慢爬"的成分。这么做的坏处是，那玩意儿还含有强效的致幻剂。它减缓你的心跳以及呼吸系统的运行速率，是为了让那些噩梦般的体验仿佛持续了几千年那么久。我并不想让瑞恩经历鲁克经过的那种恐惧，可如果只有这样才能救她的命……那我也只有一试了。

我大声喊："我得回去！"然后发出一声凝结了沮丧和愤怒的呐喊。

就在这时，我听到身后冒出一声轻微的咯吱声。有人在盯着我。

我所有的感官为之一振，迅速活跃起来。我也不知道我是怎么知道的，但我就是知道了：有人正匍匐在我身后的楼梯上，观察着我的一举一动。

我转过身，迎上的是一个约莫十二岁的小男孩不断眨巴着的眼睛。他在微笑，是之前在瑞恩脸上出现过的那种疯子般的微笑，嘴唇上还沾着干涸的血渍。他身体前倾，重心在前脚掌，手臂松垂在穿着睡裤的双腿间。他在那里待了多久了？他是一直在观察我吗？我什么也没说，什么也没做，此时的沉默仿佛是炸弹的引线，我们都知道，当它结束的时候……

"我这就走，"我把双手高举过头顶，表明我威胁不到他，"我现在就走，好吗？"

我一直面对着楼梯上的那个男孩，缓缓地往前门方向退去。他湛蓝的眼睛紧张而坚决地盯着我，疯狂地眨呀眨。

我从背后伸出左手去够那个圆圆的门把手。我摸到了它，可刚刚握住，那男孩却突然动了起来——他像只疯狗一样手脚并用地从楼梯上奔下来，直冲向我，整个过程安静得可怕。

我慌忙打开门，闪身退到花园，"砰"的一声把门关上。我听到那男孩撞向厚重木门的声音。把手转动起来，门开了。我抓住门板，用尽全身力气向自己的方向拉，想把它重新关回去。男孩又试了一次，他不顾一切地想要来攻击我——他比看起来要强壮得多。

他和瑞恩的情况一样，我想。我还在努力抵抗，胳膊上的肌肉绷得紧紧的。我的身体后仰，对抗那身穿淡蓝色睡衣的小男孩不可思议的力量。他现在的状况和瑞恩，和哈维，和 A 组的所有人都一样。

内心深处，我知道这是不可能的。A 组的人发疯是因为他们接受了延迟死亡协议，可瑞恩没有，这个男孩也没有。

小男孩一言不发地拉门，门咯吱咯吱作响。我是等他不耐烦走掉，还是和他战斗直到他放弃，还是该逃跑呢？就在这时，我听到人行道上传来脚步声，转身看到一个七十岁左右的女人用非人类的速度向我狂奔而来。

我注意到了她同样的笑容和快速眨动的眼睛，还有她手里那把大刀

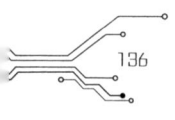

在月光下的反光。而就这一眨眼的工夫，她离我已经不过一臂长的距离了，正挥舞着手中的武器砍向我的喉咙。我连忙向后仰，失去了平衡。我感觉到了大刀挥过带起的风——它紧贴着我的脖子擦了过去。

我倒在地上，手碰到了另一件金属物体，上面散发着腐烂食物的臭气。我并没有时间去研究那是什么了——度假屋的门开了，那男孩跳了出来，用他那狂野的眼神打量着周围的一切。

我不记得自己是如何站起来的，也不记得自己是如何开始跑的，但我就那么跑了起来，用我受伤的双腿，以最快的速度冲刺。还是不够快。我听到身后老太太和小男孩的脚步声，他们离我越来越近了，我几乎能感觉到他们呼出的气拂过我的后颈。

就在我以为他们马上就要抓住我的时候，我听到了两个人同时摔倒在地的声音。我感到片刻的兴奋，它支撑着我跑得更快了。我跑过五间房子、十间房子，才终于停了下来，转过头。

眼前的景象让我毛骨悚然：老太太压在男孩身上，手握那把刀，一下又一下地刺进他的胸膛。由于天黑，我只能看见一个剪影，那是一个黑影刺杀另一个黑影，黑色的血滴飞溅到半空，男孩几乎一声没吭地死去了。

我无法移动，也无法把视线从眼前的恐怖场景中移开。我跑不动，也没法儿呼救，什么也做不了。

男孩不再动弹了，老太太把头转向了我。这足以打破我身上的静止咒了，我再次狂奔起来。

我左冲右突，跃过篱笆，穿过花园，最后在一座特别奢华的豪宅旁发现了一座树屋。

我跳起来，抓住一根低垂的树枝，将身体悬起来，摆着腿荡到下一根树枝上,现在我的高度能够到树屋的入口了。刚钻进这间小屋,我就听到那个杀人狂老太太跌跌撞撞跑进花园,直接涉水穿过了树下的池塘。

我尽量安静地呼吸。这时我真希望自己生来就是个优选人,这样就能把我灼热得快要烧起来的肺换成人工肺了。我急促地喘息,大滴的汗水从额头上滚落。我耐住性子等待,希望她能自己走开。

时间慢慢过去,仿佛过了好几个小时。终于,我听到那个攻击者踩着脚走到旁边的花园去了,去寻找下一个猎物。

我从树屋里向外偷看,看到那老太太挺直身体走远的背影,她的头时左时右地抽动,手中的刀沾满了小男孩的血,再也反射不出月光了。

他们全都和瑞恩一样,我看着那老太太再次跑了起来,心想,他们到底是怎么了?

天空开始亮了起来,我从这个高处的有利位置注意到,无人机散布在村庄的各个角落,一动不动地停在地上。进到村庄里以来,正是这些金属玩意儿总把我绊倒。一些无人机的金属爪依然还抓着它们运送的货物,有包裹,有快餐,有酒、食品杂货、处方药,等等。还有一些伙伴无人机,有侦察无人机。它们一定都是在停电的时候从天上掉下来的。

我爬出树屋,肾上腺素、寒冷、疲惫和失血共同作用,我全身都在发抖。

你必须回到循环监狱,你必须搞到"无人机毒药",这是唯一能挽救瑞恩生命的办法。办完这件事,你必须想办法搞明白怎样治好她,不管这让她发疯的到底是什么玩意儿。

我停了下来,看向城市的方向。城里的某个地方,在这一片杀戮与疯狂之中,还有我的爸爸和妹妹,如果他们还活着,他们也在拼命想办

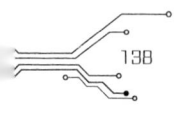

法活下去。

当然也有一种可能，就是他们也已经感染了，就像瑞恩，还有那个小男孩和老太太那样。

我在去城里和回监狱这两个选项之间挣扎，在家人和瑞恩之间挣扎。有那么一瞬间我选择了前者。我朝向那熊熊燃烧着的都市走了几步，却又停了下来。我满脑子都是关于瑞恩的回忆：过去的瑞恩，在她变成……现在这样之前的样子。我回忆着她的善良，她的热情，是她让我原本无法忍受的好几百个日日夜夜变得不那么难熬。我知道我能救她，我知道我能帮助她，就像她从前帮助我那样。我知道我必须回去，穿过那条全是大老鼠的隧道回去。要是我不救她，瑞恩就死定了。我只能相信我的家人还活着，正安全地藏在某个地方。我没法儿去想象其他的可能性。

"这次可得做好准备了。"想起那成群结队的老鼠，以及它们躲避光线的样子，我不由得自言自语了起来。

我穿过花园，小心翼翼地推开大房子后面的玻璃门，慢慢地、悄悄地溜进屋里。我的感官处于高度戒备状态，因为我担心从各个角度受到攻击。但什么也没有发生。

这所房子比上一处更大。我脚上那双循环监狱的廉价鞋上沾了草叶上的露水，在瓷砖地板上直打滑。这里差不多算是个温室——玻璃屋顶，玻璃墙，家具都是竹子做的。

我在房间的一角看到一组抽屉，便动手翻了起来，想找个手电筒。

那不管用——我提醒自己——要用电的都不行。

我一阵愤怒，差点没忍住猛地把抽屉推回去，但最终还是控制住了自己，轻轻关上了它。

我得生火。

我环顾四周，目光落在了竹子家具上。

非常好。我想着，翻过一把椅子，用脚重重地踩了下去。

竹子裂开的声音震耳欲聋，我僵在那里，等着黑暗中出现冲向我的脚步声。我做好了有人来就跑向门口的准备，可并没有任何动静。我捡起碎开来的三根粗粗的空心竹竿，每根大约有半米长。

接下来我还需要一些材料。我需要一些破布包住竹棍的顶端，这样它们在隧道里就能更亮了。卧室应该在楼上，我开始上楼，依然维持着缓慢而静默的脚步。每一个阴暗的角落里都有可能躲着一个微笑的杀手。

我打开第一扇门，在月光下，看到那是一间大的办公间，里面有张木制大书桌，墙上挂着一些镶了框的证书。下一间是个工作室之类的地方，里面有绿幕、摄像机和一些戏剧服装。我终于找到了一间卧室，太暗了，除了一张大床的轮廓、步入式衣柜的滑动镜面门和床头板上放着的两套"清醒梦"沉浸系统的头戴装置，我什么也看不出来。

我走到窗前，旋开遮光的百叶窗帘，让月光洒进房间。回头时，我看到一个中年男人苍白的身体躺在床上的被窝里。他身边的毯子上沾了一层厚重的、闪闪发光的红色液体，那是从他脖子上的伤口流出来的血。他的眼睛睁得很大，就那样永恒地定格在凝望虚空的状态。他的嘴角也凝固着那种熟悉的恐怖笑容。

我绕着床走到大衣柜前，视线却一直没离开被窝里躺着的那个一动不动的死人。

就当他不在那里就好了，继续向前走——我告诉自己。

我强迫自己移开目光，从衣柜里取出几件衬衫搭在胳膊上，然后退往门口的方向。这时我的视线再次落在了那具尸体上，心中莫名害怕他

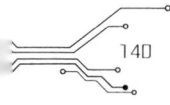

会突然坐起来，叫我把他的衣服放回原来的地方。

我离开卧室，轻轻关上门，然后三步并作两步跑回楼下，尽量压抑住内心的恐惧，把衬衫裹在竹棍上打好结。

离开这里前还得再找到两样东西：能让火把燃烧得更久的燃料和用来点火的东西。

我在厨房的抽屉里发现了一个急救箱，里面有一些酒精浓度很高的免洗净手凝胶，我把它们塞进了口袋。接着，我又在客厅中央的假火壁橱旁找到了一个防风的打火机。

我一只胳膊下夹着自制的火把，口袋里放着打火机和净手凝胶，老鼠咬出的伤口遍布全身，疼痛无比。这一切让我跑得十分费劲，但我还是以最快的速度跑回站台上，跳下铁轨。

我向伸手不见五指的隧道里望去，一想到要再次面对那大群的老鼠，全身的皮肤都不由得紧绷了起来。我尽量不去理会那恐惧，只专注在拯救瑞恩的念头里，做完这些我才能回到城里，找到我的家人。

我把第一个火把头上裹的布料浸入易燃的净手凝胶，点燃了它。火焰跳跃在衬衫四周，先是发出淡蓝色的光，慢慢变成明亮的黄色火焰。

你确定你要回去吗？我问自己。

我使劲咽下一口唾沫，想着瑞恩，想着还被困在牢房里的其他人，想着吉娜。

我点点头，深吸了一口气，走进隧道。

火炬闪烁的火苗照亮了潮湿的墙壁和隧道那平坦的水泥顶，那地方长满了绿色青苔，小小的钟乳石从里面冒出头来。

在火光里，阴影也跟着跳动。我不由自主地四处张望，非常确信自己会看到一群巨大的、丑陋的老鼠，黄色的眼睛闪着光。但它们并没有出现。

刚开始我走得很慢，待到视线逐渐适应了黑暗后，才逐渐加快了脚步，越来越深入了隧道。

几分钟后，我来到了一个岔路口。由于害怕，再加上当时急于逃离鼠群，我之前并没有注意到这个地方。左边那条路稍稍有个向上的坡度，右边那条则稍稍向下。逻辑告诉我循环监狱在右边，因为我出来时一直是用左手扶着墙走的，如果我是从左边出来的，当时就会发现这个分岔。再说，我也确定出来时走的是平缓的上坡路。

我走进右边的岔道，这时我的第一个火把开始快速闪烁起来，一分钟后，火焰熄灭了。

我站在黑暗中，摸索着下一个火把，尝试把那助燃的净手凝胶倒在衬衫上。这时隧道里传来一声动物爪子踏在混凝土地面发出的"咔嗒"声。我一时惊慌失措，打开的助燃液瓶子掉在了地上。我不由得骂了自己一句，四处摸索着寻找，最后好不容易，我的手指抓到了瓶子。又是一阵老鼠窸窸窣窣的脚步声，还有一条粗粗的尾巴在我身后拍打着。

我拿起打火机，把衣服用净手凝胶蘸湿，以最快的速度点燃。

火焰猛烈地燃烧起来，在那一瞬间，我看到的是一块黑色和棕色皮毛组成的沸腾的地毯，上千只乳白色的小眼睛正贪婪地盯着我。我正身处在老鼠的海洋里。

一想到前路还有多远，想着我的火把还能坚持多久，净手凝胶还剩多少，我手中的火把不禁颤抖起来。

我向前迈了一步，大群的老鼠跟着我移动。它们保持着一定的距离，远离我手中的火把发出的最亮的光。我又走了一步，这些害虫同伴依然

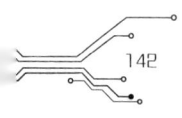

紧紧跟在身后。

"这隧道太讨厌了！"我边低声抱怨，边飞快地朝向循环监狱走去。老鼠群就像一个整体，扭动着、抓挠着、爬动着，但怎样也不肯离它们的下一顿美餐而去。

我跑了起来，火焰在我耳边咆哮，我的脚步不再有回声，因为越来越多的老鼠聚了过来，温暖而恶臭的身体填满了隧道。现在这一片老鼠的海洋跟在我身后，跟在光的后面。它们的数量太多了，多到数也数不清，多到难以想象。

火把只能照亮我面前几米的道路，任何一秒我都有可能摔倒，将火把摔灭，我还有可能撞到一堵墙昏过去，一旦这样的情况发生，老鼠们只需要等到火焰熄灭，就能轻松地吃掉我。

过不了多久，这第二个火把就会熄灭了。我停下脚步，这一次，不等黑暗降临，我就点燃了第三个火把，也是我的最后一个火把。

太远了，我想。火把坚持不了那么久。

我把剩下的大部分净手凝胶都倒在了最后这个火把上，点燃它，把几乎已经燃尽的第二个火把扔到身后那一群老鼠中。我听到它们尖叫着，畏缩地从火边跑开去，与此同时，我用尽我体内尚存的所有能量，在第三个火把燃烧殆尽前拼命奔跑。

老鼠依然紧跟着我的脚步，保持着和我以及手中火把的距离，不近也不远。

在哪里？站台在哪里？循环监狱在哪里？

我跑得更快了。我相信自己随时都可能看到目的地，从这些壮硕的动物和它们锋利的爪牙中脱身。

墙壁、铁轨、隧道顶的绿色霉菌，在我身边掠过。我跑啊跑，全身紧张地朝向站台冲去。现在这个时刻，我苦涩地意识到，身在循环监狱也是一种自由。

潮湿的气息和老鼠身上的腐臭味充斥着我的感官，我感觉自己都快要窒息了。我听到火把劈啪作响，光慢慢暗淡了下来。

"不！"我哀号一声，更加拼命地迫使自己的两条腿交替运动，向前跑去。

火焰几乎就要灭了，却又就着最后一点助燃剂重新亮了起来。

就在那儿了，就在前面——循环监狱的站台。

火焰又暗了下去，这一次差一点就彻底灭了。老鼠们追了过来，渐渐靠近了我。

我从口袋里掏出仅剩的最后一点净手凝胶，咬开盖子，把那液体挤到离我最近的老鼠身上，又把火把扔到了领头的老鼠身上。

黄色的火焰闪烁着，火焰里传出的尖叫声十分可怕，它和人类的叫声那么接近，饱含着痛苦和恐惧。因为现在老鼠们自己变成了它们最害怕的光。

我成功地到了站台，身上并没增添什么新的伤痕。我爬了上去，仰面躺下，带着一种既恶心又得意的心情，听着老鼠们的尖叫。

我曾经无数次幻想过逃离循环监狱，却从没想过有一天离开后我还会回来。我闭上眼睛，待到呼吸平静后，起身走回了监狱。

循环监狱的第755天

吉娜站在那里,将那个关乎我性命的触发器紧紧握在手里,眯着眼睛在观望。听到我的脚步声,她警觉起来,随时准备迎接任何可能出现的人或事。看到来的人是我,她看起来松了一口气。但注意到我身上血迹斑斑的连体裤后,她的表情很快又变成了震惊。

"发生什么事了?"她问。

我想要回答她,想要告诉她那些老鼠的事,那些发狂的人想要杀了我的事,还有被毁掉的城市,可我不知该从何说起。最后我只是说:"我们得把那些无人机弄下来。"

"无人机?为什么?"

"那里面有能让身体进入冬眠状态的致幻剂,"我斟酌着措辞,试图尽快解释清楚,"我们得把那个用在瑞恩身上。如果能减缓她的心跳速度,就能让血流得更慢,或许就能让她活得更长一些,活到能有医生来救她。"

"卢卡,"我走过她身边的时候,她伸出一只手搭在我的肩膀上,说,

"你看到什么了?为什么没有带人过来帮忙?"

我再次犹豫了。我该怎样向她解释外面开战了?该怎样告诉她我们的情况万分危险?

"没有人能来帮忙……战争真的发生了,吉娜。整座城市都在燃烧。瑞恩病了,她失去了理智,开始杀人,城里的其他人也一样。我在村子里见到了这样的人,他们攻击了我……情况很糟糕,吉娜,非常糟糕。我想,启动这场战争的人给大家下了药,把他们变成了杀人机器。"

她点了点头,眼睛开始左右扫视,视线毫无焦点。她在消化我带给她的信息。"好吧,"她说道,"好吧,好吧。那么,我们要怎么才能拿到这些无人机呢?"

"我不知道,"我说,"但我想,我大概知道谁可能有办法。"

我走过两间开着门的牢房,眼角的余光瞟到有人影躺在里面的床上,他们皮肤灰白,一动不动。我在富尔顿的房间门口停了下来。几个小时前,我看到伍兹进了这一间牢房。

我打开舱门,伍兹布满血丝的眼睛盯着我。

"伍兹?"我试图从这个一动不动的男孩那里得到些回应。

他缓缓低下头,用低沉沙哑的声音问道:"卢卡,刚才是怎么回事?发生什么了?瑞恩死了吗?她还杀了别人吗?"

"伍兹,我需要你的帮助。"我边说边打开他的牢房门。

"等等,等等!"他尖叫着,跳起来拼命把门往回推,"她还在外面吗?"

"不在,她被锁在一间牢房里了,"我再次打开门,"正如我刚才说的,我需要你的帮助。"

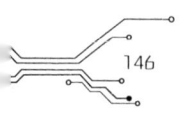

伍兹犹犹豫豫地跨出房门，来到走廊上，他那强壮的身形和不加掩饰的恐惧形成了鲜明的对比。"我的帮助？你需要我的帮助？什么事？"

"要是我们不把那些无人机弄下来，瑞恩就会死。"

伍兹举起手，打断我。他看到了阿利斯泰尔的尸体，眼睛瞪得老大，结结巴巴地说："阿——阿利斯泰尔？她把阿利斯泰尔也杀了？"

"伍兹，听我说，"我尽量保持着冷静，"我们没时间了，瑞恩快死了……她出了些状况，是个病毒之类的东西，它会改变人的心智，让他们杀人。"

"她杀死了他们，兄弟。她连想都没想就结束了他们的生命。"

"她根本不知道自己在做什么，"我说，"就像A组的那些人一样。"

"我才不会帮助她！"他尖叫着，泪水涌出眼眶，"要是再让我看到她，我要杀了她。我去找亚当，然后我们离开这里！"

"伍兹，别这样……"我说。

"没有讨论的余地，卢卡。"

我看着他弓着肩膀，慢慢地朝亚当的牢房走去。他在敞开的门前停下了。虽然只能看到他的侧影，但我感觉他似乎瞬间老了十岁。

我走到他身后，把手放在他的肩膀上，说："我很抱歉，伍兹。"

"他们怎么能都死了呢？"他说。

"如果你想向做了这些事的人报仇，你得知道，那不是瑞恩。监狱外面发生了战争，他们在无辜的人身上下了药，把他们变成了杀人凶手。瑞恩也是受害者，她不是你的敌人。"

"你出去过了？"他看着我沾满血迹的连体衣。

"是的，并且我亲眼看到，攻击这个区的一方赢了。"

"那是谁干的，卢卡？是谁杀了我的朋友？"

"这正是我们要弄明白的事情。"

他直视着我,眼睛连眨也不眨,里面写满了愤怒与悲伤。最后,他点点头,说:"告诉我你在外面看到了什么?"

我从逃离自己的牢房并把瑞恩锁进去开始,一直讲到隧道里的老鼠和村庄里发疯的人们。吉娜和伍兹专心地听着。我终于讲到最后,开始解释我救瑞恩的理论,关于无人机的毒和减缓我妈妈死亡的冬眠药物有相同效果。

伍兹显然依旧不太能接受要去想办法挽救那个夺走他朋友生命的女人这件事,但他已经接受了瑞恩做这件事的时候完全是另一个人的这一事实。

"我帮你去弄无人机,但之后我要离开这里,明白吗?"

"我们人数越多,机会就越大——"

"卢卡,我什么也没有了,温彻斯特死了,阿利斯泰尔和亚当都死了。在这鬼地方,他们就是我的一切,而他们都死了。我要离开这里,一个人离开这里。听清楚了吗?"

我叹了口气:"好吧。"

"好,"他双臂环抱在胸前,说,"有一个办法可以弄到那些无人机。"

"什么办法?"我问。

"具体我也不清楚,但温彻斯特曾经花了几个月的时间彻夜不眠地观察它们,看看能不能得到一些什么信息。"

"结果呢?"吉娜催促他赶紧说。

"这是谁?"伍兹看看吉娜,又看向我。

"回答问题吧。"我恳求道。

"有一架无人机坏了,引擎出了故障之类的,也就是说他们不能让

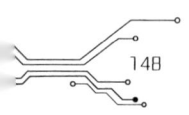

它飞出去维修。所以在凌晨四点左右，他们派了两个机械师从柱子上去。温彻斯特看到他们打开了一扇活板门，拿起无人机，然后又穿过那扇门，从柱子上消失了。大约一个小时后，他们带着修好的无人机回来了，把它连接到充电位后就离开了。"

"也就是说，从柱子中间有路可以上去？"吉娜问。

我想起了站台另一边那扇标有"工程"字样的门，便对他们说："我想我知道怎么去那里了。"

吉娜和伍兹跟着我到了那个入口处，写着"引爆植入装置"警告的地方。

"等等！"吉娜喊了起来，她指着那些黄色的字。

"没事的，"我指着地上瑞恩的断臂，说，"我已经关掉这个了。"

"你脑子还挺好使的，"伍兹若有所思地说，"富尔顿曾经想到过一个类似的计划。"

我们穿过铁门，进了员工室，打开那扇写着"工程"的门，里面又有另外两扇门："修理"和"补给"。

"这扇。"吉娜说着，带头穿过写着"修理"的门，里面是一段向下的楼梯，下面一片黑暗。

我们朝楼下走去，下到尽头有一条走廊。在黑暗中我们沿着墙盘旋前进，最后我们确信自己来到了我们锻炼的院子的地下。又走了几步，我迎面撞上了一扇门。它并没有锁，里面又是楼梯，这回是螺旋向上的。

"我想就是这里了。"我沿着楼梯上爬去，一段时间后，头顶上出现了一个沉重的金属舱口。我推开它，翻过去，舱门"轰隆"一声砸在地面上，响声在院子里回荡。

我爬上去，来到柱子顶端。此刻我站在院子正中央，风刮得很猛，呼啸着穿过那些分隔墙。我就那么站了一会儿，从这个有利的位置观察了一下循环监狱。从这个角度看院子，看着这我花了几百个小时来回奔跑的混凝土地带，感觉真是很奇怪。我曾经以为，除非到了要被送去绝境监狱的那一刻，不然我绝对不可能离开这里。我又向外围看了看，看到那些牢房，看向监狱周围荒凉的土地。要不是院子那只有两厘米厚的分隔墙，我们就可以沿着墙顶走到牢房的屋顶，从那里爬下去获得自由，而不必从那全是老鼠的隧道穿过去了。

伍兹和吉娜也凝望着地平线，被这片土地的广袤深深震撼。我们没有人说一句话。

"来吧。"最后，我说道。

我走向最近的一架无人机。四面都是离地十五米的垂直高度，我竭力压抑住这样的环境带来的眩晕。无人机比想象中要大，我趁此机会近距离观察了一下它：黑色碳纤维外壳包裹着它内部的机械装置，两侧各有两个螺旋桨叶片，中间还有一个较大的叶片，下面悬挂着三个发射管。

"等等，"伍兹说，"它不会攻击我们吗？灯还亮着呢。"

"我想不会，"我说，"充电桩还在工作，是因为它的机械装置在地下核掩体里，至于这些东西本身，一定也被让雨和所有屏幕失灵的玩意儿破坏了。"

"你怎么会知道？"伍兹问。

"瑞恩告诉我的，"我边回答，边抓起那架巨大的安保无人机，试图把它从充电位拿起来，"帮帮我。"

伍兹和吉娜帮着我一起把无人机搬下楼梯，沿着走廊回到员工室。那里的备用光源太过昏暗，对我研究明白怎样把毒飞镖弄出来并没有什

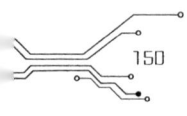

么帮助。幸运的是，我们有伍兹，他似乎对电子设备非常熟悉。他拧开螺丝，拆下嵌板，一个装满致幻剂的弹匣便出现在了他的手上。

"好了。"他把它递给我。

我从弹匣里拿出三管药剂，仔细查看。飞镖的尖头是空心的，药剂会从上面附带的小瓶里进入血液，所以我只需要把其中一管药剂注射进瑞恩的静脉，她就会进入一个精神折磨的世界——但这可能也足以拯救她的生命。

我们迅速回到了监狱里的走廊，我还是不愿去看那些开着门的牢房。回到我的牢房的位置，我打开了舱门——眼前的景象是我不乐意看到的：瑞恩依旧躺在我的床上，但面色极差，呈现出灰白色。她的头发被汗水浸湿，纠缠在了一起，她的皮肤似乎特别紧绷，颧骨分外凸出，脸颊凹陷得像个营养不良的病人，手臂断裂处下面的床单还在吸收着仍在不断渗出的血。

我打开门，跪在她身边，低声说我很抱歉，然后把小飞镖戳进她脖子上隆起的血管里。

我看到她的身体放松下来。有那么一秒我在想，毒飞镖里的药剂对装了机械心脏和肺的人还会不会起作用，但那药剂里一定加入了纳米技术——我去听她胸部的声音，听到那"嗡嗡"声的音调起了变化，是药剂让它们的反应变慢了。

"我会回来的，"我对着她昏迷不醒的身体说，"我保证。"

我回到走廊里，看看伍兹，又看看吉娜。

"现在我来拿吧，"我指着吉娜颤抖的手中那个触发器，说，"谢谢你。"

吉娜点点头,把那玩意儿小心翼翼地递还给我。

"这是我想的那个东西吗?"伍兹问。

"我们得把其他人放出来。"我没有理会伍兹的问题。

"呵,祝你好运,"伍兹又把双臂交叉到了胸前,说,"这里面可是有些非常坏的人,而我已经告诉你我不会留下了。"

"你确定我无法说服你留下吗?"我问。

"不能,"他没有一丝犹豫,"我有地方要去。如果真的有战争,我很清楚我要站哪一边。"

"什么意思?"吉娜问。

他盯着她看了很长时间,像是想要告诉她些什么,但最终却只是说:"不关你的事。"

我还想再试着说服伍兹留下来,但他已经帮了我两个忙了:不杀瑞恩,帮我取无人机。我对他说:"听我说,记得我告诉过你的隧道里的事。"

"嗯,老鼠。"

"员工室里有 USW 手枪,"我说,"在应急设备室,那里还有些防暴装备,这些可能足够帮助你离开。而且它们害怕光,所以如果你能想到什么办法……"

他点点头,有那么一会儿,他看起来似乎想说些什么,可最后却只是转身走开了。

吉娜和我站在安静的走廊里,听着他逐渐远去的脚步声。

"好了,"她说,"就剩我们两个了。"

我点点头,说:"最好把其他队友也弄出来。"

"队友?"吉娜跟着我走到一扇关闭的牢门前。

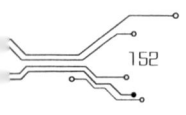

"几个朋友而已。"我边说边试着弄亮牢房旁边的屏幕。我惊讶地看到电源还在向摄像头供电。我看到阿奇米在里面来回踱步。我打开了她的门。

阿奇米她起初的反应是害怕地往后缩,贴到了牢房最远端的墙壁上。但认出我后,她便向前跑上来,伸出双臂搂住我的脖子,松了一口气,哭了起来。

"我太害怕了。"她边哭边喘着气,口音听起来比平时更重了。

"没事了,"我说,"你很安全。"

她退后几步,看着我囚服上的血迹,问:"发生什么事了?她攻击你了吗?"

"不是瑞恩,"我边说边领着她走出房门,来到走廊里,"我把所有人放出来,再一起解释。"

我把阿奇米介绍给吉娜。吉娜说:"裙子真好看。"这时我才注意到,阿奇米早已换上了瑞恩几周前带到两点俱乐部的那条红裙子。

"谢谢你,"阿奇米拂了拂自己的裙子,说,"我想,呃,反正也是一死……那我想死的时候漂亮一点。"

我走到下一间牢房,发现并不认识躺在床上的男孩,所以直接过去了。接下来还是两间开着门的牢房,我目不斜视,不想看里面。但阿奇米停了下来。"她杀了埃默里,"她低声说,"她杀了埃默里。"

我闭上眼睛,强忍悲伤。

我走到下一扇关着的牢门前,查看屏幕——波德和伊格比正坐在床上聊天。看到他们还活着,我松了一口气,打开牢门,走了进去。

波德以迅雷不及掩耳之势站起了身,没等我反应,他那庞大的身躯就转了过来,重重地打了我一拳,正中我的下巴。

我眼前一黑，清醒过来时已经倒在了地板上。

起初世界仿佛一个梦，所有的色彩都很柔和，所有的声音都很遥远。

"波德，是卢卡！该死的，是卢卡！"我听到伊格比大喊着。我抬起头，看到小个子的伊格比正拉着他那位巨人朋友的胳膊。

我摇摇头，站了起来："波德，你这个瞎子瞄得倒挺准。"

"抱歉，卢卡，你就这么冲进来了。发生了这么多事，我没法儿想当然地认为你没有敌意。"

"我的错。"说完，我将嘴张开又合上，检查自己的下巴有没有骨折。

"天哪，波德，"伊格比赞叹道，"好棒的勾拳。"

"谢谢。"波德非常平静地说。

他朝走廊走去，我问波德："要帮忙吗？"

"我没问题，"他微笑着从我身边走过，说，"我在贫民窟和垃圾填埋场长大，这没什么。"

"你是个'垃圾少年'？"我问。

波德点点头，笑了笑，说："我们更喜欢被叫作'不被接受的少年'。"

"噢，对不起，我不是——"

"开玩笑的。"他的笑容更灿烂了。

我大笑起来，试着想象还是孩子的他，在堆积如山的垃圾中翻找，一边翻找着任何值得出售或是修理一下的东西，还要躲开狙击手用USW来复枪扫荡巨大的近海垃圾填埋场时发射的远程子弹。

我对波德和伊格比说，等我们把两点俱乐部的其他人放出来后，我再一起告诉大家发生了什么。

接下来被放出来的是潘德尔。看着她走出牢房，我情不自禁地笑了，感到无比宽慰。

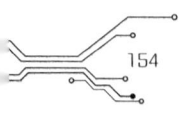

"我们快走吧。"她把厚厚的眼镜往鼻子上推了推，看着站台的方向。

"潘德尔，我们不能就这么跑进城市，那里正被攻击。"

"如果城市受到攻击，那我们的家人和朋友也在受到攻击，我们怎么能像胆小鬼一样等在这里！"

就在这时，我们听到远处传来一阵刺耳的 USW 手枪的发射声。

"那是什么？"阿奇米问。

"我猜是伍兹和老鼠狭路相逢了。"我望向隧道的方向，说。

潘德尔咽了口唾沫，和我们一起在剩下的牢房里搜寻我们认识的人。

我们来到朱诺的牢房前。此刻我已经感觉舒服多了，也自信多了。有朋友在身边，我觉得很安全。可才刚打开舱门，朱诺那因常年吸毒而纤瘦无比的双臂便从里面伸了出来，想要抓住我。有那么一会儿我几乎确定她那双小却有力的手将要控制我，把我从那个小小的舱门拖进她的牢房。但我向后倒去远离了她，不停用舱门击打她伸到舱口的手，她的手一缩回去，我便连忙关上了舱门。

"我的妈呀，她也变成和他们一样了。"我喘着气。

"哪样？"潘德尔问，"和谁们一样？"

"A 组的人想要爬上那些该死的墙的时候，你也在院子里看到了，不是吗？"伊格比反问道。

潘德尔点点头。

"不只是 A 组的人，"我说，"瑞恩身上也发生了同样的事情，循环监狱外也有人中招。他们都疯了。"

"这可不是什么好消息。"波德喃喃道。

"确实不是，"我呆呆地说，"那么，我们怎么办呢？"

"继续。"潘德尔说。

我点点头，告诉自己颤抖的双脚继续前进。

我开始对找到其他活着的人失去了希望，却还是走到下一间牢房，对着屏幕举起了颤抖的手。这是马拉查伊的牢房。我不知道他是否回到了自己的牢房里，但我的脑海里出现了他死在地板上，皮肤像富尔顿和阿利斯泰尔一样灰白的画面。我打开屏幕，看到他自然悠闲地躺在床上，双腿交叉，读着一本漫画。

我打开他牢房的门。

"我就等着有人能活着出来呢。"他把漫画书扔到地上，说，"你可真够慢的。"

"抱歉让你久等了。"他的样子让我很震惊，我一直以为他会心碎，会为瑞恩突然陷入疯狂而悲伤，可恰恰相反，他看起来似乎很平静。

"没关系。"他伸了个懒腰，站了起来。

"你还好吗？"我在他脸上搜寻着痛苦或失落的表情。

"嗯，我们现在可以认为这是战争吗？"他没有理会我的问题，只是瞥了一眼我连体裤上的血迹。

我点点头，说："我想是的。"

"好吧，"马拉查伊沉思着说，"我想这对我们来说是个好消息吧，我宁愿死在外面也不愿意死在这里。"

"嗯，我想是吧。"我说。

他走出房门来到走廊上，四处张望了一下，然后问道："富尔顿呢？"

"死了。"我回答。

"阿利斯泰尔呢？埃默里？"

"死了。"

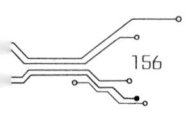

"伍兹？"

"伍兹跑了。"吉娜告诉他。

"朱诺？"

"朱诺——"我开了口。

"变成疯子杀人狂了。"潘德尔替我说了。

"有意思。"马拉查伊沉思了一会儿，转向吉娜，问道，"你是谁？"

"我是吉娜，你又是谁？"

马拉查伊没理会她，又转向我："亚当呢？"

"死了。"我告诉他。

马拉查伊叹了口气："是不是瑞恩——"

"是。"我说。

"她也……"

"变成疯子杀人狂了。"潘德尔说。

"还活着，"我对马拉查伊说，"伤得很重，但她还活着。"

"好吧，"他又环视了一遍我们这些人，说，"看来我们这些人要一起玩战争生存游戏了。来看看你们这些人。"

他的眼睛扫视着我们这六个平凡人，忍不住笑了起来。

潘德尔瞪着他，说："班尼斯特，你也不会是任何人的首选。"厚厚的镜片让她的眼睛显得更大了。

"抱歉，抱歉，"马拉查伊笑得喘不过气来，"我只想说，我们出去肯定是死路一条。"

"真好笑。"阿奇米冲他翻了个白眼。

"嘿，你不跟我们讲讲发生了什么吗？"波德拖着脚转过身，转到面朝我的方向。他那看不见的双眼左右转动着。

我说了瑞恩来到我牢房的事，说了她要把触发器和我的心脏引爆器配对。说到她的胳膊被舱口切掉的时候，我不由得瞥了马拉查伊一眼，看到他眼中关切的神情，我勉强算是松了一口气。我向他们讲了我不得不给她手工绑上止血带来止血，描述我是如何关闭安保屏障，如何面对那些老鼠，还有那个男孩、老太太和燃烧的城市。我告诉他们，我给瑞恩注射了无人机里的毒药，希望这帮能帮助她熬过接下来的几天。

"我的老天哪！"我说完后，伊格比轻声感叹了一句。

"是啊，"阿奇米附和道，"老天啊！"

"我们必须离开这里，"潘德尔又把目光投向了黑暗列车的站台，说，"我们现在是在浪费时间。"

"那其他人怎么办？"吉娜顺着走廊往里看，我们目力所及之处，还有八九间牢房的门是锁上的。整座监狱里一定还有更多。

"我们才不要打开这些门。"伊格比说。

"我们必须放他们出来，"吉娜转头看向他，说，"不然他们都会死。"

"嘿，新来的，"马拉查伊狠狠地说，"他们参加不了两点俱乐部是有原因的。"

"两点俱乐部又是什么鬼？"她问。

"既然你也没被邀请，这不关你的事。"

"瑞恩之前会在每周三晚上把我们几个人放出来，"我告诉她，"我们被认为是安全的，而其他人则不安全。"

"结果她自己才是危险的那个。"阿奇米嘟囔道。

"她病了！"我喊道，"那不是她的错！"

"不管危险不危险，"吉娜的声音在人群逐渐紧张的气氛中显得格外响亮，"我们不能让其他人就这样饿死在牢房里——那也太野蛮了。"

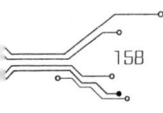

"优选人会放他们出来的,放出来玩这个'猜猜谁是杀手'的游戏。"马拉查伊说。

"要是我们就这样放任他们去死,那我们就是杀手。"吉娜反唇相讥。

"你忘了我的邻居是谁了吗?"马拉查伊边说边敲了敲他旁边锁着的那间牢房门,"给你个提示:他最喜欢说的话就是——'卢卡·凯恩,我要杀了你。'想起什么了吗?我猜你的男朋友可不会希望泰科·罗斯跑到这个走廊里来闲逛。"

我只能忽略掉"男朋友"这个词,让自己把注意力放在更重要的问题上:马拉查伊说得对,我不想让泰科·罗斯从牢房里出来。

一时间,所有人的目光都投向了我。

"怎么说?"波德问道。

"什么怎么说?"突然大家都等着我拿主意,我一时不知该如何反应。

"我们要放其他人出来吗?"伊格比问。

"我不知道,为什么要问我?"

"我也不知道。"伊格比说。

"我们是不是该投票?"波德提议道。

"不,"吉娜说,"这些人能不能活下去不该由投票来决定。我们得放他们出来。"

短暂的停顿过后,马拉查伊开口了:"好了,赞成把他们留在牢房里的,举手。"

"我说过了,我们不能投票!"吉娜坚持道。

波德、伊格比、潘德尔和马拉查伊都举起了手。

"多数,"马拉查伊说,"好了,现在我们是不是该走了?"

"等等，"吉娜说，"你们等等！这些人在现实生活中有兄弟姐妹，有父母家人。如果是你的家人被关在这里，你难道不希望有人有勇气放他们出来吗？"

"是啊，当然，"马拉查伊耸耸肩，"但事情就是这样。生活是不公平的，有时候你会赢，有时候你会输。"

"反正，我不会让他们输的。"吉娜说。

她冲到最近的一扇门前，转动门锁，把它拉开。

我全身的肌肉都绷紧了，不知接下来将会冲出来什么样的怪物，我要做好准备。

但什么也没有发生，连一点声音都没有。吉娜目不转睛地盯着房间里，慢慢地，我们都聚了过去，看向里面。

一个大约十岁的男孩正用手戳着墙上的屏幕，自言自语地说着什么。他好像都没有注意到我们。

他太小了，我想。我无法相信机器居然会认为他该被追究什么法律责任。

"嘿。"吉娜温柔地说。

男孩缓缓转过头，直视着聚集在他门口的人群。"你们是来修这个的吗？"他指着屏幕问。

"不，我们是来放你出去的，外面打仗了。"吉娜对他说。

吉娜转过头来，视线一个接一个地扫过我们所有人，最后又转回去看着那个男孩："你叫什么名字？"

"早上好，犯人 9-71-990，"男孩模仿着小乐的声音，"今天是六月二十日星期一，进入循环监狱的第 404 天。请选择你的早餐。"

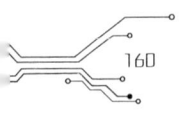

"我们怎么办？"我转向吉娜问。

她咬着腮帮子，思考了一会儿，耸耸肩走进男孩的房间，在他身边跪坐了下来。

"请选择你的早餐……"男孩还在低声说着。但看到吉娜走近，他向后躲了躲，声音也越发低了下去。

"没事的，"吉娜把双手举向空中，说，"你很害怕，这没关系，我们都害怕。但屏幕修不好了，我们得离开这里。"

"进入循环监狱的第 404 天……"男孩紧张的眼神与吉娜的目光相遇，然后飞快地闪躲开去。

"我的名字叫吉娜·坎贝尔，"吉娜说，"你不用再待在这间牢房里了，好吗？"

他看着她，目光在她脸上快速扫过，轻声说："我叫基洛，基洛·布鲁，我的朋友以前都叫我布鲁。"

"布鲁，如果你想待在这里的话也可以，但是不会再有食物送来，也不会再有水，屏幕也不会再亮了。你只能孤单一个人。"

布鲁再抬头看向吉娜的时候，眼里噙满了泪水："我已经一个人待了 404 天了。"

"那就和我们一起走。"

"可这里是我家。"他低声嘟囔着。

"现在开始不是了。"

男孩看了看周围的四面墙壁，看了看他的床，又看看坏掉的屏幕，眼泪默默顺着脸颊落下来。他点了点头，站直身子，抓住吉娜的胳膊，和她一起走出牢房，来到走廊上。

"这是基洛·布鲁，"吉娜把这个男孩介绍给大家，"他的朋友叫他布鲁。"

"嘿,基洛。"马拉查伊讽刺地笑着说。

我首先想到的是这个男孩会拖累我们。我为此感到惭愧。我原本该为他恢复理智离开牢房而感到高兴才对。

"你好,布鲁。"我试着抛开自己那些消极的想法。

"事情原本可能朝另一个方向发展,你知道吗?"吉娜走过马拉查伊身边时,他低声说。

吉娜无视了马拉查伊的抗议,对我们这几个人说:"你们想让这样的人就这么死在这里吗?"

"该死,她说得对,"潘德尔说,"我也支持打开牢房,但我们必须小心——这里有些人想要我的命。"她伸手摸了摸右眼下面的文身。

"嗯,"波德也点点头,说,"我们必须把他们放出来。要是丢下他们,我们也不比一开始把我们关起来的那些浑蛋强多少。"

这个转折让我的心开始狂跳。我满脑子想的都是,泰科·罗斯也不可避免地要被放出来了。

"好吧,"我尽量压制住自己声音中的颤抖,说,"多数人投票我们打开牢房门。"

"你们都是白痴。"马拉查伊喃喃自语着把双臂交叉在胸前。

"等等!"阿奇米叫了起来,她的声音听起来有些紧张,"我们能不能等一会儿?要是我们打开其中一间牢房,放出来的却是个疯子呢?像瑞恩、朱诺和 A 组的所有人那样的疯子?想想看,为什么有些人会发疯,有些人却没有?"

我们面面相觑,希望有人能给出一个合理的解释。

"这说不通,"潘德尔说,"朱诺不应该和其他人一样。她拒绝了

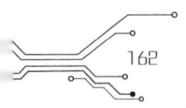

让 A 组的人变疯狂的实验。她还有几个月就满十八岁了，她说她宁愿被删除，也不愿意去绝境监狱。不过，她有毒瘾，是个'克隆'。或许她只是因为搞不到'潮落'所以疯了。"

"可这解释不了瑞恩的情况，"阿奇米的声音现在平静了一些，"还有卢卡在外面看到的那些人。他们又是为什么疯了？"

一段漫长的沉默。最后马拉查伊耸耸肩说："阿奇米，我们知道的不比你多。"

"想知道我是怎么想的吗？我觉得我们最终都会像那些人一样疯掉，只是时间问题。"阿奇米的眼中燃烧着恐惧。

"不管怎样，"波德说，"这并不会改变什么。我们能做的也只有继续前进。"

又是一阵沉默。"波德说得对，"我说，"这并不会改变什么。我们要么疯掉，要么不会疯。"

我走到下一间锁着的牢房前，打开舱门。一个十六岁左右的年轻女孩停止踱步，飞快地转过身来。她什么也没说，只是盯着我看。

"嘿。"话音刚落，我就觉得自己很蠢。

"开战了？"她问。

"我们是这么认为的。"

"那，放我出去吧。"

我点点头，拉开牢门。她走了出来。

"心脏屏障还工作吗？"她朝出口的方向点头示意了一下。

她说的一定是那个引爆装置。我告诉她："不了，停掉了。"她从我手边擦过，迅速向出口方向走去。

"你要去哪里？"潘德尔问。

"我要去找失踪者。如果你够聪明,你也该去找。"

"等等,"我喊道,"隧道不安全。"

她应道:"我能应付。"

"你可以和我们一起。"吉娜冲她喊。

那女孩笑了,轻哼了一声,说:"呵,不了,谢谢。"说完她停在了离自己的牢房三扇门处的一间牢房前,拉开那扇门。一个脸上有疤的瘦高个儿男孩走了出来。

"发生了?"他问。

"发生了。"

他们拥抱了一下,他看着我们,问:"谁是输家?"

"不重要。"女孩说。他们走了,绕过拐角朝站台方向走去。

"喂,隧道里有老鼠……"我大叫。

"滚开。"男孩的声音从走廊远处传来。

"嘿,这还真是顺利。"马拉查伊说。

"输家?"波德问,"我说,没这个必要吧,是不是?"

我走到下一间牢房,它是开着的,里面是蕾娜。我是通过那头红鬈发认出她的。她躺在被子里一动不动,也不是没可能是在睡觉。但我知道,她的心脏已经不再跳动了。她一定是从瑞恩手底下逃了出来,然后躺在了床上,还一脸震惊的样子。

是瑞恩干的——我告诉自己。瑞恩把触发器对准了她,引爆了她心脏里的爆炸装置。

"她和我们一起走吗?"布鲁在吉娜身边问。

"不,她要待在这里。"吉娜用空洞的声音回答他,同时关上了这女孩的房门。

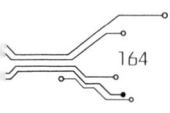

接下来放出的三个犯人也选择不加入我们——两个男孩和一个女孩,他们决定自己走。

我想要加快速度,离开这里。城市熊熊燃烧的场景在我脑海中依然挥之不去,我依然可以看到村庄里袭击我的人疯狂的眼神,死者床上血迹斑斑的床单。我想要去找我的妹妹和爸爸,确认他们没事。

我的动作加快了。我们路过了伍兹的牢房,然后是两间里面有死人的牢房。吉娜尽量一直挡在布鲁的前面,但他放慢了速度,向后望去,看到了一具特别扭曲的尸体。他的脸色变得苍白,彻底陷入了沉默。

下一间牢房里住着一个大块头。他肯定没满十八岁,不然就应该被关在绝境监狱了。但他脸上浓密的胡茬儿、鼓鼓的肌肉和深深的眼袋让他看起来像是三十岁。

"开门。"

"听着,出了件很大的事,而且我们认为外面在打仗——"

"开——门!"他一字一句地命令道。

"好吧,好吧。"我边说边关上舱门,伸手去够旋转锁钮。

"你可想清楚了。"马拉查伊警告我。

我低头看看门把手,又抬头看看吉娜,还是开了门锁,拉开门。

"别挡道。"大块头边说边把他庞大的身躯挤进走廊里。

"我是卢卡,"我说,"这是——"

"关我什么事。"那男孩自顾自地嘟囔着从我身边走过,来到他隔壁的牢房,打开门。

一个戴着厚框眼镜、神情茫然的瘦子走了出来,一只手搭在大块头肩膀上,然后盯着我们。

"和你一起的?"他用一种十分奇怪的高声调说。

"不是。"大块头答道。

"在那儿待着,"眼镜伸出长长的手指指着我们说,"别动。"接着他又多看了两眼,目光最终落在潘德尔身上。他微笑着用手指向她。

"好吧,"潘德尔低声说,"我完蛋了。"

这两个刚被释放的囚犯接受了我们释放犯人的任务,区别是他们比我们更有选择性。

大块头打开了离自己的房间三个门的牢房,一个年轻的女人跑了出来。

"感谢最后的诸神,索伦,你还活着!"她哭喊着跳进他的怀里,吻了他的脖子。他把她放回地上。

"这可不太妙。"马拉查伊低声说。

"怎么了?"

"你锻炼时都不听别人说话的吗?这些人在外面就认识——他们在这里面有敌人。"

"可我们又不是他们的敌人。"阿奇米指出这一点。

"就是啊,"我们这群人沿着走廊继续前进时,我说,"我们不是他们的敌人。"

"不过,你认为他们打开敌人的牢房后会做什么呢?"马拉查伊问。

我们紧张地看着三名新释放的囚犯又前进了两个门,来到一间开着门的牢房。他们呆住了,静静立在那里。我知道他们眼前是自己朋友的尸体,她是被瑞恩杀死的人之一。

大块头气势汹汹地朝我们冲过来,质问:"谁杀了她?你们哪一个杀了她?"

"听我说,"马拉查伊走上前,抬头看着大块头的脸说,"我们出

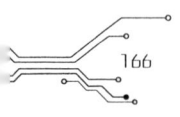

来的时候她就已经死了,很多人都死了。我们跟这件事一点关系都没有。"

大块头俯下身来,凑近马拉查伊的脸,用柔和、平静的语调说:"告诉我是哪一个干的,否则你们都得死,明白了吗?"

"要不是我们,你现在还被关在牢房里,我们又为什么要杀死你的朋友呢?"

我们都还来不及反应,大块头便一拳狠狠打在马拉查伊的肚子上,把他打趴在了地上。马拉查伊咳嗽了几声,喘着气。

大块头又指向我们。"坐下。"他命令道。我们照做了。他又说,"我回来再处理你们。"

他转身走开,但走出几步又停了下来,转向我们。他的目光在我的脸上徘徊,然后来到我的右手边,最后看到了我手中的触发器。

"哈,好了,这真有趣,"他说,"这样事情就容易多了。"

他笑着狂奔而去,很快和他的朋友们消失在拐角。而那脚步声是如此响亮,仿佛他们还在我们身边。

我们沉默地坐着。布鲁待在吉娜身边,哭了起来。

"还为有勇气放出他们而感到高兴吗?"马拉查伊以胎儿的姿势缩在地上,还在喘着气。

吉娜张开嘴想说些什么,却似乎找不到合适的词。

"'容易多了'是什么意思?"我喃喃道。

"意思是他回来后会杀了我们。"马拉查伊坐起来,对我说。

走廊尽头传来一间牢房被打开的声音,紧接着是乞求和尖叫。

"他们在做什么?"阿奇米问。

"他们在外面是倒腾'潮落'的,"潘德尔说,"他们在杀帮派里的敌对成员,那些在塔楼里卖'潮落'的优选人。"

我们听到又一间牢房门"吱呀"一声打开了,那个之前盯着我看的男孩用他特有的高声调低声威胁。紧接着是尖叫声。

布鲁的哭声越来越大。

"我们得去帮忙,"波德努力站起来,说,"我们得阻止他们。"

伊格比把他拉了回来,说:"你疯了吗?他们是该死的变态。"

"我知道他们是什么。"波德嗫嚅着答道。

"你怎么会去想挡杀手的路呢?"

"闭嘴,你们都给我闭嘴!"马拉查伊保持着大块头听不到的音量,但尽可能大声地说,"让我想想!"

马拉查伊沉默了十秒、二十秒,在此期间,又有一个犯人被冷血杀手团伙杀害了。她为了活命而拼命挣扎,喉咙里发出像动物一般的尖厉声音。

"你能快点想吗?"潘德尔说,"那个小个子认出我的文身了,他们回来后第一个要杀的就是我。"

马拉查伊站起来,停顿了一下,很快跑向与那几个变态相反的方向,跑向另一间封闭的牢房。他旋转门锁,打开了门。

"他们在杀你的朋友,"马拉查伊朝屋里喊道,"快点。"

他又对更远的几间牢房做了同样的事。

我看到两个被释放的犯人在走廊里拥抱了一分钟,那是两个大约十七岁的女孩,都美得令人难以置信,她们都有一双明亮的蓝眼睛,眼波流转如月光闪烁。毫无疑问,她们是优选人。她们转身朝尖叫声传来的方向跑去。

马拉查伊走向下一间牢房。开锁之前,他转身看向我,说:"对不起了,卢卡。"

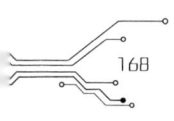

原本我很疑惑，但当他打开牢房门，告诉里面的犯人赶快去救他的朋友时，我知道他为什么要对我说抱歉了。

这是我第一次见到泰科·罗斯，但我一看就知道是他。他身材高大，皮肤黝黑，骨骼结构完美。他是一个优选人。

看到他的眼睛时，我感觉自己脚下的土地一点点消失。现在我第一次知道了他为什么想杀我。他的眼睛和他弟弟长得一模一样。现在他的下巴绷紧了，眼睛也眯了起来。我眼前浮现出他的弟弟从黑路塔楼的屋顶上坠落的样子，他挥舞着手臂想要抓住些什么，却只能抓到空气。

"噢，见鬼。"阿奇米站在我身边说。

泰科紧紧盯着我，我能感受他所有的痛苦，感受到他有多么想把它们全都发泄在我身上。突然，走廊里不知什么地方传来的尖叫声吸引了他的注意力。跑去加入他朋友的战斗之前，他特意看了我一眼。

"你们想在这儿坐一晚上吗？"马拉查伊说，"赶紧走啊！"

"这就是你的计划？"阿奇米问。

"没错，这就是我的计划。现在快跑。"

"那其他牢房怎么办？"吉娜问。

"你疯了吗？留在这里闲逛，我们都会死。要是赶快跑，我们还有活下来的机会。"

吉娜叹了口气，回头盯着那些没打开的牢门看了看，说："好吧，我们走吧。"

我们全都跟在马拉查伊身后，在循环监狱里飞奔。我知道出去的路只有一条，也知道我们不可能全都活下来，但我们别无选择。

在距离入口只有十米远的地方，泰科和那个戴眼镜的小个子出现在我们面前,他们倒在地上纠缠,拳头飞舞,咬牙切齿。其他人的尸体在他们身后的混凝土走廊上散落着——这两人是这场小规模帮派战争仅有的幸存者。泰科,生得高大而健美;眼镜男,长得瘦小又不羁。

眼前发生的一切让我们全都呆立当场。泰科在打斗中占了上风,用他的大手掐住了小个子的脖子,掐住他,把他的头一下一下砸在水泥地上。

杀死那个男孩后,泰科站了起来。他的呼吸并不沉重,因为MOR系统以惊人的速度为他的身体补充供氧。他伸出手指指向我。

"我说过,总有一天我会杀了你。"他说。

"泰科,听我说——"我试着劝说他。

"住嘴。"他的声音格外平静,这令人毛骨悚然。

"行了,泰科,你就不能让我们走吗?"马拉查伊说。

泰科看了看他,面无表情。马拉查伊也沉默了。他指着离我们最近的一个空房间,说:"我要你们都进去,我需要时间来考虑怎么做。"

"如果我们拒绝呢?"潘德尔问。

"我就杀了你们所有人。"

"我们有八个人。"潘德尔说。

"八个平凡人,"泰科的声音还是那么平静,"一个瞎子,一个聋子,还有个小男孩。你们其余的人构不成任何威胁。照我说的做,我只杀卢卡一个人。"

我没给他们留下时间思考,率先走进了牢房。他们一个接一个跟着我走了进来。

"我们很快就会再见的,卢卡·凯恩。"泰科说完,"砰"的一声关上了门。

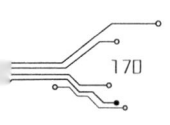

"呵,情况还真是越来越妙呢。"马拉查伊叹了口气,伸出一只手捋了捋自己浓密的头发。

"大家都转过去,我要尿尿。"潘德尔边说边扯开连体裤上的魔术贴,朝厕所走去。

"哇哇哇,至少等我们转过去再解吧。"马拉查伊说。

"怎么?"潘德尔边说边用手指轻轻敲着她的助听器,好像那玩意儿出了什么问题似的,"你怕一不小心看到我的胸吗?每个人都有胸的,马拉查伊,得了吧。"

大家都转过身去,面对着门。

"你们就不能聊个天什么的?"潘德尔在我们身后说,"这么安静,对我有点困难啊!"

"呃,那,大家今天都过得愉快吗?"阿奇米试着找起了话题,可这问题一出口,倒让马拉查伊没忍住哈哈大笑起来。

"噢,那可不,"他说,"这难道不是一场美梦吗?"

"喂,这可比循环监狱里正常的一天要好多了。"伊格比一边说,一边用眼角余光扫视了一遍我们几人。经历了这一切之后,他的头发变得蓬乱不堪。

"没错,"波德点点头表示同意伊格比的想法,"我愿意过 100 天这样的日子。"他把他那双大手的指关节绷得咔嗒作响,又去摸索墙壁寻找支撑。

"下次少死几个人就更好了。"伊格比说。紧接着他又愤怒地补充了一句,"可恶!"

"伍兹的想法是对的,"马拉查伊说,"有机会就赶快跑——'打开牢房,让我们都成为英雄'。"他小声模仿起了吉娜的声音。

我心不在焉地听着周围的对话，心思却在想泰科决定好怎么杀我之后会发生什么。也许我在外面，在战争中，会更安全些。我的手在发抖，我觉得头晕。

"完事了！"潘德尔冲完厕所，也加入了我们的队伍，站在最后，面对着墙，说，"所以，泰科要杀了我们，对吧？"

"他只是想杀了我。"我的嗓子哽住了。

"要是这话你也信，你就是个傻子。"伊格比说。

"他才不在乎你们怎么样呢，"我说，"他只要能弄死我就行。"

"他为什么想杀了你呢？"马拉查伊问道。他仿佛刚刚才想到这个问题，锐利的目光审视着我。

我没有回答，只是低头看着自己的脚。

"嘿，为什么我们还都在面壁？"吉娜问。

我们互相看了看，耸耸肩。

阿奇米靠在了有屏幕的那面墙上，潘德尔、布鲁和吉娜坐在地板上，我和波德、伊格比站在水池边，马拉查伊则坐在了马桶边。

我们都面对着彼此，一言不发，聆听着这一片沉寂。也许大家都在想同一件事：泰科还有多久会回来？

布鲁不安地用手揉眼睛，我能看出来他越来越焦躁了。

"都是你的错。"他低声说着，站了起来，眼珠从眼角斜睨着我。

"什么？"我以为我听错了。

"他……他想杀了你，结果现在他要杀了我们所有人。"他的声音依然很平静，依然忧心忡忡。

"喂，几个小时前你还不想离开你的牢房呢，反正你也会死在那里

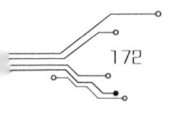

面的。"我提醒他。

"但我不想死。"他的眼里噙满了泪水。

我叹了口气,说:"你是对的,我很抱歉。"

"现在道歉没有用了,"布鲁说着,突然大哭了起来,"现在道歉没有用了。"

"布鲁,冷静点。"马拉查伊说。

布鲁开始大口呼吸,猛地吸气,然后吐出去。"我要死在这里了,我要死在这里了!然后呢?然后就没有然后了,没有然后了。你们知道我是为什么被关进来的吗?我是个运毒工具人,也就是说我把毒品运到了不同的国家。那时我才九岁!我都不知道毒品是什么!我甚至不知道我包里有那些东西!这样公平吗?我以为我和我的寄养家庭在度假……我以为……我以为……"

布鲁瘫倒在地板上,喘着粗气,让我觉得他会哭晕过去。他双手捧着头,开始默默抽泣。房间里又恢复了一片阴沉的寂静。

伊格比说:"我偷了价值五十万电子币的高级汽车。"这话一出口,意味着两点俱乐部所有不成文的规定都被打破了。

"五十万电子币?"阿奇米重复了一遍这个数字。她被震撼了,点着头,这让她鲜明的五官变得柔和起来。

"嗯,"伊格比点点头,"刚开始我偷意昂14系列,还有便宜的旭日系列,但后来我胃口越来越大,就开始克隆沃尔特7级和8级车车主的声音签名,交给一些奸诈的人,他们会把加密的电子币转移到一个假公司,我则把钱存进事先设好的十五个不同的员工账户,但其实那十五个账户都是我自己的。最后,那个黑帮被抓了,警察直接追踪钱的下落找到了我。我给父母在城里买了一套房子,但这房子和我们拥有的其他一切都被没收了。我不知道我的家人后来怎么样了,我被逮捕后两个小时就被关进了这里。"

"沃尔特8级是我最喜欢的车。"我告诉伊格比。

"好,如果我们能离开这里,我就给你偷一辆。"

这句话引起了一阵大笑。下一个说话的是波德。

"我住在西部圣殿塔楼附近的一个贫民窟,我们五个人挤在一个只有两个房间的小屋里。因为没有保险——我的家庭怎么也不可能负担得起保险,要想修复我因为基因缺陷导致的失明,费用是每只眼睛四百三十九电子币。我捡垃圾时被击中过八十多次,我熬过了体温过低、肺炎,还有干门流感。我捡优选人丢掉的过时科技产品,修好它们,拿去卖。我被抓进循环监狱的罪名是——偷窃政府财产,三次,你们能信吗?他们认为捡别人扔掉的垃圾也算偷。那时我已经存下了二百零七个电子币。我想要恢复视力,但那钱是用来离开贫民窟的。我想要去上大学,当老师。因为这个体制,因为这个世界就是要让富人更富,穷人走投无路,他们夺走了我的一切,我存下来的所有钱。现在我一无所有了。"

伊格比把手搭在他朋友宽阔的肩膀上,望向马拉查伊。我也望向马拉查伊,期待听到他的悲惨故事。

这位天赋者抬起头看向我们,发现所有人都在注视着他。他恶狠狠地说:"这算什么?集体心理治疗?"然后站了起来,走到床边,躺下,双手交叉垫在脑后。

阿奇米自顾自地笑了,她说:"我六岁的时候在姐姐的床上尿尿,因为她一直不理我,和她自己的朋友出去玩。"

这突然改变的调性让我们大家——甚至马拉查伊——都笑了起来。

"你为什么要那么做?"吉娜问。

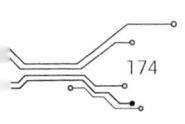

"我想让我们的妈妈以为她尿床了,我想给她找点麻烦,"阿奇米解释,"我那时候才六岁,也不懂事。我这个计划最大的缺陷——我姐姐当时已经十七岁了。"

这让我们笑得更厉害了。布鲁也抬起头,擦去眼中的泪水,告诉我们:"我哥哥把他在天空农场工作挣的钱存下来,买了一台'清醒梦'。他不让我玩。我很嫉妒他能用它做那些特别棒的冒险的梦,求他让我也试试,但他一直不肯。所以有一天,他去工作了,我发现他的密码就刻在耳机里,我就登录了进去,把设置从色情场景改成了恐怖场景。那天他从梦里醒来的时候全身赤裸,疯狂尖叫。"

这让我们都笑得太厉害了,多数人都笑出了眼泪。

马拉查伊试着控制自己的笑意,他说我们都是怪胎。

"你知道我被关进来后,最难过的是什么吗?"吉娜的黑眼睛盯着地板,说,"我甚至还没想明白自己想要什么。别误会,我是有野心的,只是还不知道该把目标定在什么地方。成长在塔楼里的人没有太多选择,但我总觉得自己在等待,等一个成就一番事业的机会,可现在连这一点都没有了。"

马拉查伊似乎感觉到谈话的焦点又回到了他身上,他翻身侧躺,说:"好了,还是睡一会儿吧,天知道这个疯子还要多久才来。"

这似乎就是最后一句话了。整个房间再次陷入了沉寂。

布鲁枕着吉娜的肩膀睡着了,波德和伊格比小声聊天,阿奇米躺在地上盯着天花板,潘德尔把马拉查伊推到了墙边,这样他们就可以分享那张小床了,我则望向远处的墙,盯着窗外,诅咒泰科为什么让我们进了这间牢房而不是我的牢房——至少我那间牢房里有书。

我也不知道过去了多久。我感觉我们好像在这个房间里待了很久，但我想那是因为我在等着要杀我的人决定如何处决我。我慢慢地把触发器从左手移到右手，先移开一个拇指，再小心翼翼地换上另一个拇指。我张开左手，它又僵又疼，我忍不住哼了几声。

我们并没有进一步讨论泰科回来时我们怎么办，但我知道我要做什么。我要告诉他，我会安静地接受他的处置，只要他让其他人先走。即使对我来说，这听起来也非常勇敢，但事实上做这个决定很容易——为什么要让我的朋友们死在他们本可以不死的地方呢？

黑暗的天空开始明亮起来，太阳已经从循环监狱的另一边升起。我希望能在泰科回来之前看到它明亮的挂在天空中的样子，但当门被慢慢打开时，这个希望破灭了。

大家都猛然惊醒，站了起来。泰科高大的身躯填满了门框。他对我微笑。

潘德尔站到了我的前面，然后是吉娜，然后是波德和伊格比。

"我们是站在他前面吗？"波德低声问道，伸出一只手稳稳地触摸着周围的空间。

"是的。"伊格比告诉他。

"好。"

泰科一个接一个地盯着我们看，他说："把卢卡交给我，其他人就可以走了。"

现在他就站在这里，离我这么近，准备杀了我。他看起来真是个庞然大物。他的肩膀几乎和门一样宽，进牢房的时候几乎不得不低头，否则头顶会被撞掉。他盯着我，我则等着马拉查伊和其他人接受他的提议。

"放你出来是他的主意。"马拉查伊在我身后说。

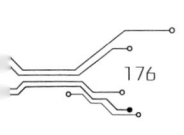

"这不是场辩论，"泰科答道，"这是个提议。你们要么接受，要么拉倒。"

"我们不接受。"吉娜说。

"不，你们接受，"我说，"泰科，他们接受你的提议。"

"非常感谢你提名自己为发言人，卢卡，但我想我还是要看看你的朋友们怎么想。"

我决心要控制局面，于是提高了嗓门儿，想让自己的话听起来更有震慑力："他们不是我的朋友。"

"噢，卢卡，"阿奇米说，"我们都知道你爱我们。"

我沉默了，有些不好意思。泰科盯着这群人，等着他们回答，但没有人回答。"我最后说一次。把卢卡一个人留在这里，我可以不伤害你们。"

接下来是长时间的沉默，但我能看到朋友们脸上坚毅的表情。过了一会儿，马拉查伊走上前来，经过我身边，向站台的方向走去。

"马拉查伊，不要！"阿奇米喊道。

"要么他死，要么我们都得死，"马拉查伊经过泰科身边时耸了耸肩，他说，"很简单的计算。"

泰科朝着其他人微笑："还有吗？"

我感觉到其他人朝我靠近了一步。我心中涌起浓浓的感激。

"去吧。"我已经向泰科屈服。

"我们哪儿也不去。"

"你们必须走，不然他会杀了你们的。"

"让他试试好了。"吉娜说。

泰科笑了起来，口中说着："好吧。"朝我们走了一步。

这时马拉查伊跳上了泰科的后背，双手抱住他的脖子，用尽全力掐住这个大个子的优选人。"牢房！快把他关进牢房！"他高声喊着。泰科就像一头愤怒的公牛，想要把他甩下来。

一时间我们全都呆住了。

"你们倒是快点呀！"马拉查伊冲我们怒吼道。

泰科退到了走廊里，伸手往后背的方向够，想要抓住马拉查伊。

我以最快的速度跑出牢房，用空着的那只手抓住泰科的手臂，把他往牢房里拉。他用另一只手狠狠地打在我身上。

我仰面倒在走廊上，背在地面上滑动。有那么一会儿我的眼前白茫茫的，但视线慢慢恢复了过来。我坐起身，加倍用力地握紧手中的触发器，因为这时我看到吉娜和伊格比在这个优选人的身后推着他，他喊叫着，很是受挫。

我站起来，绊了一下，但很快就恢复了平衡，然后跑向泰科。我用肩膀抵住这个优选人的胸膛，成功地把他往后推了几米。紧接着阿奇米击中了他，然后是波德和布鲁。潘德尔冲向他的时候，他对准她踢了一脚，她倒在了地上，但吉娜一拳打中了他的下巴，这一系列动作衔接得十分完美，他又后退了几厘米。

这时他已经来到了牢房门口。马拉查伊从他背后跳了下来，在地上又是扭又是滑，以便让自己远离房间。

伊格比和阿奇米又跑向了泰科，我则抓住了泰科跑动中的腿。他向后倒进了牢房，在地板上挣扎，试图站起来。

我爬向出口的方向，移动的时候，触发器的底座哐啷哐啷地撞击在混凝土地面上。就快爬出去时，我感觉到他强有力的手指抓住了我的连体裤。

潘德尔跑进牢房，腾空而起，把全身的重量都压在了那个大个子的

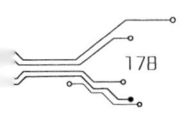

手上。我听到一阵令人厌恶的嘎吱吱声,泰科尖叫着松开了手。

"就现在!"潘德尔大喊。

牢房门被波德和阿奇米"砰"地关上,我及时滚到了门外。

我们彼此对视着,精疲力竭地喘着气。马拉查伊突然笑了起来,接着是阿奇米,之后是潘德尔,最后我们全都笑了起来,欢呼,拥抱。

过了好一会儿,我们的呼吸才平复下来。

"好了,"伊格比叹口气,说,"现在怎么办?"

"我们能吃点东西吗?"阿奇米问,"我真的饿死了。这又是等死又是打架的,你们懂的吧?"

我们穿过轨道,来到那扇写有"补给"字样的门前,找到了循环监狱的日常操作区。那是一个与整幢环形建筑大小和形状都相同的房间,里面有一条巨大的传送带,此刻正一动不动地躺在机械臂下面。

我们从传送带上拿了面包,从巨大的桶里舀了水,送到泰科、朱诺和少数几个拒绝离开牢房的犯人房间里,然后自己放开肚皮吃喝起来。

吉娜继续去释放剩下的犯人,过了一会儿,她带着一个新放出来的犯人来操作间与我们会合。那是个脸上有雀斑的年轻女孩,她棕色的头发向后梳成一个马尾,露出从左耳一直延伸到脖子的烧伤疤痕,闪闪发着光。

"喂,伙计们,这是梅布尔。"吉娜向我们介绍了新来的女孩,随后又压低声音,补充了一句,"她是最后一个。"

"太好了,"马拉查伊说,"欢迎加入史上最差劲的队伍。"

梅布尔的眼里满是惊恐,她的视线挨个落在我们脸上,嘴唇颤抖着,好像随时都要哭出声来。

"你们好。"梅布尔低头看着地面说。

布鲁走到女孩面前,把手放在她的肩膀上,告诉她会没事的。

吃东西的时候,我们聚在房间中央,回顾了一下目前已知的所有事情。我们讨论了延迟死亡协议,最后得出结论:我们都经历了同样的事情,脖子上被注射了三针,然后被关进一个房间,吸入了他们灌进去的气体。

布鲁和梅布尔紧挨着坐在房间的角落里。

"那电力系统呢?"波德问,"他们是怎么摧毁整个电力系统的?"

"EMP。"伊格比说。

"EMP是什么?"阿奇米问。

"电磁脉冲。"

"不,"波德摇着头说,"如果那样的话,所有的电子设备都会失灵。老实说,我觉得不对。"

"反正这玩意儿是失灵了,"潘德尔拿出她的助听器,说,"这蠢东西从昨天起就不管用了。"

"那你是怎么听见我们说话的?"马拉查伊问。

"我还有一点点听力,而且我能读唇语,"她回答道,"要是有人会手语的话,我也可以。"

"我会。"我想起了妈妈死前教我的手语。

"所以,"伊格比继续之前的话题,"我们不知道他们是如何选择性地破坏电力系统的,但大家都认同是有人使用了某种化学武器。"

"并且会影响所有接触到它的人的精神状态。"波德补充。

阿奇米脸上立刻出现了担忧的神色。马拉查伊缓缓地点着头。他在试图消化这些信息。

"这还真是史无前例的情况。"伊格比喃喃道。

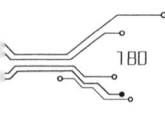

"而且不重要了,"潘德尔说,"我们得进城。"

"要是我们也被感染了怎么办?"阿奇米问,"要是我们也变成朱诺和瑞恩那样怎么办?"

"那他呢?"马拉查伊指着我,说,"他去了隧道那头,一直到了……"他停顿了一会儿,寻找着合适的词语——"那些微笑人所在的地方,他并没有被感染。"

"现在还没有而已。"潘德尔补充道。

"朱诺从来没有离开过这里,她也疯了,"波德指出,"我们距离疯掉还有多远呢?"

"等等!"吉娜转向潘德尔,说,"你不是说朱诺将要被删除吗?"

"是的,她不想去绝境监狱,她听到了一些传闻。她没有接受延迟死亡协议,而且……噢,对了。"潘德尔点了点头。

"等等,什么情况?"马拉查伊问。

"延迟死亡协议,这次提前了,我们都接受了,除了朱诺。"

"没错,确实。"伊格比说。

"喂,新来的姑娘。"波德的目光毫无焦点地转向墙壁。

"我?"梅布尔从房间的另一个角落回应道。

"嗯,"波德转向她的声音传来的方向,"延迟协议的时候你在哪一组?"

"我——我在 B 组。"她说。

"现在一切都说得通了。"伊格比轻声说。

"呃,谁能给我解释一下吗?"阿奇米看看波德,又看看伊格比。

"我们以为他们给我们注射的是让我们变疯的什么化学药剂,结果他们给我们的是解药!他们让我们没有变成……微笑人。"波德用了马拉查伊用的那个词来形容发疯的人。

"那哈维呢？凯瑟琳呢？Ａ组那些人呢？"阿奇米问。

伊格比耸耸肩，说："他们一定是被注射了另一种配方的药……那种药压根儿没奏效。"

一片拼图在我的脑海里归位了。在医疗中心的时候，他们没有因为我想逃跑而杀我，也没因为泰科越了线而杀他，是因为他们开始不择手段了。他们知道战争就要来了，他们需要尽可能多的实验对象。

"那场实验一定是政府在最后一刻做出的拯救社会方法的尝试，"我说，"盖伦·莱伊那天也在场，他是去负责确保整个行动顺利进行的。根据循环监狱外面人们的情况判断，他们还没来得及给所有人接种疫苗，炸弹攻击就来了。"

"但在我们注射疫苗之前，Ａ组的人就疯了，"马拉查伊几乎以自言自语的声调说，"要是我们注射疫苗之前他们就投放了炸弹，那我们为什么没疯呢？"

"听我说，"伊格比说，"我也不知道这是怎么回事，也许这让人变成微笑人的化学药剂需要一段时间才会生效，也许他们就是一周前投放的，而我们恰好及时注射了疫苗。我不知道，我也没有答案。我只知道，我们是仅有的活了下来并且没有发疯的人，也是这里仅有的注射了Ｂ组疫苗的人。"

"所以，这里是最安全的地方。"布鲁微弱的声音从吉娜身后传来。

我们都转过头去看着他，他拉着梅布尔的手，仰头看着我们。

"他说得没错，"阿奇米说，"如果外面不仅在打仗，还有成千上万的微笑人，我们为什么要冒险离开呢？"

"我们可以就待在这里，尽可能地等下去。"梅布尔发表了她的提议。

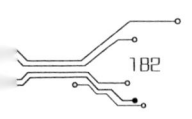

她的声音里带着希望。

"等什么呢?"潘德尔说,"如果'我们'一方赢得了战争,那些'好人'就会回到这里,再次把我们关起来。如果他们输了,坏人就会到这里来,杀了我们,或者像对其他人那样让我们疯掉。"

人群顿时陷入了沉默,思考着潘德尔的话语中无可辩驳的逻辑。

"我们该怎么办?"伊格比发问道。他先是看了看马拉查伊,随后又看向我。

"我们得去医疗中心,"吉娜说,"如果我们想的是对的,的确就是延迟死亡协议的实验让我们没有变成微笑人,如果医疗中心的科学家们搞出了疫苗,那他们很可能也找到了治好那些人的方法。我们可能是这座城市、这个地区仅有的接种过疫苗的人,根据现在所知的情况,我们是拯救被感染者的唯一希望,也是莱伊和他的人赢得这场战争的唯一机会——这一定足以换取我们的自由了。"

"我想离开,"潘德尔说,"去他的战争。我的姐妹还在外面,我们也还不知道这场疯狂的化学战到底是怎么进行的,她们可能需要我的帮助。"

"你没听到他说的老鼠隧道的事吗?"阿奇米又指向了我,问道,"你没看见他浑身是血吗?"

"你没看出来我不在乎吗?"潘德尔瞪着阿奇米,阿奇米从这个个子比她小的女孩面前退后了几步。

"老鼠隧道?"梅布尔的声音小到几乎无法分辨,"隧道里有老鼠?"

"它们怕光线,"我告诉她,"只要有火,我们就没事。"

听到"火"字,梅布尔的眼睛突然睁得老大,她伸手去摸自己的脖子,那里的伤疤是深紫色的。

"希望我们会没事。"马拉查伊咕哝道。

"听着,"我举起双手,说,"我们都有家人在外面,我们都希望他们能活下来,这就是我要离开这里的原因。我要去找我的爸爸和妹妹,确保他们的安全。"

伊格比把一只手搭在了波德的肩膀上,两人都点点头:"我们也走。"

吉娜耸耸肩:"还有我。"

"我可不要待在这里等着被杀,或者更糟——再被关起来。"马拉查伊也说道。

阿奇米叹了口气,点点头说:"好吧。"

"要是我们分头行动,去找各自的家人,可以争取两天后在医疗中心见面,"我说,"吉娜说得对——只要还有一线治愈的希望,我们就该努力去找到它。我们都可以找到回黑暗列车轨道的路,顺着它找到医疗中心。"

"我不……我不这么认为。"梅布尔说。

"好了,梅布尔,你能做到的。"布鲁似乎从她的恐惧中获得了勇气。

"我做不到,我也不想去做。我不要离开这里。"

她转过身,甩开布鲁的手,冲回了牢房。

马拉查伊看着她远去,直到她的脚步声渐渐消失,才转回来看着我们:"隧道是不是唯一的出口,我们能确认吗?"

"据我所知,所有的东西都是通过火车运送的。我们需要火才能驱赶老鼠——"

"为什么不直接爬墙呢?"马拉查伊打断了我的话,问道。

"我们甚至都进不去院子,"我指出,"现在没有电,我们打不开后墙。我们可以去中间那根柱子的顶上,但墙太薄了,没法儿从上面走过去,

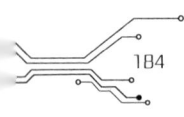

而且从那里到院子的落差有十五米。"

"还是有一点电的。"伊格比指着应急照明插话了。

"好吧,"我说,"可电接不到门上也没用啊!"

"记得我是为什么被关进来的吗?我可是个技术顶尖的偷车贼,电工我很在行。给我几个小时。"伊格比说完,领着波德走出了房间。

"你认为他能行吗?"马拉查伊问。

"希望吧,"我目送着两个男孩离开,"我再也不想穿过那些隧道了。"

我们看了一会儿伊格比的工作,直到他说他和波德还需要再干四到五个小时。据我们判断,那时候就该快到午夜了。我们都决定去休息一下。

我们拖着疲惫的双腿走回房间。布鲁老回头去看躺在走廊里的尸体,嘴里又咕哝着他有多害怕鬼魂。我们经过了富尔顿、阿利斯泰尔,还有死掉的毒贩们。

潘德尔小心翼翼地关上牢房的门,只留了一条缝,确保它不会突然关上,把她锁在里面。马拉查伊转过了拐角,阿奇米双手抱着头坐在走廊里。

吉娜安慰了布鲁,说他很安全,然后对我说了晚安,给了我一个拥抱。

"谢谢你。"她说。

"谢什么?"

"要是你没有出去那一趟,我们就都死了。"

"不管怎样,我们可能很快也都要死了。"我指出这一点。

"是没错,但你是不是也觉得我们昨天算是得到了一天的自由呢?"

我想了想,点头表示同意。

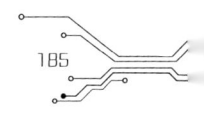

吉娜笑了——和平常一样，只有一边嘴角上扬的微笑。她回她的牢房去了。

我在走廊里等了一会儿，直到最后一扇牢房门关上，才打开我房间的舱门，往里看了看。瑞恩静静地躺在床上，双眼紧闭，但看到脑海里噩梦般的景象时，她的眼睑在迅速地转动。我知道是我让她不得不经历那样的恐惧，这让我有一种强烈的愧疚感。我只希望在把她变成微笑人的那些化学药剂的作用下，她不会对她现在所经历的地狱般的场景有任何记忆。

她还活着，我想，这才是最重要的。

我打开牢房门，走了进去，在她身边蹲下。

"对不起，瑞恩，"我低声说，"我会尽我所能帮你的。"

"你很关心她，不是吗？"

马拉查伊的声音从门口传来，我吓得跳了起来。

"嗯，呃，我想是吧，"我说，"你不也是吗？"

马拉查伊耸耸肩，说："如果她死了……那很糟糕，但这就是我们的现状。"

"可你们两个……不是在一起了吗？"我问。

"卢卡，我是个犯人，这实在没有任何意义。"

我看着那个面色苍白、昏迷不醒的女孩，又抬头看看马拉查伊，说："要是你这么认为——那去你的吧。"

马拉查伊哈哈大笑："这不过是在没有陪伴的地方的相互陪伴。"

"你也大可不必表现得好像她对你一点也不重要。"

"那你想让我说什么呢，卢卡？说我爱她？你想要我崩溃、大哭？告诉你我梦想过我们的将来？在城外拥有一所房子？还要生几个孩子？

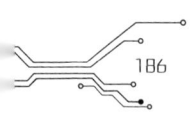

这原本就不可能发生。"

我差点对他吼起来,告诉他根本不知道自己有多幸运,但我看到他在强忍着泪水。

"明天见吧。"说完,我把他一个人留在了瑞恩身边。

我绕着循环监狱走,最后来到伍兹的空房间。我走了进去,在床上躺下,身上的每一块肌肉都松了一口气,遍布全身的伤口和瘀青全都开始隐隐作痛起来。

我知道,只要触发器还在,我就没法儿睡觉,但我还是把头靠在了枕头上。即使没有这个触发器,我也睡不着。发生了太多事,还有太多的事将要发生。我的整个世界在一天之内被颠覆了。

躺在这里,我意识到,自从瑞恩袭击了我,我的每一分每一秒都是在震惊中度过的。此刻,这一切似乎是那么不真实:逃离我的牢房,满是老鼠的隧道,那个村庄,泰科。回想起这一切,我的身体开始颤抖,我越想越觉得恐慌症要发作。我能感觉到自己的呼吸变得急促,吸进肺部的氧气根本不够用,心脏也开始飞快而毫无规律地跳动。这种感觉,这种厄运即将到来的感觉,和能量收割的感觉是那么相似。

这时,我听到一个声音。

"嘿,卢卡。"

我抬头看向打开的门,是吉娜,她看起来很焦虑。

我让自己的呼吸平静了下来,对她说:"嘿。"我很惊讶我居然能把话说得如此清晰。

"我能在这里坐一会儿吗?"

我坐了起来:"当然。"

"今天真是……"

"奇怪的一天?"我替她说完了句子。

她笑道:"嗯,奇怪的一天。"

她在我身边坐下。我的心跳恢复了正常。

"我感觉自己现在才开始消化这一切。"她说。

"我明白你的意思。"

"我们认识的人很可能都死了,见鬼,上次世界大战的时候,人类几乎毁灭了这个星球。"

"所有剩下的核弹都在外太空引爆了。"我想起了历史课上学到的知识。

"那已经是一个世纪以前的事了——自那以后世界发生了很多变化。你真认为他们没再多造一点吗?再说了,这里也不应该有生化武器,可他们还是把正常人变成了疯狂的怪物。"

"'他们'是谁?这是我不理解的地方。谁会攻击这一区呢?世界上只有一个政府。"

"或许这和有好几个政府一样危险,"吉娜躺了下来,说,"没有人会质疑什么是对,什么是错。"

"也许吧,"我说,"可这也无法解释是谁袭击了我们。"

"某个反叛组织?一个流氓地区?外太空来的外星人?现在,这些都不重要了。"

我在她身边躺下,说:"我担心我的家人。你觉得潘德尔说得对吗?我们是不是应该今晚就走?"

她没有回答,只是擦了擦眼睛,把头靠在我的胸口。

"卢卡,"她平静地发问,"他们为什么把你关进来?"

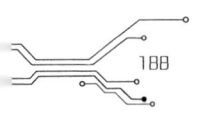

我吞了口唾沫:"这说来话长。"

"到底是怎么回事?"

"谋杀。"

吉娜把她的手放在我的手上,我们就这样躺了很久。

"欧拉是谁?"我想起了吉娜在院子里说过的话。

"她是我的妹妹。我被关进来就是因为杀了那个强迫她……"吉娜的声音越来越小。她的声音里并没有感情,但不知怎的却满含痛苦,"她为一个优选人黑帮卖'潮落'的时候被抓了,那个男人让她对那玩意儿上了瘾,然后……他们有个诡计,做广告宣传说他们手下的女孩可以提供家政服务,有钱的优选人可以付五十电子币,和欧拉这样年轻的天赋者独处一小时。我去和那个皮条客对质,他想掐死我,我往他脖子上插了把刀,他们就把我送来了循环监狱。"

我不知道该说些什么,该如何告诉她我理解她,我也不认为她是杀人犯,所以我什么也没有说,只是伸出胳膊搂住了她。

过了一会儿,吉娜睡着了。我把触发器从僵硬的右手换到了左手,张开右手手指的时候差点没忍住尖叫。

我想着吉娜告诉我的经历,想着我为什么会在这里,想着我们都会为了保护家人做任何事。我想到了泰科,他想要看到我死,这和我为我妹妹担下罪责的理由如出一辙,也和吉娜杀掉给她妹妹拉皮条的男人的理由如出一辙。

我没有睡,只是凝望着后墙的那扇小窗户。天色暗了,星星出现在夜空。

循环监狱的第756天

大约三个小时后，吉娜醒了。我们听到其他人也起来了，准备出发。

看到我们二人一起走出伍兹的牢房，马拉查伊冲我一笑，还眨了眨眼睛。我感觉又尴尬又愤怒。

"好了，让我们看看波德和伊格比搞定了那扇门没有。"马拉查伊说。

"等等，"我说，"在这之前，我要再给泰科一次机会。"

马拉查伊哈哈大笑，以为我在说笑话。很快他的笑容消失了："你不是认真的吧？"

"我整晚都在想这件事。我不能让他就这样不明真相地去死。"

"真相？什么真相？谁在乎真相？那家伙疯了，卢卡，你就这么走了，也没人会怪你。"马拉查伊劝着我，但我根本是左耳朵进右耳朵出。

我提醒自己要做这疯狂的事情的原因，我提醒自己，他恨我是因为他爱他的弟弟。我想到了我对自己家人的爱，想到了吉娜选择把其他人放出牢房时的正直勇敢——看看那一切进行得有多顺利！脑海里一个声音高声叫喊起来。我忽略了这声音。

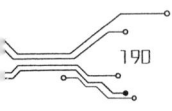

我走到泰科的牢房，回头看了看，其他人都聚集在了我的身后。我打开舱门。

这位优选人躺在他的床上，双手交叉放在脑后，看着天花板。他看起来很满足，很平静。

"你是来杀我的吗？"他问。

我摇摇头，说："不是。"

"你应该杀了我，"他的嘴角漾出一抹微笑，说，"你不杀我，我就会杀了你。"

"你听我说，泰科，"我努力让自己的声音听起来冷静一些，却还是止不住颤抖，"我要放你出来，不然你就会死。我可以不必这么做，我可以让你在这里等死，但我不会的。没有其他人能来救你，你明白吗？外面在打仗，却没有任何人来撤离我们。我知道你想杀了我，我知道你弟弟发生了什么事，而且——"

说到这里，泰科站了起来，怒气冲冲地走到门口，伸出胳膊来，抓住我的喉咙。我立刻赶到脑内压力上升，他的拇指深深按进我的气管，那个位置很疼。

我听到扩音器里传来小乐的声音，盖过了我耳中的轰隆巨响着的血流声。

"非法进入。将在五秒后锁闭。四，三……"

我看到泰科狠瞪着我的眼睛里的坚定，那一瞬间，我确定他不会放手，舱口将会落下，在不到四十八小时的时间里我将第二次面对一个断臂人。但小乐倒数到一的时候，他把胳膊收了回去。舱门就在这时狠狠落了下来，带着切断了瑞恩胳膊的巨大力量。

我倒在地板上，透过被掐青的喉咙喘着粗气。波德和伊格比朝我跑过来,一边一个抓住我的肩膀。

我深吸一口气,感到一阵不可遏止的愤怒。我又打开了舱门,看着泰科在他的牢房里踱步。

"你是个白痴,你知道吗?"我喊道,"但凡你脑子里有那么一个脑细胞,你就该知道要忍到我放你出来再说,这样你就可以在外面杀了我。"

"你给我听着,卢卡,我要杀了你,无论如何我都要杀了你。"

我再次"砰"地关上了舱门,沮丧地大叫起来。

"之前的提议依然奏效,"马拉查伊说,"我们可以放弃吗?"

我考虑了一下,非常认真地考虑了一下,叹了口气,又打开舱门。

"又是你。"泰科嘟哝道。他现在正坐在床边,脸都气红了。

"你现在准备讲点道理了吗?"

"为什么?你杀了我弟弟。"

他的话在走廊里回响,我能感觉到其他犯人之间心灵感应般互相传递着震惊之情。马拉查伊吹了声高音降调的口哨,我假装没听到。

"泰科,你得听我说——要是你不听,或者不理解,你就出不来了。"

"我为什么要听一个骗子的话?"他说。

"我没有说谎,泰科,我没有杀你弟弟。"

泰科站了起来,走到舱门口,盯着我,说:"你不要提他,不要再给我提他了,杀人犯。"

"泰科,不管你走不走,我们今天都要离开这个地方。"

"开门,胆小鬼,看看会怎么样?"

我转向吉娜,她耸耸肩。我又转向马拉查伊,他上前一步,替换了我的位置。

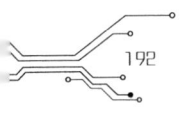

"喂，硬骨头，"他说，"这样怎么样？你让我们先一步进战区。这样的话，你可以离开这个牢房，以后也还有杀掉他的机会。"

"你这是什么意思？"泰科问。

马拉查伊转向吉娜，低声说："这家伙还真是不怎么聪明呢，是吧？"然后又转回去面向泰科，"我的意思是，我们放你出来，我们离开这里，你给我们一天的时间逃跑，就像玩捉迷藏。你小时候玩过捉迷藏吗？就是像那样，除了杀人的问题。一天之后，你就可以自由地杀他了。"

泰科沉默了很久，最后说："好吧，我给他一天时间，但只是因为他没让我在这里等死。"

"好，"马拉查伊说，"顺便说一句，我是完全不赞同带你走的。"

"什么？"

"我现在要开门了，"马拉查伊说着，去转了门把手，"你冷静点。"

锁"咔嗒"一响，门开了，我的心跳得飞快。

泰科来到走廊里。他的个子太高大，让人很难相信他还没满十八岁。他紧紧盯着我，我能看出来他全身上下的每一个细胞都想要把我的头从肩膀上扯下来。

"好吧，"马拉查伊拍了拍手，说，"这很好，但也很尴尬。我们没必要再浪费时间了。"

我们走到伊格比的房间。我努力克制住自己的本能，不让自己一直盯着泰科，但这很难。

波德跪在地上，把两根电线缠在一起，伊格比则从他房间的屏幕后面拧出一块金属。他们一起拆除了员工房的三个灯、两块屏幕、三百六十度投影机和无线电对讲机，一根电线从一个灯上一直接到了伊格比的房间，正随意地连接在被拆下来一半的屏幕后面。

"好了，"他站起来，掸了掸连体裤上的灰尘，说，"首先，这一切都说不通。这个地方有一半目前还在运行的电子设备，原本都应该一起失灵才对。"

"不，"我说，"应急功能使用的是地道里的电池。"

"嗯，我知道电池和应急设备的事，但还有一些东西，如麦克风、传感器，都不是连在地道里的电源上的。这感觉就好像，切断电源的人提前选择了哪些该失灵，哪些不该。"

"那，这意味着什么呢？"阿奇米问。

"鬼知道，"伊格比开心地回答，"反正，这应该只是……"

他的声音渐渐小了下去，走出牢房。我们看看眼前发生的一切，被他的本事震撼了。

伊格比在那块不知怎的亮了起来的屏幕上敲下几个指令，一秒后，小乐的声音便断断续续地响了起来："犯人9-9-9-9，犯人9-9-9-9，一切，一切，一切都是应有的样子。"说完，后墙打开了，我们锻炼的那个院子出现在眼前。

"小菜一碟。"伊格比笑着说。

"这也太厉害了。"阿奇米望着外面开阔的空间说。

"不错。"马拉查伊喃喃自语着，从打开的门下钻了过去。

我们全都跟着走了出去，站在坚硬的水泥地上，感受扑面而来的冷风。

"好了，"我说，"那么我们开始爬吧。"

"我爬过好几百次了，"马拉查伊上前一步，说，"你只需要挤到角落里就行，像这样。"

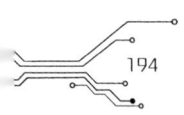

他一只脚抵住隔离墙,一只胳膊抵住牢房外壁的直角,便向蜘蛛一样向屋顶爬去。

"我不确定能不能做到。"布鲁小声嘟囔道。

"嘿,没有无人机威胁的感觉真是太棒了。"马拉查伊一边咕哝着,一边一步一步往上爬。

阿奇米走上前,学着马拉查伊的样子也向上爬去。

马拉查伊爬到顶端,肚子贴着墙转了过去,向下伸出手拉着阿奇米上了最后几米。

接下来是泰科,他爬得又快又轻松。接下来伊格比把波德领到墙角,帮他把手和脚放到合适的位置。

"没那么难嘛,"波德说,"墙很粗糙,有摩擦力。"

伊格比紧跟在他的朋友身后,之后是潘德尔,她也爬得毫不费力。

接下来我走上前,最后看了一眼这座监狱,这个把我困住这么久的地狱。我微笑着对这院子、柱子、无人机和牢房竖起了中指,低声说了句:"该死。"便向上爬了起来。

为了能按住触发器,我只能用左手的手腕,这让我爬墙的速度慢了一些,但我还是成功了,波德和阿奇米一起把我拽了上去。我转头看向吉娜,她对布鲁说她会先来,好让他看看这有多简单。

她开始攀登,布鲁在下面看着,盯着墙顶的方向。

我帮了吉娜最后一把,然后大家都在墙头看着布鲁慢慢挣扎。

"你可以的,布鲁。"阿奇米喊道。

"你没问题的。"波德也说。

布鲁开始爬了,他努力用手抓住墙面,脚一边还在往下滑。他喘着粗气,汗流浃背,头发乱糟糟地紧贴着太阳穴,但他取得了一些进展。

到了离地六米高的地方，他停了下来，抬头看着我们，眼里满是恐惧。

"你们听到了吗？"他问。

"什么？"潘德尔问。

那声音又响了起来，这次我们全都听见了。那个声音是从循环监狱的走廊里传来的。

"等等我，等等！"

"梅布尔。"布鲁轻声说，紧接着他尖叫起来，"梅布尔！"

一秒后，我也反应过来布鲁想到的事：梅布尔以为我们要穿越老鼠隧道。她不知道我们改变了计划，决定翻墙。

布鲁开始以最快的速度爬下墙壁。

"见鬼。"我哀叹一声。

"怎么了？"潘德尔问。

"拿着这个。"我把触发器递给吉娜。她小心翼翼地拿住，我则从墙头翻了过去，手脚以最快的速度移动。

"梅布尔，等等！"我听到布鲁在我下面尖叫。我往下看了看，他几乎已经到了地面。他纵身一跳，双脚重重地落在水泥地上，从敞开的门冲进伊格比的牢房，大喊着去追那个女孩。

"布鲁！"我也大喊着，但他已经跑走了。

我越发加快速度向下爬，手脚几乎失去了摩擦力。离地还有三米的时候，我直接跳了下去。落地的冲击力让我的脚踝生疼，但我没管它，径直向男孩跑去。

我能听到他呼唤着梅布尔的声音，从长长的弯曲的走廊的某个地方传来。我拼命追着。

当他跨过大门走上黑暗列车的站台时，我终于看见他了。

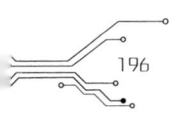

"布鲁,停下!"我冲他喊道。可在我靠近时,他已经跳下铁轨,向黑暗中飞奔而去。

没时间去思考将要面临的危险,我跟在他身后上了铁轨,进入隧道。

在昏暗的光线下,我只能勉强辨认出他的轮廓。他离我不远,我几乎可以抓到他了,可梅布尔痛苦的尖叫就在此时响了起来,那声音回响在隧道里,让这个空间被恐怖填满。

"不!"布鲁大叫起来,加速向黑暗中冲刺。

梅布尔又叫了一声,这次老鼠的吱吱声和她的声音交织在一起。

"不!不!梅布尔!不!"布鲁大喊。

现在我能够抓到他了——我的手指抓到了他的连体裤,他倒在了地上。"太晚了,布鲁,"我紧紧抓住他,说,"她走了。"

"放开,放开我!"他咆哮着扭动身体,想要挣脱。

梅布尔又尖叫了一声,这次声音更小了,更含混不清。她的生命正在离她而去。

"放开我,我们得救她!"

"听我说,她活不了了,布鲁,我们救不了她了。如果我们再在这隧道里待下去,接下来死的就是我们。"

我拉着他站起来,把他拖回站台上。他还在挣扎着,直到梅布尔彻底没了声音。

"我恨你,"布鲁轻声说,"我真是恨死你了。"

"我知道。"我们回头朝院子走去。

布鲁先开始爬,他爬得很慢,没精打采。他拒绝了墙顶那几双向他伸出的手,自己爬了上去。

我紧跟着也上去了,梅布尔垂死的尖叫萦绕在我的脑海。我们救不了她，已经太迟了——我们不能就那么冲进一片黑暗，盲目地去和一群老鼠搏斗。我们只能放手。

只能这样吗？

我爬上墙顶，朋友们全都看向我，等着听我说发生了什么。我只能摇摇头，默默地从吉娜手中拿回触发器，走到屋顶的另一边。我向监狱外看去，看向这片荒地，那是片满是沙丘和烧焦的枯树的山谷。

通向外侧的墙是混凝土格子的，这让我们有地方抓握和踩踏。我第一个下去，把一些松动的混凝土弄到地上。为了握住触发器，我只用了一只胳膊，但移动的时候几乎没有感到肩膀的烧灼感，很容易便下降到了地面。我想看着其他人爬下来，给他们一些帮助，但我不想让他们看到我眼中的泪水。

第二个下来的是吉娜，她站到我身边，把一只胳膊搭在我的肩膀上。我挤出一个笑容。

"你没事吧？"她问。

我点点头："嗯，多谢。"

我们去帮助波德，伊格比在他上面给他指路。接着下来的是泰科，然后是潘德尔和布鲁。布鲁一个人站在一边，凝望着地平线。

下一个是马拉查伊，离地还有几米的时候他便跳了下来。最后一个是阿奇米，她小心翼翼地寻找落脚点，稳步往下走。

"下来比上去要难多了。"爬到一半的时候她喊了一句。

"你很棒！"吉娜冲她喊道。

"谢谢，这墙感觉有点——"

话没说完，她便停了下来，因为她右脚踩住的地方塌了。混凝土碎裂开来，哗啦哗啦作响地化作了飞扬的尘土。阿奇米尖叫一声，她的两

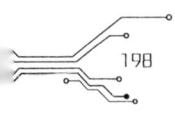

只脚都踏空了,从墙上摔了下来。

"我抓不住了。"她喘着气说。大家都没能来得及反应,她直接摔在了地上。她在空中翻滚时,身上的红色连衣裙也翻腾起来。

她重重地落在了地上,向后倒去,右脚踝发出可怕的"咔嚓"声。

"阿奇米!"伊格比边喊边跑向她。

"见鬼,见鬼,见鬼!"她咬着牙叫了起来。

"你还好吗?"伊格比跪在她身边,问道。

"我的脚踝,右脚踝,断了。我知道它断了。噢,该死,它居然断了。"

"伙计们,"潘德尔的声音从我们面前的一座沙丘顶上传来,"我们得走了,马上。"

我也朝潘德尔站的地方跑去。我的脚不断陷进细沙里,速度怎么也快不上去。我看向她指的方向,在这片脏兮兮的土地上,有一个十五到二十名士兵组成的小队伍正在行进,他们都穿着黑衣,胸前扛着 USW 手枪。

"他们在这里做什么?"吉娜问,"方圆几公里内什么都没有。"

"你觉得他们是来抓我们的吗?"马拉查伊也爬上了沙丘,问道。

"别等了,去搞清楚吧。"我说。

我们都坐了下来,毫不费力地从沙丘上滑了下去,回到大家身边。

"阿奇米,抱歉,但现在我们得走了,"马拉查伊边说边弯下腰,抓起她的胳膊,说,"你没受伤的那只脚能承重吗?"

"我可以试试。"她喘着粗气说。

马拉查伊扶着她站起来,我们朝向山坡爬去,那是远离我们的监狱和那群士兵的方向。阿奇米跛着脚,尽可能快地蹦跳着行进。她的一边是伊格比,另一边是马拉查伊。

我们花了好长时间才爬上这座山，下山的时间就更长了。但终于，我们看到了老鼠隧道另一头的出口，和远处那个村庄的火车站台。

我们又花了十分钟才到达站台，终于可以休息了。

大家都大口喘着气，但慢慢地，我们一个一个都开始笑了。我看着其他犯人环顾四周，呼吸着新鲜自由的空气，惊叹于火红的旭日从地平线上冉冉升起。他们拥抱、跳跃、欢呼，潘德尔甚至跳了一小段舞。尽管阿奇米很痛，也开心地大笑起来。

在发生了这么多事后，面对眼前的景象我还是情不自禁地微笑了。所有这些曾经屈服于禁锢、孤独、牢狱之苦和能量收割的年轻人，现在终于重新尝到了自由的简单快乐。

尽管战争仍在继续，但此刻的我们是如此快乐。我突然想，在一个被蹂躏的世界里获得自由，总比在一个乌托邦里做奴隶要强。

唯一没有在欢庆的人是布鲁，他盘腿坐在地板上，双手捂着脸。我知道他觉得自己对梅布尔的死有责任，我也一样。我为他感到难过，这样沉重的负担落在他如此年轻的肩膀上，对他是毁灭性的打击。

我回头看看这群兴高采烈的逃犯，笑了——我允许自己开心一会儿。但我很快会找布鲁谈谈，让他明白梅布尔的死不是他的错。我深深地吸了一口气，再一次地笑了。然而，当我看到泰科从拥抱和欢笑中挣脱出来，转向我时，那短暂的快乐顿时烟消云散。他眯起眼睛，从连体裤里掏出一把枪，指向我。

我愣在原地一动也不动——我想我是对的，他一直都没打算放过我。我从一开始就知道。我应该相信我的直觉，我应该把他留在牢房里的。

"等等。"我用微弱而平静的声音说。

但当他扣动扳机的时候，我根本没时间做出反应了。

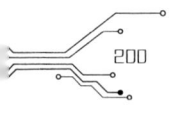

循环监狱外的第1天

我感觉到镇静剂飞镖从耳边擦过。我迅速转身,看到一个约五十岁的男人,秃顶,破烂的白衬衫,系着红领带,他摇摇晃晃,又眨了几十下眼睛,倒在了地上。

大家全都沉默着,看看那个已经失去了意识的微笑人,又看看泰科。他的手颤抖着,移动枪管,这次真的对准了我。

这一定是他在我的牢房外面捡的那把麻醉枪,我掉在那里的那把。我怎么会没发现它掉了?

"你为什么要放我出来?你知道我想要你死,你为什么要那样做?"

我张了张嘴,想要说话,却不知该怎么说好。我甚至自己都不明白为什么要救他,毕竟对我而言,合乎逻辑的做法应当是让他去死。

"我不知道。"我说。

"你杀了我弟弟,"他的声音在颤抖,"你把他从黑路塔楼的屋顶推下去了。"

"泰科,听我说,你知道小乐在做概率分析的时候得出的结论是什么吗?它告诉我,我犯下那宗谋杀罪的概率是百分之四。"

"这都只是说辞,"他冲我吼道,"何况还是从一个骗子口中说出来的。"

"这都是真的。他们判我有罪的唯一原因是我自己的供词。"

"撒谎!"泰科尖叫道。他的眼睛眯了起来,眼泪顺着脸颊流下来,他说,"我从他的全景相机里看到录像了,我看到你推了他。"

"你看到的是一个戴面具的人推了他。"

"那个人是谁?你又为什么要给别人顶罪?"

"是莫莉,我妹妹。"我回忆在屋顶上的那一刻,男孩坠楼后,一切出奇寂静,只有风从巨大的集雨器和怪异的输水管道之间的缝隙中呼啸而过。她慢慢转过身,扯下万圣节的女巫面具,注视着我,眼里盈满了泪水。就是在那一刻,我决定要为她顶罪——推他的是我,不是她。

"我为什么要相信你?"泰科问,"为什么你几年前不告诉我?"

"我不知道你是谁呀。我问了你那么多遍,你的回应从来都只是说你要杀了我。我猜你是那男孩的哥哥,或者至少是他的朋友,但我不确定。再说了,就算我知道,我又能怎么办?隔着院墙大喊大叫?你认为他们不会监听我们吗?你不觉得他们在那地方的每平方厘米都装上了麦克风吗?我要那么做了,不就意味着判了我妹妹死刑吗?"

泰科向前走了几步,手中的枪晃了几下,但依然对准我。我能看出来他在和自己的感情做斗争。他发出一声沮丧的怒吼,放下了枪,但随即又举起它来,对准了我的脸,问:"那你妹妹为什么杀了他?"他的声音现在平静多了,但泪水依然在他的脸上流淌。这是我第一次对他有了恐惧和仇恨以外的感觉。

"那是个意外,我也不会站在这里睁着眼睛说瞎话,告诉你我们是

好人。我们本来是打算抢劫他。他把'潮落'卖给塔楼里的平凡人,他和你是一个帮派的。我们知道他有电子币,本来是打算强迫他把所有的钱转到一个加密账户。我们需要钱,那时候我们的妈妈得了一种新型的流感,快死了,而且……"我的声音越来越小,"我对你弟弟的死非常抱歉,泰科,我没有哪一天不希望这件事没有发生过,不是因为我为此被关进了循环监狱,而是因为有人失去了生命。我这么说不是因为你想杀我,这是我的真心话。我每一天都在为发生的事情感到后悔。"

泰科大声吸了吸鼻子,擦去眼中的泪水,放下了枪。马拉查伊走到他身边,把枪接了过去。

"这不意味着我喜欢你,卢卡,"泰科继续擦着眼睛,说,"我只是不杀你了。"

我点点头。

"我的天哪。"那是潘德尔的声音,这一次她的声音很轻,听起来很害怕。

我们都朝着她看的方向转过去,这次他们都看到了我之前见到的景象:我们长大的城市在燃烧,在坠落。就连城市的第二级——那片用巨大的石墨烯支撑起来、宽达一公里的豪华住宅,也像其他地方一样在燃烧。

"这太可怕了。"阿奇米低声说。

"战争真的发生了?"波德问。

"是真的发生了。"伊格比告诉他。

"我们走吧。"马拉查伊打断了大家,穿过大家身边,走上铁轨。

吉娜伸手去拉布鲁的手,但他挣脱了。他说:"我又不是个小孩子。"

他经过我身边时瞪了我一眼,然后跳上铁轨,脚步沉重地走开了。

潘德尔也走了过去,她一只手撑住站台,跳了下去。她的口中嘟囔着:"至少他不再是个懦夫了。"然后跟上了马拉查伊。

波德和伊格比自己下到铁轨上,然后去帮助阿奇米。随后是我和吉娜、泰科走在最后。

"喂,"我试图让所有人听我说,"我知道我们都想去找家人,这是最重要的事,但还是得想着去医疗中心的事情——我们两天后要在那里集合。"

"别担心,"马拉查伊在队伍前面喊道,"我们的方向是对的。"

"我们怎么知道这是去医疗中心的路?"阿奇米垂悬着的腿碰到了地面,她疼得抽搐了一下。她抬头看着马拉查伊,后者似乎已经把自己当头儿了。

"因为我以前住在城市的另一边,"天赋者指着地平线回答道,"加洛山塔楼。黑暗列车经常经过那里,因为列车只运送罪犯和监狱的物资,它又不是往南边监狱的方向去的,那就只能是去医疗中心了。也就是说,医疗中心在北边。"

波德和伊格比点头表示同意,他们看起来很服气。不知怎的,我心里有那么一丝丝嫉妒。我试着找出原因,最后意识到,这一定是因为大家都把马拉查伊当成带头的,虽然越狱逃出来的是我,救了他们所有人性命的是我,曾经两次独自一个人穿过那条老鼠隧道的人也是我。

这样想也太荒谬了,你甚至根本不想当老大呀——我对自己说。

我试着接受事实,却实在无法让自己假装那种感觉完全不存在。

我们默默地向前走着,不时抬头看一眼这座城市。过了一会儿,潘德尔开始唱歌,这一次,那歌声听起来不再像我们被关在监狱里时那般

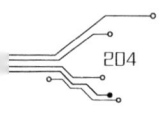

忧郁,而是饱含着一种奇妙的希望。也许只有我们这群人,才能在这种情况下感到一丝希望吧,也许正是因为我们早已接受了自己身上痛苦的死亡倒计时,才让我们对世界末日有了不一样的感受。我必须承认,前进的时候没有一扇锁着的门或是一堵墙阻止你,这样的感觉太过强烈,几乎要让我无法承受。

吉娜加快脚步,走在马拉查伊的旁边,走在人群的前面。嫉妒的感觉又回来了,这次要比之前更加强烈。我压制住那感觉,提醒自己我对吉娜没有特殊感情,可刚刚她被他说的话逗笑的样子让我实在难以说服自己。

成熟点吧,白痴——我告诉自己。

我们又走了大约一个小时,穿过富人度假的村庄,穿过一百米高的天空农场。在那里我们停留了一会儿,从一列沟槽里挖出来一些胡萝卜。电力系统还在运行的时候,这个摩天轮一般的农场以常人几乎难以察觉的速度缓慢旋转,从未停止,它为整座城市提供粮食,又不像老式农田那样占据空间。我记得有一年夏天,我和妹妹偷偷溜进一列种土豆的沟槽——尽管每年都有孩子从上面掉下来摔死的新闻。我们躺在那里,任由这座巨大的机器慢慢把我们送上天空,再慢慢地送下来。我们被治安无人机发现了,扫描了信息发送给警察,最后被判受罚,不得不在农场与机器人一起工作十五天,来替代罚款。但这是值得的,几个月以后我们又做了一次。

我们继续前进,空气中弥漫着燃烧的气味和化学药剂的味道,而且越来越浓烈,建筑物倒塌的声音和熊熊大火的噼啪声开始变得震耳欲聋。紧张的情绪也开始在我们之间蔓延,大家开始恐惧,同时还在担心我们之前关于疫苗的推测并不正确,担心现在我们中的任何一个人马上就会开始怪笑和眨眼，我们会像疯狗一样互相攻击。

过去的几个小时里我的手一直在抽筋，肌肉不停抽搐，抗议长时间停留在同一个位置的疲惫。我试着不去想它，但越是告诉自己不去想，注意力反倒更加集中在难受的地方。我不知道我还能坚持多久。

吉娜仿佛读到了我的心思，她的脚步慢了下来，来到我身边。

"手还好吗？"

"还好。"我耸耸肩，撒了个谎。

吉娜笑着用她的双手握住我的手。

"小心哦。"我说。她翻了个白眼。

她接过触发器，冲我微笑了一下，说："我会小心的，别担心。"

"谢谢。"我也回给她一个微笑。

就在这时，我听到自己胸口有声响。一声长响，接着是三声短响。我敢肯定我的心跳停了几拍。吉娜瞪大了眼睛。

"我没有松手，卢卡，我没有——"

"没事，"我喘了口气，"我不知道那是怎么回事，但我没事。"

吉娜呼出一口气，说："可真是吓死我了！"

"没事的，"我说，"我没事。"

我们都紧张地笑了，想要假装这异常并未发生。我们继续向前，很快就来到了城市的边缘。

地势开始向下，我们来到一处贫民窟，一些无家可归的人在这里用废弃的金属和塑料建起了小屋，搭起了小棚，接起乱七八糟的电线和临时保险丝，从塔楼里吸取电力。这些到处是磨损的危险电缆，这些电缆垂到了一个个水坑里，坑里全是浓稠的棕色液体。管道和沟渠拼凑出一

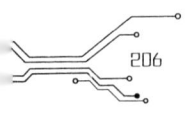

个灌溉系统,将污水从这些房屋中输送出去。在我们前方,火车轨道延伸进入棚户区,又穿过了一座高耸入云的塔楼。我强迫自己假装没有看到贫民窟里流淌着的深红色的小溪,假装没有听到从城市的深处传来的尖叫声。

潘德尔的歌声渐轻,最后完全停了下来。我们全都停了下来,注视着眼前被毁灭的城市。

"好了,"潘德尔说,"来吧。"

"我不行。"阿奇米的声音很轻,带着哽咽的哭腔。她正站在人群的最后,波德和伊格比搀扶着她。

"什么意思?"潘德尔问道。她的声音里混杂着沮丧和理解,那感觉很奇怪。

"我走不了路了,现在真的好疼。我觉得情况不好。"

人群安静了一会儿,我们你看看我,我看看你,等着有人给出正确的提议。我们就这么等着,等着——或许是等着一个成年人来告诉我们现在该怎么办。

我想,要是玛多克斯在,他应该知道该怎么做。我真希望他也在这里,希望他能活得久一点,和我们一起逃出来。

马拉查伊站了出来。

"躺下,"他说,"让我们看看。"

波德和伊格比扶着阿奇米躺下。右脚触碰到坚硬的地面时,她发出一声痛苦的哀号。

"太痛了。"她喘着气说。

"我们得把你的鞋脱了,"马拉查伊对她说,"会很难受。"

她点点头,咬紧牙关,又点了点头,说:"来吧。"

马拉查伊慢慢解开她亮白色运动鞋的鞋带,我跪坐在她身旁,握着她的手。

"疼的话就使劲捏我的手。"我说。

马拉查伊抓住鞋帮,拉动的时候,阿奇米尖叫一声,手像老虎钳一般死死捏住我的手,简直要把我的骨头都压碎了。我也想要尖叫,但咬住嘴唇忍住了。我的身体因疼痛而不由自主地扭动,这让吉娜看了我一眼。我强忍着平静坐好,给她一个微笑。

阿奇米的脚踝扭动着,看起来就像一团被绑在一起的磨损的电线。伊格比不忍看这诡异的画面,他转过身去。鞋子慢慢地脱了下来,她紧握着我的手松开了一些。

"接下来是袜子。"马拉查伊的声音沙哑,明显在强忍反胃的不适。

他双手拉住袜子顶部,慢慢把它从她的脚上扯下来。阿奇米再次抓紧了我的手,我的痛感也越来越强烈。

"怎么样?"她大口喘着粗气。

马拉查伊磕磕巴巴地说:"这,呃,会没事的。"

"情况很糟,对吧?"

"要我说真话吗?"他说,"恶心死了。都断了,角度很奇怪,看得我差点吐了……"

吉娜捶了一下他的胳膊,让他住嘴。

我向前倾了倾,低头去看阿奇米脚踝处肿得老高的那个肉堆。她的皮肤上满是斑驳的瘀青,胫骨下有一个可怕的扭结凸起,脚极其不自然地指向身体的方向。我感觉早餐吃的面包喝的水在胃里激荡翻腾,只好大口呼吸,直到压抑住想吐的感觉。

"老天,疼死了。"阿奇米大叫。

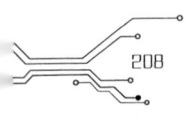

城市里传来一声尖叫，距离我们停留的这片烧焦的草地大概只有五十米。阿奇米强忍住喉咙里的哭喊，那声音浓缩成喉咙深处含混不清的咕噜声。大家纷纷转头看向城市的方向，马拉查伊站起身来，眼里写满了恐惧。

"你们走吧，我自己找个地方躲起来。"阿奇米说。

"别傻了，"马拉查伊依然凝望着这座城市，他喃喃地说，"我们不会丢下你的。"

"我们怎么办？"布鲁看着马拉查伊，问道。

"我……我们应该……"他的声音越来越小。

"我们这么干，"我站起来，说，"你们去找个地方躲起来，我要去城里给阿奇米找点……止痛药之类的东西。"

"这还真是英勇又充满男子气概，"吉娜说，"但我觉得你根本没想明白。"

我感觉自己的脸涨得通红。我的第一反应是否认她的指责，但鉴于她的话让我感觉尴尬，我知道她一定程度上是对的。

"你……你这是什么意思？"我努力让自己听起来很自信，但失败了。

"即使你活着回来了，即使你找到止痛药带回来了，她还是不能走路，还是被困在这里。"

"那你的计划是？"我咄咄逼人地问。

"我还不知道，但我不会一想到什么就喊出来。"

"至少我在努力想办法！"

"噢，没错，干得真棒，就让我们一个接一个去死吧。"吉娜挥舞着我那个心脏装置触发器激动地大喊。

"没有我,我们根本到不了这里。"

"你想要什么?花车游行?"

"至少稍微有点感激吧……"

我和吉娜的争吵不断升级,但在意识到其他人都转向城市的方向窃窃私语时,我们同时停了下来。跟着他们的视线,我看到潘德尔小小的身影朝着烟雾中远去了。

"潘德尔,等等!"马拉查伊喊道。

她转过身,我们只能看到火焰和烟雾中一个模糊的身影。"我听不到!"她指着自己的耳朵大叫。

我跑到人群最前面,做了个"等一等"的手势。

潘德尔耸耸肩,也举起了手,快速地用手语和我交流,说完便走了,沿着铁轨穿过无家可归者的村庄,进入了战区。

"她说了什么?"吉娜问。

"她说她不能永远等着我们这些白痴,她会带着止痛药回来,然后去找她的姐妹们。"

"那我们怎么办?"伊格比问。

"我们应该追上去。"我说。

马拉查伊却只是耸了耸肩,说:"喂,这是她的生活。真可惜,我还挺喜欢她的。"

"也许她能活下来的。"伊格比说。

"也许吧。"吉娜也说。但他们的声音听起来都是那么不自信。我们注视着潘德尔几秒前站过的地方,一块瓦砾砸落下来,发出雷鸣般的巨响,烟雾升腾,像是要配合我们对这个年轻女孩的提前哀悼。

大家一个接一个转过身去,而我却情不自禁地顺着铁轨的方向望向

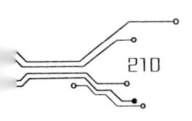

城市，目光移向东方地平线上的黑路塔楼，那是我曾经的家。我感觉到有一股力量拉着我向那个方向而去，向着我爸爸和妹妹的方向。无论如何，我要找到他们，这是最重要的事。

我回到吉娜身边，下定决心要做点什么。我指着贫民窟旁边一家废弃的小餐馆说："去那儿，我们带阿奇米去那里，堵上门，再讨论下一步怎么办。"

"好的。"她同意了。

"对不起了大家，对不起。"阿奇米还躺在地上，低声喃喃着。

"这不是你的错，"马拉查伊跪坐在她身边，对她说，"你觉得你能走到那座楼去吗？"他指着那座餐厅。阿奇米点点头，我们扶着她站起来，她的红裙子在风中上下翻飞。

马拉查伊将女孩的一只胳膊搭在自己肩膀上，我则拉起了她的另一只手。我们慢慢地走在烧焦的地面上，阿奇米疼得直掉泪，布鲁低着头走，伊格比给波德指路，泰科走在最后。

"在这里等着。"马拉查伊推开了建筑的前门。

他走了进去，踮着脚尖走过碎玻璃和腐烂的食物。他快速走到厨房，消失在我们的视线里。

在我们身后，城市里传来又一声痛苦的尖叫。我们互相看了一眼，我知道大家都在想那会不会是潘德尔。

马拉查伊回来了，还吃着香蕉。"一切安全，"他说，"里面还有一个步入式冷冻室，如果发生了什么事，我们可以把自己锁在那里面。"

我扶着阿奇米坐下来，向后退了几步。

一群人陷入了长时间的沉默。我们环顾四周，看看这新的环境。这

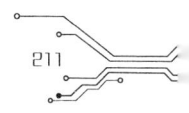

餐馆是老式的，不是城里那些试图复制 21 世纪旧风格的特意装修的老式。这里是真的很跟不上时代，机器服务员都是老旧的款式，人形机器人矗立在柜台边，冻结在时光里，还有过时的霓虹灯。楼的前脸有四扇大窗户，但三扇都碎了，也就是说，我堵门的计划毫无用处。窗户边有七个小卡座，不过几天前，顾客们还坐在那里享用他们的食物。要是不想用机器人服务，桌子上还有点单和付款的地方。远端的墙边有一个长长的柜台，上面是一份大菜单。一盏长条灯挂在电线上，从天花板上垂下来，地板瓷砖的中间有一大片干涸的深色血迹。

"还真是温馨舒适啊！"马拉查伊把香蕉皮扔进垃圾桶，耸耸肩。

"那，现在做什么？"布鲁问。

我环顾人群，说："我想，就按原计划行事吧。"

"嗯，我得知道我父母有没有活下来。"泰科开口了。这是他自站台上那次崩溃以来第一次开口说话。

"那阿奇米怎么办？"吉娜问。

我点点头，说："想进城去找家人的人，都可以跟我们一起来。我们需要留下几个人来陪阿奇米。我们尽快回到这里会合，还有，阿奇米，我们会尽量找一些止痛药什么的回来的。"

阿奇米竖起大拇指。

"我没有家人，"伊格比说，"我可以陪着阿奇米。"

"对我来说我父母就和死了没什么区别。"布鲁嘟囔道。

"我和伊格比一起。"波德将他庞大的身躯倒在自己刚刚摸到的一把椅子上。

"我——"吉娜也开口了。她抬头看看天花板，似乎在为一个艰难的决定反复权衡，"我妈妈可能还在外面什么地方吧，我想。"

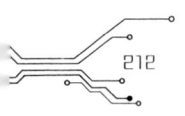

"好，"我对其他人说，"马拉查伊、泰科、吉娜和我会去城里。我们尽快回到这里和你们会合。记住，朱诺还在监狱里，一找到家人，我们就得去医疗中心找解药，不然她会饿死在那儿的。还有，阿奇米，我们在城里会尽量去找些止痛药之类的东西。"

"随便吧。"布鲁又嘟囔了几声，走到一个空卡座上躺下了。

我最后看了朋友们一眼。换作任何其他的人，在这种情况下都会感到恐惧，但对我们这群人来说，这是一种暂时的解放，一种赦免，缓期执行。

我注意到泰科的目光在吉娜手中的触发器上停留了一瞬，但他在其他人注意到之前控制住了自己，从破窗户望出去，清了清嗓子。也许这只是旧习难改吧，毕竟他花了那么长时间希望我死，所以当机会出现时，他很难不往那个方向想一想。

"不要死，好吗？"阿奇米坐在地上说。她依然因痛苦而不断扭动着身体。

"我这么帅的人怎么能死。"马拉查伊笑着说，可这并没达到他想要呈现的幽默效果。

"等等。"泰科走进厨房，几秒后回来，手中多了把手五颜六色的四把厨刀。他把它们分发给马拉查伊、吉娜和我，说，"保护一下自己。"

我接过刀，塞进囚服的口袋里。我觉得这很傻，就像小孩在过家家似的。可这都是真的，我提醒自己，这是真实的世界。

"好了，"我深吸一口气，说，"我想，再会吧。"

留下的几个人和我们道别，祝我们好运。

马拉查伊对阿奇米说："坚持住。"这女孩现在正躺在地上，手臂挡在眼睛上，呼吸很急促。

"嗯哼。"她疼得双眼紧闭。

马拉查伊走在最前面。他推开门,走到阳光下,手中紧紧握着刀。接下来是泰科,然后是吉娜,最后是我。

踏入小镇旁边那个无家可归者的村子,我的心剧烈地狂跳起来。我们沿着铁轨行进,尽量走在轨道中央,以避开身边流淌如小河的鲜血。此刻太阳正在我们头顶,所以时间一定是午后了。尽管阳光正好,棚屋之间依然还是有太阳照不到的角落,但走出阴影后,阳光便很是温暖。事实上,有点过于温暖了,腐烂的食物和污水的味道在空气中飘荡,此外还混杂了一种味道,我并不想承认,但那可能是尸体的味道。

我们继续往前走,径直向前,尽量不去看周围,不去想随时可能到来的死亡威胁。

我看着周围的那些临时建筑——建造它们的人真是有着不可思议的创造力,他们用胶水浸湿的纸条来填补金属墙壁的缝隙,把房屋架空以避开河里的洪水,还有些屋子是像三维拼图一样用成千上万各式各样的碎片拼凑出来的。

泰科的目光瞟过这里的污秽和肮脏,喃喃自语道:"这也太恶心了。"

"说得倒是轻松,你这个富家子弟。"马拉查伊也咕哝道。

"你少来,穷人和像这样住在污秽里的人还是有区别的。"

"你以为这些人是自己想要这样的生活的吗?还不是你们这样的富家子弟操纵了整个社会体系,堵死了他们逃离的希望?"

"呵,省省吧,"泰科恶狠狠地说,"这样的借口我都听了几千遍了。"

"你当然是左耳朵进右耳朵出了。"马拉查伊回敬道。

"你不够聪明,逃不出这样的生活,别怪到我头上。"

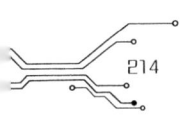

"嘿，是不是要聪明到像你这样，一路前进到了循环监狱？"

泰科转向马拉查伊，揪住他的衣领，脸凑近他，说："闭嘴，你给我闭嘴。"

"现在是争这个的时候吗？"吉娜厉声吼着，向他们挥动起触发器。

两个男孩似乎并没听到她语气里的嘲弄，他们像没有脑子的雄鹿一样互相乱撞。

我跑过去，想把他俩分开，却听到左边某处传来脚步声。我停了下来，在拥挤的棚屋和悬挂的电线之间寻找声音的来源，可脚步声越来越多了。

"想让我打死你吗，平凡人？"

"怎么？"马拉查伊毫不示弱，我能听出他声音里的嘲弄，"富小孩也陷入了花钱买不到出路的境地？"

"闭嘴！"我朝二人的位置退去。

"我不需要有钱也能揍扁你。"泰科咬牙切齿地说。

"喂，"我低声说，"都给我闭嘴，这里还有别人。"

泰科放开了马拉查伊。现在我听到了更多的脚步声，有人正拖着脚跑过泥泞，从上流的某个地方蹚过那条血流汇聚成的小河。

马拉查伊看看左边，又看看右边。泰科伸手去拿刀。

我看到一个孩子在两所房子间疾跑——她只在我的视线中停留了几秒，但我看到她浑身是泥，眼神疯狂，不停乱眨。很快，一个男孩追了上去。

"那边。"泰科说。我转过身，他的刀尖指向一间用生锈的波纹铁皮和木箱搭成的小屋一角，那里有一个三四十岁的女人，正疯狂地眨着眼睛向外偷看。

"我们后面也有,"吉娜说,"三个。"

"我们左边有两个。"我低声说。一面写有盖伦·莱伊"团结一心"标语的旗帜飘扬在风中,一个孩子在它下方奔跑。

我想起村子里那个老妇人残忍地杀害那个男孩的样子,她拿着刀一下又一下地刺进男孩的胸膛。我确定我们会死在这里。

"不要动,"马拉查伊低声说,他观察着我们周围那片临时建筑的地形,"我说'走'的时候,跟上来,知道了吗?"

"马拉查伊,太多了——"我说。

"闭嘴,准备跑。"

我看着马拉查伊翻转着手中的刀,最后抓住了刀刃。他举起手臂,刀把手靠近耳朵,深吸了一口气。我注意到他的眼睛眯了起来,向前走了几步,刀尖扔向两间棚屋之间。

"走!"他大叫一声,向刚才把刀扔出去的方向跑去。

我看到一个微笑人倒向前来,胸口插着刚才那把刀。他很安静,依然在微笑,依然眨着眼睛,但随着刀子插进去的地方逐渐开出一朵艳红的花,他的双腿渐渐软了下去。

跑起来的时候,世界变得一团模糊。各种声音混杂在一起,而我自己的呼吸声比这一切都还要响亮。我盯着马拉查伊的脚后跟,他用肩膀顶开一个中年妇女,爬上一间看上去还挺结实的小屋的外墙,从屋顶上跑过。我也跟了上去,胳膊使劲,攀上屋顶边缘,跑到另一侧。马拉查伊已经跳上了隔壁的另一个屋顶。他两大步就跑过了那个屋顶,开始跳向下一个。

我转向吉娜,拉着她爬上来。她的一只手依然握着触发器,所以只能用一只手发力,脖子处的肌腱绷得紧紧的。她跑到屋顶的边缘,向左

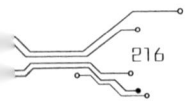

一跃，几乎安静无声地落在另一幢建筑平整的屋顶上。

有那么一会儿，我无法将视线从吉娜手中的触发器上移开。哪怕到了现在，在这一片混乱中，我还是害怕她会一时没握住，那我可就玩完了。

别再想了，卢卡！我告诉自己——别再想了，否则你连眼前的逃命游戏也活不过去。

我咬紧牙关，跟了上去。现在我已经发现，身边的这片土地上到处都是微笑人。他们四处移动，仿佛一条杀手之河。我不想看到他们，可当我跟着吉娜，调动双腿跳向下一个屋顶的时候还是向下看了一眼，他们就在那里：小男孩和小女孩，男人和女人，扶着助行器的老人，轮椅陷在泥里的老人，所有这些人都只专注于一件事情——杀人。他们追赶我们的同时也在互相攻击，一些人有武器，有石头，有木板，一个年纪比较大的女人拿着一根编织针，没有武器的人则用自己的牙齿撕咬着距离最近的人的血肉。

他们这样就和那些老鼠差不多，我想。

"走，快走，快走！"泰科追上来，惊恐的声音也随之传来。

我加快了速度，马拉查伊和吉娜跑在前面，紧紧挨在一起。我看着马拉查伊在空中不停跳跃，从一个屋顶跳到另一个屋顶，有些房子因为他落下的冲击力而摇晃，有些形状开始扭曲。我不知道除了一直逃跑他还有没有别的计划，但我真希望他有，因为微笑人全都可怕而又坚决地沉默着，这寂静让我能清楚地听到下方屠杀的恐怖声响。我知道，要是陷入这大群杀手中间，我们会被带走，淹没在数量众多的捕食者之中，被撕得粉碎。

马拉查伊向右转去，吉娜紧随其后。接下来两个屋顶之间的距离很大,当她一跃而起,向前伸出腿,我以为她不会成功,她会碰到屋顶边缘,摔下去,呼出肺里所有的空气,最后掉到下面的土路上,被那里疯狂的居民吃干抹净。但她成功了,她的左脚脚趾够到了屋顶边缘,她绊了一下,迅速找到了平衡,然后重新奔跑起来,跑向下一个屋顶。

我走了另一条路,选了距离更近一些的屋顶,追上马拉查伊。现在我们肩并肩跑在一起。泰科找到了一条更快的路线,跑到了我们的前面。

"去城里!"马拉查伊大声喊。

泰科调整了路线,快速通过了三间棚屋。我跟了上去,三步助跑,然后双腿弹起跳到下一个屋顶,感觉整座建筑在我落地的冲击力下歪了一下。下一个屋顶更远,我在空中足足停留了半秒的时间,都要以为自己肯定跳不过去了,但我落地了,失去了平衡向前摔去,肩膀落地后重新站了起来。就在此时,我听到马拉查伊痛苦的呼号,盖过了建筑物倒塌的声音。

我回头,恰好看到他的身影消失在木头和塑料碎片的海洋中。

"继续走!"泰科在下一个屋顶上喊道。

我看向他,他耸了耸肩,但我能看到他脸上有痛悔。他转身继续朝城市的方向前进,从一个屋顶跳到下一个屋顶。

我回到塌掉的小屋,看到马拉查伊挣扎着从废墟里往外爬,他身后,或许不到五十米的地方,便是一群微笑人。他们像鳄鱼一般翻滚、撕扯、纠缠。

"快跑!"我冲他喊。他的目光与我的相遇,这是我第一次在他眼里看到恐惧。

吉娜从我身边跑过,冲向下面那位天赋者,跳到了他旁边的那条土

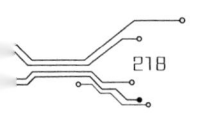

路上。

"可恶！"我低声骂了一句，也从自己落脚的那个相对安全的屋顶跳下去，跑向马拉查伊。吉娜抓起他的一只手，我抓起另一只，把他从瓦砾堆中拉了出来。数百个微笑人向我们靠近，动静越来越大。

"快走！"我把马拉查伊推向最近的小屋。

他抓住悬吊的电线，爬了上去。我能感觉到脚下的地面隆隆作响，感觉到一大群人身上散发的热气向我逼近，闻到干涸的鲜血与尸体的臭味。

马拉查伊转身俯卧下来，伸手去拉吉娜没握着触发器的那只手。我跳向屋顶的边缘，抓住，感觉手指马上就要滑掉了。

"卢卡！"吉娜大喊一声，也俯卧下来，向我伸出手。我抓住她的手，将另一只手伸向屋顶边缘。一只强壮又凶狠的手抓住了我的脚踝，我踢开了它，爬到马拉查伊和吉娜的身边。

"谢了。"马拉查伊说完，又跑了起来。

我和吉娜跟了上去，看到前方泰科的身影正向最近的一幢塔楼移动。我明白了马拉查伊的计划。

我们快速移动，跑在了那群微笑人的前面。这些棚屋的屋顶是我们通向塔楼的垫脚石。

到了如此深入城市的地方，棚屋就更加老旧了，这些棚屋随着时间的推移被一次次加固，几乎已经像是洋房了。它们如此密集，我们几乎不再需要跳跃，只需要脚步稍微迈大一些，就能穿越一个个屋顶。最后一间棚屋就在塔楼的下方，从屋顶上很容易就能从一扇破窗爬进去了。

马拉查伊首先爬了进去，他倒在地上，胸口起伏着，汗水从头上倾泻而下。

"你们有没有意识到，"他依然大口喘着气，"我们离死有多近？"

我身体前倾，手放在膝盖上。我没有勇气回答他的问题。

吉娜用力点了点头，她似乎也疲惫得说不出话来了。

我能听到外面有成群的微笑人，听到他们皮肤撞击和骨头断裂的声音。我俯身向前，从窗户向外看，眼前的景象让我极度不适。那是一场两百人的混乱群斗，他们全都毫无感情地相互残杀着：一个人用自己的头拼命去撞另一个人的胸腔；两个人正一起撞向一个倒下的人的下背部；那老妇人似乎很是有条不紊地在这群人外围游荡，用她那根长长的编织针刺向进入她视线的任何人。

"他们都会死。"我说。

"走吧。"泰科站在这间看起来脏兮兮的客厅门口说。他完全没有像我们一样上气不接下气——当然不会了，他是个优选人，他的 MOR 系统在胸腔里孜孜不倦地工作，将氧气泵入血液循环系统，根本不需要原始而神秘的自然呼吸。

"嘿，能给我一分钟吗，大个子？"马拉查伊边说边翻了个身，鼻子碰到了乙烯地砖上，急促的呼吸在光滑的表面上凝出一摊光亮，很快又消失不见。

"这里的某个地方很可能会有更多这样的人，"泰科指出，"我们不能停下来。"

"这家伙，真是没有同情心。"马拉查伊咕哝道。他从地上爬起来，跟着泰科走出房间。

我还在看着窗外。尽管眼前的景象是如此可怖，我却无法移开目光。

"我得找到我的妹妹。"我对自己说。坚持战斗的人越来越少，越来越多的微笑人倒下，死去，剩下的人从头到脚都沾满了同伴的鲜血。

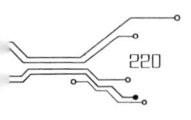

我的脑中浮现出妹妹莫莉被感染后的画面，她像下面的这些杀手一样，在城市的某个地方，疯狂追逐死亡。我努力将这样的想法赶出脑海。

我好不容易才移开了目光。

我环顾了一下这间客厅，它让我想起了我从小住的房子：家具全挤在一起，廉价的过时科技产品占满了空间，光线几乎无法穿透外面的灰尘或是脏污的玻璃。

我跟着泰科、马拉查伊和吉娜来到塔楼的走廊。这地方闻起来有一股随地大小便的味道，墙上全是亮闪闪的涂鸦。这里因为停电而一片漆黑，我反倒更能看清楚那些粗糙的文字和用氖涂料画上的帮派标志。

我们就在二楼，所以没花多长时间就下了楼，来到建筑的大门口。泰科推开门，我们从高处俯瞰着眼前的城市，首先映入眼帘的是烧毁的店面、荒废的酒吧和典当行，再往下是金融区，那里全是金色或银色的玻璃建筑，喷泉和象征金钱与贸易的各色雕像。市中心是更昂贵的住宅区和社交场所。在那里，八车道的公路两侧是绿意盎然的公园和树林。正中间就是中途公园了。我们上方是城市第二级，那里有超级富豪们住的豪宅。这座城市被群山环绕，还有星罗棋布的天空农场和耸入云霄的塔楼。这个高度的视角我很熟悉，尽管通常我站立的位置是黑路塔楼。不过，眼前真正让我们无法移开视线的，是这座城市遭到了破坏的程度。

我能看到三架从空中掉落的飞机摧毁了几十座建筑，其中一架依然还在燃烧，侧翼掉在金融区的一座喷泉里，另一架飞机落在了附近的一个儿童游乐场中央，第三架半边插入了穿城而过的河里，从这里看过去，倒像是河中出现了一只机械怪兽。

"你要去哪里？"马拉查伊问我。

"黑路，你呢？"

"加洛山。"

"泰科呢?"马拉查伊问。

"那边。"泰科指向市中心的某个大致方向。

"好,"吉娜眉头紧皱地看着前方,说,"既然都要往那个方向走,我觉得我们应该尽可能待在一起,至少一起走到河那边。要是路上找不到止痛药的话,我们可以过河去老城区的医院看看,然后再分头行头。怎么样?"

"不错。"我说。

"我也同意,"马拉查伊点点头,说,"潘德尔可能也是朝那边去的。"

我们全都转向了泰科,他不以为意地耸了耸肩,沿着街道走了起来。

我们开始小心翼翼地朝向城市里移动,街上四处散落的汽车残骸成了我们的掩护,还有些是飞行汽车,它们从二十米的高度落下,几乎已经完全看不出本来面目了。倒塌的建筑物的瓦砾碎片扬起尘土,飘在空气中,大火仍在燃烧,火焰咆哮着冲出窗户,烧毁触碰到的一切。但这些都还不是最重要的——让我无法移开视线的是那些尸体,成千上万具尸体,它们铺满了人行道,有些挂在窗外,有些在车里,有些被烧焦在路中间。

我们在一个门口停留了一会儿,吉娜轻声说:"这……这真是难以置信,干这些的人……"

"我们不能停。"泰科说。但在这样的灾难景象面前,他的声音也颤抖起来。

他走到外面的夕阳下,但马拉查伊拎起他的衣领,把他拉回门口的阴影里。

"你搞什么——"

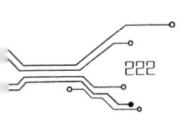

"嘘——"马拉查伊指了指飞机残骸所在的那个游乐场,现在我们离那里已经不远了。我看向他指的方向,那里有一队从头到脚穿黑色制服的士兵,一共六人,正走出公园,走上一条与我们平行的街道。其中五个举着武器,检查每个角落,清理行进路线上的障碍,第六个人则平静地走着,手里没有任何武器。她的眼睛闪闪发光,不是像普通优选人那样的光,而是更加明亮,宛如火炬。

"那女人的眼睛是怎么回事?"马拉查伊低声问。

"肯定是什么新的科技。"泰科答。

"他们和我们是一边的吗?"我问。我想起了之前看到的向循环监狱行进的那些士兵。

"我都不知道我们是哪一边的,"马拉查伊说,"还是不要去问他们了吧。"

我们沿着大楼外墙侧身而行,尽量与这些士兵保持距离。

我们一个接一个冲刺到一块巨大的广告牌下,它巨大的屏幕一片空白。我们在那里观察,直到士兵消失在视线尽头。

"这帮人到底是谁?"吉娜问。

"不重要了,"泰科说,"我们是来找自己家人的,不要分心。"

身后不知什么地方的玻璃碎了,我们迅速移动,身体紧紧贴在广告牌所在建筑物的外墙上——这是个食品仓库。一个穿燕尾服的男人和穿蓝裙子的女人沿着街道中央向我们走来。他们也都是微笑人,却没有相互攻击。

"快进来。"吉娜说。我们赶在被微笑人发现前钻进了仓库。

里面一排排的货架上堆满了各种各样的食品,但仓库里并不满。这里肯定有一阵子没有补充新货了,甚至可能在我们到来之前就被人洗劫过。地板上躺着数千架无人机，一定是停电的时候掉下来的。

"这是个百货店的送货站，对吧？"我问。

"嗯。"泰科说着，手已经伸到附近的货架上，拿下几包蛋白棒，塞进自己的口袋。

"既然来了，最好补充点粮食吧。"马拉查伊说着，也拿了一瓶水和一些巧克力。

吉娜走到放蛋白棒的地方，但那里现在已经空了。

"给。"泰科分了一包自己的给她。

"谢了。"她把锡箔纸包装的蛋白棒装进口袋，开始非常有条理地在货架间穿行，用眼睛扫视着每一排货物。"没有止痛药。"她说。我们在仓库的地板上坐下，在无人机的环绕下开始吃起了东西。

"你们觉得潘德尔逃出去了吗？"马拉查伊问。

"我甚至怀疑她有没有出棚户区。"泰科说。他看到马拉查伊脸上失望的表情，又说，"你想要我怎么说？撒谎？外面可是有成百上千的微笑人，她就一个人。"

"你还真是个乐观主义者，是吧？"马拉查伊咬牙切齿地说。

泰科耸耸肩，把头偏向一边。

"嘿，她有可能成功了，"吉娜伸出一只手搭在马拉查伊的肩膀上，说，"她是个坚强的女孩。"

"嗯，她很坚强，"马拉查伊喝了口水，说，"继续前进吧。"

我在附近较高的架子上翻来翻去，又找到一盒蛋白棒，把它们塞进了口袋。我们回到日光下，紧紧靠在一起，继续往城市中心走，速度很快。除了建筑和飞机残骸熊熊燃烧的噪声外，街道出奇地安静，渺无人烟。黄昏逐渐降临的时候，我们来到了河边，走上桥，来到了老城区。

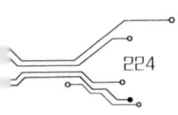

中心医院和政府机构都在这一区。

我们在一座"最后的宗教"教堂拐角处停了下来,看了看确定周围都没有人。吉娜靠过来,低声对我说:"那两个穿华服的男女——就是杂货店仓库外面那两个微笑人,他们之前在一起工作。"

"我知道。"我说。我们奔向老城区边缘,我能看到议会大楼的废墟,废墟被保留在那里,是为了纪念"徒劳之战"的,为了提醒人们以前的生活方式有多么腐朽。

"你认为那是什么意思?"我们再次停下来的时候,吉娜问我。

"我希望我们永远也不用知道。"我答道。

我们继续走走停停,从建筑物的角落到撞毁的汽车,再到围栏,时刻检查周围是否有险情,再靠向下一个掩体。

我们来到了通往老城区的那座桥,躲到太阳能充电板的后面。我和吉娜、马拉查伊喘着气,我们的优选人负责出去查看桥的情况。我闭上眼睛,靠在充电板上,倾听着下方的河水奔腾的声音。

"该死。"泰科举起一只手,小声说。

我睁开眼睛,从充电板后向外看去,发现有一个穿着荧光色背心、戴着脏棒球帽的男人在清扫街道。

"他没在眨眼。"马拉查伊说。

"也没在笑。"我补充道。

那男人看起来六十多岁,眼睛周围的皮肤布满深深的皱纹,笑纹之间全是黑色的污垢。他双手的皮肤被晒得很黑,此刻正紧握着扫帚,有节奏地扫过地面。我们静静地看着他慢慢从桥上一路扫过去。这一定是他在世界末日之前做的工作——和扫地机器人一起清扫街道。失业的平凡人举行了抗议寻求工作机会，所以像这样的工作虽然过时，但还是被允许。吉娜说："他不是微笑人，他没有受到毒药的影响。"

"他在街上做什么？"马拉查伊低声道。

"他用了'潮落'，"泰科身子前倾，眯着眼睛回答，"他脖子上贴了块东西。"

"我们怎么办？"我问。

"我们得弄明白他是怎么在袭击中幸存下来的，"马拉查伊站起来，说，"说不定还有更多幸存者。"他张开嘴，想要叫那个穿荧光色背心的男人，但泰科抓住了他的袖子，把他拖了回来。

"你看。"泰科指着桥的另一边，轻声说。

三个长得几乎一模一样的女孩正在我们面前空无一人的公路桥上徘徊，在停滞的车队中穿梭。三人都长有浓密的黑发，蓝灰色的眼睛疯狂地眨着，脸上挂着大大的笑容，露出洁白的牙齿。她们都穿着优选人世界里最时髦的衣服，是精致的三件套西装，即使穿去参加20世纪60年代的公司董事会也很适宜。

"该死。"吉娜低声道。

那个扫地的男人抬头看了女孩们一眼，笑了笑，又继续扫他的地了。他仔仔细细地把眼前每一寸满是尘土的地面都扫得干干净净。

女孩们加速靠近那个男人。她们走近后，我看到她们的衣服上全都沾满了血迹。

女孩们在桥上跑了起来，我对其他人说："我们得帮他。"

吉娜看看马拉查伊，又看看泰科，两人都躲开了她的目光。但这时，一切已经太迟了。

几个女孩跳到了男人的身上，把他打倒在地，开始咬他、踢他、抓他。

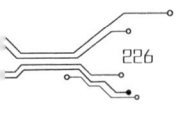

我现在才看到，他的脖子底部贴着不只一块东西，而是三块。女孩们杀他的时候，他开始咯咯笑了起来。

"不，不，不！"我没忍住脱口而出。

扫地的男人一直哈哈大笑到了生命的最后一刻。女孩们西装上的血迹又增加了。这些人带着疯狂的笑容最后欣赏了一下自己的杰作，然后一言不发地走了。

"不，不，不！"我一遍又一遍地念叨着。

吉娜伸出手来捂住我的嘴。她的眼睛瞪得老大，眼神告诉我：闭嘴，不然我们就是下一个。

我点点头表示明白了。我们四人蹲在充电板后面，听着女孩们的脚步声越来越近，直到在这寂静的城市里显得震耳欲聋。她们从充电板前经过时，我们慢慢地转到另一侧，面朝公路桥的方向。脚步声渐渐远去了。

"我们继续一起走，还是在这里分开？"马拉查伊问，"老城区里可能也到处是成群结队的微笑人。"

"潘德尔可能在那边，"泰科转过身看着我们说，"我们应该去帮她。"

泰科突然爆发的同情心让我很不安，我从来只见过他杀人的决心，而现在他居然想要帮助一个甚至算不上认识的女孩。但我能从他眼中看到恐惧，我想，或许他也害怕了，不想一个人待着吧。

"他说得对，"马拉查伊说，"我们走。"

我们继续前进，从烧毁的汽车到路灯，再到柱子，最后终于过了河，进入老城区。

鹅卵石铺成的街道上到处是死人，尽管是在极端的暴力中死去，他们一直到死都还在笑。白天的炎热放大了尸体的腐臭味，我快受不了了。

尸体的海洋中还有数不清的无人机，大部分都是治安无人机，它们是微型昆虫形机器人，带有三百六十度摄像机，随时拍摄城市中每一个角落的情况。我们尽量安静地移动，但这些微型无人机在我们脚下嘎吱作响。

这一片一定还有微笑人，我们能听到脚步声、关门声、爆炸声，等等，但我们能做的也只有继续前进，继续朝向医院的方向前进，希望能找到潘德尔，希望能找到止痛药。

那个男人没有变成微笑人——我的脑子飞速运转着。他没有被感染，也没有在笑，这是怎么回事呢？这些疯狂的事让我的大脑乱作一团。我朝东看去，看向黑路塔楼的方向，我的家在第177层。我用这一点来提醒自己为什么必须活下去。你们一定还活着——我心里想着，脑海里浮现出莫莉的脸，还有爸爸的脸。我会不惜一切代价找到你们，找到治愈这玩意儿的方法……不管这到底是什么东西。

我们继续前行，穿梭在尸体与停驶的汽车之间。我们又路过了一座"最后的宗教"教堂——这是这座城市唯一剩下的信仰，信奉的是"最后的诸神"。教堂之后，我们转上了41-40号街。

他没有受到化学药物的影响——我又思考起这件事来，脑海中反复回想着那个人清扫大桥的画面。

"那儿。"泰科的话打断了我的思绪。

我朝他所指的方向看过去，那就是老城区的医院了，它是座金字塔一样的建筑，数百扇窗户此刻都黑灯瞎火。从这里，我们可以看到救援无人机的停机坪和紧急入口。

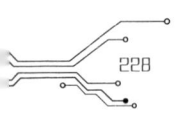

马拉查伊转过身，面对着吉娜、泰科和我，说："我们进去后分头行动。泰科，我们俩从顶楼往下找，吉娜和——"

他还没说完，便被玻璃被砸的一声巨响打断了。我们转过头，看到一个人从大楼的某一层跳下来，沿着几扇倾斜的窗户向下滑，一直滑到下方三米的阳台上。

"潘德尔？"马拉查伊猛吸了一口气，眯着眼睛去看那个用手抓着阳台边，落到下面窗台上的人影。

我却没顾上再看那个女孩是谁，而是看向了她跳出来的那扇窗户。五个微笑人正跟在她后面，歪歪扭扭地向下爬，紧跟着他们的猎物，毫不在意玻璃碎片在身上划出深深的伤口。

女孩迅速从金字塔般的建筑上爬下来，重重地落在一辆救护车顶上。我看到了那确实是潘德尔，但我们没有时间庆祝，因为就在她艰难地爬到人行道上的时候，三个微笑人也重重地落在了同一辆救护车的车顶，第四个则直接摔到了地面上，摔死了。

"潘德尔！"吉娜高声叫了出来，这让她慌乱的目光看到了我们。

"快跑啊，白痴！"她尖叫着回应，"快跑！动起来！"

追她的那几个微笑人从救护车上跳了下来，第五个也从楼的一侧爬了下来，跳到死在人行道上那个人的尸体上。这剩下的四个人现在一起向我们跑来，潘德尔跑在最前面，只比身后追赶的杀手快上几步而已。

我们终于反应过来开始跑的时候，潘德尔已经来到了我们身边。但与此同时，身后微笑人们的脚步声也越来越响了。

"我开始后悔和你一起来了。"马拉查伊一边从我身边飞奔而过一边喊道。

我们来到了一个路口，一边通向那条河，一边返回市中心。没等我

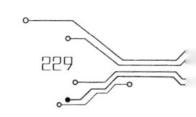

选,泰科已经把我推到了通向河的那一边。我跳下通向河边小路的台阶,跑在了湍急的河水边,就在我们几分钟前刚走过的那座桥的桥下。我感到气温突然下降了,不由得慢下来想看看到底怎么回事。天空中乌云滚滚,突然下起了大雪,我面前的道路变成了白色。

"搞什么鬼?"我放慢了脚步。

"跑啊,你这蠢货!"泰科恶狠狠地叫着从我身边跑过。

我照做了,拼命摆动我疲惫不堪的双腿,继续向前。

我回头看了看,吉娜、潘德尔和马拉查伊已经和我们分开了,还有两个微笑人在追,除了踩雪的咯吱声外,安静得可怕。我转回去,跑得更快了。尽管泰科的肺是人工的,我还是跟上了他的速度。我有足够的时间想到:也许不是我们和其他三个人分开了,也许是微笑人追上了他们。就在这时,我的脚在雪地上滑了一下。

我的身体向前倒去,我试着恢复平衡,但已经太晚了。我摔倒了,双臂向前伸着,下巴碰到了冰冷的雪地下坚硬的小路。我的眼前一片空白,刹那间,整个世界成了漆黑一片,我只听到自己的心脏在胸腔里剧烈地跳动着。

我在一片混沌的视线中跌跌撞撞地爬起来,甚至不确定自己身在何处。我只知道我得跑,我要跑,我要离开。

奔跑的脚步声越来越靠近了。

我想,应该是微笑人吧,但我太恍惚,双腿无法正常工作。我摇摇晃晃地向前走,就像个傻了眼的拳击手。泰科的身影已经消失在远方,我知道,那些毫无知觉的杀手随时会向我扑上来,我随时能感觉到他们的体温。

结束了吧,要死在这里了——我想。我还在努力地用冻僵的肺呼

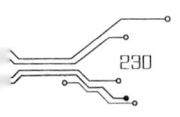

吸着。

我感到胸口受到了一记迅猛的重击，肺里的空气呼了个干净。我又向下倒去，这次倒向了河里。

我落进了水里。刺骨的寒意让我的头脑清醒过来，我拼命踢水，直到浮出水面。我看到一个瘦高个的微笑人也跳进了水里，朝我的方向游过来。他脸上的微笑一如既往。在他身后，第二个微笑人也跳了进来，同样逆着水流向我游过来。

我深吸一口气，潜回水下，奋力踢腿，奋力划动双臂，以我最快的速度在浑浊冰冷的河水里游动。我不知道那些追逐我的人是否就在旁边，是否在逼近我，我到底有没有在摆脱他们，我唯一能做的就是不停地游。我保持待在水面下，感觉肺部已经要到极限了。我利用能量收割时的经验来帮助自己保持平静。

仿佛过了一辈子那么久，我终于升上水面，把冷空气吸进身体。

我转身去看微笑人之前下水的方向，只看到急速飘落的雪花和湍急的水流。

"喂！"岸边传来一声大喊，我转过头看到泰科停了下来，他指着我面前的一条小支流。

我顺着泰科手指的方向游去。刚开始我什么也看不见，但没过多久，我在雪中看到一个人形，脸朝下漂在我前面——是那个高个子微笑人。我站在那儿，被尸体从身边漂过的景象惊呆了。几秒后，第二个微笑人的尸体也从我身边漂了过去，她的橙色衬衫在一片白雪和脏水中十分耀眼。

"快上来，"泰科喊道，"你会失温的。"

和水流与其中迅速形成的冰块搏斗的过程中，我满脑子都是那几具一动不动的尸体顺流而下漂浮着的样子。我好不容易游到了泥泞的河岸,泰科把我拉了上去。这一切发生得太快了,我只觉得自己的灵魂仿佛飘走了一秒,然后又飘了回来。我躺在雪地中,仰望着暴风雪,哈哈大笑起来。我也不知道这是为什么,或许泰科是对的,这正是失温的第一个症状。当然,我的手指和脚趾都没有了感觉,我呼出的气在空中凝成白白的一团。

"我们得走了。"泰科在我的视线中俯下身来。

我听不明白他的话。白色的雪似乎填满了我的整个世界,没剩下任何别的东西。

再醒来的时候,我已经在室内了。这是一间我完全不认识,也不记得自己有没有去过的房子,客厅宽敞而干净,我就倒在这里的沙发上。

"我们在哪儿?"我的牙齿咯咯作响,因为我的体温达到了新的低点。

"我家。"泰科低声含混不清地答道。他正在屋里走来走去,打开一扇扇门,寻找生命的迹象。

"潘德尔和马拉查伊呢?"我抖得太厉害了,几乎说不出一句完整的话,跟喝醉了似的,"吉娜呢?"

"我也不知道,"他答道,"我没看到发生了什么。"

我点点头,但实际上我的脑子还没法儿真正消化他说的话。我不再感觉到害怕,不再感觉到希望,我任何感觉都没有。我只想睡觉。所以我躺了下来,闭上眼睛。

"不!"泰科喊了一声,然后不停地朝我脸上扇巴掌。

"干什么?"这搞得我烦躁起来,"干什么?"

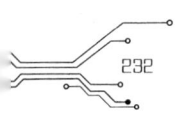

"给我坚持住,不要睡。睡下去你就再也醒不过来了,明白吗?"

我再次点了点头,尽管依然没搞明白他说的话到底是什么意思。

吉娜肯定没死,我想。我的脑子清醒了一会儿,我想到如果她死了,我也就死了,因为触发器还在她手上。

我微笑着,环视了一下房间。我想告诉泰科这个好消息,但他走了,房间里只剩我一个人。我看到这里有白色的墙壁、铺着瓷砖的地板、内嵌在地板里的三百六十度投影仪和玻璃桌上的紧急联络设备。

"多好的家啊!"我自言自语着,睡着了。

循环监狱外的第2天

我站在黑路塔楼的楼顶。

夏日清新的空气中,那个金发男孩径直向下坠落、坠落。那男孩正是泰科·罗斯的弟弟,他很快就会死去。

我妹妹转向我,扯下她的橡胶巫婆面具。她的眼里噙着泪,下唇不住地颤抖,手里的刀掉到了地上。

"我不是故意的……"

风呼啸着穿过水管,我们呆立在那里看着对方。

"莫莉,不是你干的,"我对她说,"是我干的。"

我睁开眼睛。

我正躺在浴缸里,温热的水没到了我的下巴,四周蒸汽升腾。我还穿着衣服。

我这是在哪儿?

我的手指尖和脚趾尖都很痛。我记得那条河,浸没在河水中的寒冷和痛苦。直到现在我才意识到,我那时有多么接近死亡。

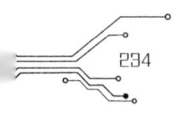

是泰科救了我，我想。

此刻躺在这里，我仿佛还能听到在循环监狱的院子里，他高喊着要杀掉我的声音，日复一日，年复一年。

我静静地躺着，任由温暖的水包围我。我低头看了看身上的伤口，老鼠咬过的伤口，还有在隧道、村庄和河流中的各种擦伤。我惊讶地发现，伤口竟然都开始愈合了。

我重新躺下，热水让我冻僵的骨头重新温热起来。温暖的、带水汽的空气从鼻子进入我的身体，我能感觉到它进入我的喉咙。我的身体还在颤抖、抽搐，但我的头脑清醒了过来。

我四下环顾这奢华的浴室，它几乎和我从小住的整套公寓差不多大。我面前的弧形墙面是一个屏幕，有电的时候它可以播放互动电影、社交媒体的画面和游戏；另一面墙上并排装有四个水池，还有一个可伸缩的架子，上面摆满了可以自动填满的产品；角落里有一个全自动的淋浴间，差不多有一个小谷仓那么大。

我想到了我的爸爸，我的妹妹，还有吉娜、瑞恩、潘德尔、马拉查伊、阿奇米、波德、伊格比、布鲁。

我希望他们还活着，希望他们都没事。我在想时间已经过去了多久，我想我的爸爸和妹妹在城市里每多度过一秒，他们离死亡就更近了一步。我想到医疗中心，在我们接受延迟死亡协议的那座巨大建筑里，可能会有治疗微笑人的方法。

我努力站起来，水从衣服里倾泻而下。我的膝盖僵硬，毫无力气。我拉开衣服上的尼龙搭扣，任由它掉在浴缸里，然后跨了出去。

门边的架子上挂着六条毛巾，我拿下一条，裹在腰上，打开浴室门走了出去。

这是一条长长的走廊，算是个夹层。我能看到下方的客厅，我之前奄奄一息时瘫坐的沙发。我看到一个野营炉，上面连了个大煤气罐，一口大锅里有水在沸腾。

原来它就是这样加热水的，我想。我向那装饰豪华的木制楼梯走去。

"你还活着。"泰科从厨房走出来，用抹布擦着手说。

我朝他点点头，走下楼梯，说："多亏了你。"

"毕竟要是没有你我也活不了，是你把我从循环监狱里放出来的。"

我笑了，我们之间的关系居然发生了如此巨大的转变。"我从未想过我们俩居然会互相照顾。"

"事情是会变的吧，我想。"他说着，把抹布搭在一只手上。

"这地方真不错。"我再次环顾了一下这宽敞的房间。

"谢谢。"

"泰科，我说过我对你弟弟的事感到很抱歉，我是真心的，我——"

"卢卡，省省吧，那件事我永远也不可能放下的，只是我们的世界都快毁灭了，我不得不先暂时忘掉而已。"

"我理解，我只想你知道——"

"我知道，"他伸出一只手，让我握了握，"忘了吧，好吗？"

我看着他伸出的手，不敢相信眼前的一切。我一直接受的事实是，泰科·罗斯在他弟弟死去的那一天就已经失去了理智，他内心的一部分已经永远死去了，他一直到死都会坚信我是魔鬼。可此刻，他主动提出了和解。

"好的。"我握住了他的手。

泰科笑了笑，拍拍我的背。搭在他那只手上的抹布掉了下来。"我们只有合作，才有可能活下来。"他说。

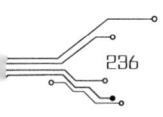

"你说得没错，我同意。"

泰科退后几步，认真地盯着我，脸上的笑容越来越大。

"问题是，"他的声音里充满幽默的意味，"我倒不怎么在乎我能不能活下来，只要你活不下来就行。"

泰科向我走来，他的身影在原地留下一个残影，他移动的时候，身后拉着一串长长的五颜六色的影子。

事情不太对劲儿。

我感到一阵惊恐。我想起来泰科拍我的背的时候，好像手里有什么东西，像是个小塑料条。

我伸手去够，将胳膊从肩膀绕到后背，但就是摸不到那个"潮落"贴片。

"我不能让寒冷杀了你，卢卡，杀你的必须是我。"泰科的声音听起来像是从四面八方传来。

"泰科，你做了什么？"

我试图把注意力集中在眼前的危险——来自泰科的威胁，可我的视线却无法从红色皮沙发扶手上的一个小划痕上移开，我觉得那划痕特别有趣。我想象着泰科还是个蹒跚学步的孩子时的样子，他举着一把塑料剑，在屋子里跑来跑去，杀死想象中的恶龙。那画面在我眼前如此生动，有一瞬间我甚至忘记了成年的泰科正站在我面前，打算结束我的生命。我嘲笑着整件事的荒谬。

"你知道我等这一刻等了多久吗？"泰科问。他说话的时候，我看到那些词句从他嘴里冒出来，变成紫色的大气球，扭成字母的形状。我看着它们飘到空中，然后从他头上飞过。

集中注意力，卢卡，这个男人要杀了你——我对自己说。

但我没法儿集中注意力。我的身体被一种纯粹的、浓郁的欢欣感填满，从脚趾尖一直到头顶。我看着泰科从口袋里拿出刀，又一次哈哈大笑起来。我知道那是把刀，我知道他要用它做什么，可在我此刻看起来，它像根黄瓜。

"你知道我为什么被判死刑吗？"泰科的脸一会儿紫，一会儿绿，一会儿黄，"我试图烧毁警察局，因为他们让我的弟弟死了。我的家人每年给他花三千电子币购买人身安保服务，结果他们居然让他死了。我想我心中有一部分寄托，是因为我很希望在循环监狱里和你相遇，卢卡，因为我就是知道，我有机会让你为自己的所作所为付出代价。"

我突然得到了片刻的清醒，这让我看到了泰科脸上胜利的表情，那把锋利的长刀慢慢地向我移动，刀尖抵住了我的脖子。

"泰科，不要。"我好不容易说了这么一句，又再次迷失在"潮落"带来的幻觉里。

我听到了音乐，一个大管弦乐队演奏的快乐的协奏曲，那声音来自泰科。每次他开口的时候，演奏便开始。

他随时都可以拿刀捅你，他可能已经动了手，只是你甚至都感觉不到。

我努力专注在这个想法上。我要逃跑，我得跑。

我用尽全力推了泰科一把，看到他朝沙发上倒去，那根黄瓜——不，是那把刀——哐当一声掉到了地板上。我跑进厨房，跳过岛式料理台，踢开前门跑了出去，跑到阳光下。

我想我做到了，我逃了出来。

我来到了一片草地上，身边的草长得很高。我毫不费力地奔跑着，感觉自己充满了活力，自由自在，阳光晒在我的皮肤上，分外温暖。

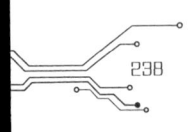

阳光？我突然意识到了什么——外面不是在下雪吗？

于是我又回到了客厅。泰科依然站在我的面前，"黄瓜"正压在我的喉咙上。

刚才的场景全都是我想象出来的，我根本没有逃脱，我甚至站在原地一动也没有动。

"该死。"我说。这声音变得低沉、悠长，仿佛慢动作的电影。

"你为什么不求我？"泰科问道。他脸上的冷笑让他看起来像是个微笑人。

老鼠隧道，无家可归者的村子，那条河，你从这么多的危险中活了下来，却要死在泰科·罗斯的手上了吗？我想着——你真该把他留在牢房里的。

我不会求他，不管我有多不清醒，不管我有多脆弱。我反而闭上了眼睛。反正也是一死，那我还不如享受享受幻想，毕竟正是美好的幻想才让我在循环监狱的那么多个日日夜夜保持住了神志的清醒。

这是一个美丽的夏日，我沿着河边散步，水流的声音是如此生动而清晰，当我转过头，看到水晶般清澈的河流懒洋洋地淌过，我一点也没有感到惊讶。我能感觉到柔软的细草拂过脚趾尖，暖烘烘的太阳晒在我的肩膀上。这里有很多人：有一家人在一起玩游戏，有互相帮对方擦防晒霜的夫妇，有在河中央最安静的地方游泳的男孩和女孩，有卖冰激凌的小贩。我感到另一个人的手指与我的手指交扣在一起，我低头看着那双握住我的手笑了。

我想留在这里，我要留在这里，和瑞恩在一起。

我看着她美丽的脸，那不是瑞恩，而是吉娜。

当然是吉娜。当然应该是这样。现在我明白了，我对瑞恩的爱根本不是真正的爱，只是我那无法面对的孤独恰好遇上了她的善良。我并不了解她，只知道她又漂亮又善良。可漂亮与善良相加，从来不足以构成爱。

爱情是由更复杂的东西构成的：无形的弦，没有写下来的文字，磁铁，胶水和原子。

我爱上吉娜了吗？

还没有。

但我有可能爱上她，只要给我多一些时间，给我再长一点生命。我在命运的安排下迈出了第一步，但现在同样也是命运带我走上了另一条路，走向死亡。

我模模糊糊感到有一些失落，在内心深处某个很遥远的地方。但我确实很想再次见到吉娜，见到真正的她，而不是在这个虚构的完美世界里。

每次想起泰科，我就能听到他的声音从很高的地方传来。我抬头望向声音的源头，便看到他的脸在太阳上，得意地笑着。

"你闭嘴吧，行吗？"我说，"就让我好好享受这个地方吧。"

他的脸消失不见，太阳回来了。

"走吧。"吉娜说。

我们手牵着手，沿着河边走着。我知道这是我最后的旅程，我知道世界随时都会变得一片漆黑，一切就永远地结束了，但我不介意。我不介意，我很高兴。

死去也不是那么糟糕的一件事。

它是那么安静，平和。你什么都不用担心，只是感到满足，直击你

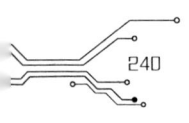

灵魂的深切满足。

"他说什么？"一个声音问。

"什么死去也不是那么糟糕之类的？"

我不知道这些声音都是谁的，但这并未困扰我。我身处一片开阔的空间，四面八方都是无边无际的，周围只有白色的光。我没有重量，没有负担，只感到幸福。

"他完全失去理智了。"又有一个声音传来。

"我知道那是怎么回事。"

"该死的，可不嘛，真是邪恶的东西。"

"把那贴片拿掉，也许能让他早点清醒。"

这些声音是谁的？天使吗？神吗？这是天堂吗？我在这里已经待了几千年，还是只有几分钟？

"哇，他还真是深陷其中啊！"其中一个天使说。

"孩子，我不是什么天使，只是你陷得太深了。"

这些天使好像在回答我脑中的疑问。

"你都大声问出来了，孩子。还有，你的毛巾也松了，我能看到不该看的东西。"

这些话我完全听不明白。我敢肯定天堂里没有毛巾。

"老天啊，他真以为自己死了。"

这些天使的声音听起来比较年长，像成年人，其中一个听起来尤其老一些。

"喂！"其中一个天使说，"你说谁老呢？"

一切都太让人困惑了，天堂根本不是我想的那样。我决定试着睡觉，也许等我醒来，就能搞明白这彼岸世界的事了。

*

我意识到的第一件事就是我没穿衣服。

我睁开眼睛,发现自己身处黑暗中。我不记得自己到底是死是活,泰科到底有没有杀了我,也不知道那条河岸是不是真实存在过,我在以为是天堂的那个地方听到的声音是不是真的。

我盖着毯子,躺在一张舒服的床上。我的脑中砰砰作响,嗓子很干。我一定还活着。要是让一个死人这么难受,那也太不公平了。

我的眼睛开始适应窗外昏暗的光线。

我马上就知道了自己还在泰科家里,从房间的大小就能看出来了——它实在是很大。一套虚拟现实游戏设备占据了很大的空间,可剩下的空间还是比任何人真正需要的空间都要大。

有人在床脚放了一套衣服,叠得整整齐齐。

我试着思考,但头痛得厉害,实在没办法。是泰科改变主意了吗?还是这一切根本就只是幻觉,他其实从来就没想过要杀我?

我从床上爬起来,盯着那堆衣服。我想那是泰科的衣服。我思想斗争了好一会儿要不要穿上它们,但最后我决定,要是他在外面等着杀我,我宁愿穿着衣服面对,也不愿意裸着身子。

我穿上衣服——它太大了,但总好过没有——然后打开卧室的门。我又来到了泰科房子的夹层,往下看向客厅,那里有两位女士坐在沙发上聊天,从冒着热气的杯子里喝水。我马上认出了她们的声音:这就是那两个天使的声音,正是我清醒之前听到的那两个声音的实体。

"对了,我们要把这个带上。"其中一位"天使"指着泰科用来烧水的那个煤气罐说。她看起来五十出头,头发开始花白。她很瘦,穿着

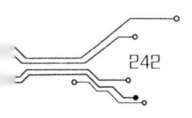

一件绿色开襟羊毛衫,"我知道才过了几天而已,可我的人生需要咖啡。"

"同意。"另一个答道。她比较年轻,可能二十出头,棕色头发,脸上有雀斑。

她们要么是天赋者,要么就是优选人——隔着这么远我很难判断,因为她们都很漂亮,但同时她们也显然都是"克隆"。

年长的那个抬起头来,目光和我相对。我看到她额头上绑了条黑色的吸汗带。

"哈,睡美人起床了,"她说着把杯子放在桌上,站了起来,"下来吧,小伙子。"

"你们是谁?"我的声音听起来很微弱,像是从遥远的地方传来。

"救了你命的人。"穿绿色羊毛衫的那个天使夸张地笑着回答道。

年轻女孩站了起来,她的额头上也绑了一条吸汗带。"我是岱·周,这是我妈妈希恩。"

"你们说救了我的命是什么意思?"我问。

"就是字面意思,"希恩说,"而且我们还要再做一次。我们已经把这房子搜了个底朝天,把你所有的'潮落'Ebb 都冲进下水道了。是时候清醒了,孩子,世界末日到了。"

"我的'潮落'?"我依然对眼前的情况十分困惑。这些人是谁呢?发生什么事了?"那不是我的'潮落'。等等,你们到底什么意思?"

"喂,少来了,我们都一样,我们都是瘾君子,都是'克隆'。你要是问什么时候该寻求帮助,那就是现在。你知道外面发生什么事了吗?你知道有个眨眼人要割断你的喉咙吗?"

"眨眼人?"

希恩转向她的女儿,扬起了眉毛:"我的老天哪,他陷得可还真够深的——绝对是个'克隆'。"

"我不是,"我揉着疲惫的双眼,抬起双手,说,"我甚至从来都没尝试过'潮落',直到……哎,你们能不能解释一下到底怎么回事?"

"我们一直在寻找其他幸存者,"岱说,"和我们一样,和你一样的人。当电力中断的时候,我们这些'潮落'成瘾的人开始越发加大了用量,因为除此之外还有什么其他可做的呢?没有了晶体镜片和电子的世界,我们该怎样打发时间呢?我和我妈妈已经成为'克隆'好多年了,我们总说要戒掉,可你也知道说起来容易做起来难。要是那一天我们没有试着戒掉的话——就是'眨眼人'出现的那一天——要不是那一天我们清醒着,我们早就死了。"

我试着跟上岱的讲述,试着在脑子里想明白整件事。她们是怎样在袭击中幸存下来的?她们是怎么做到对这种把所有人变成杀手的玩意儿免疫的?

希恩接过话头:"你知道所有人都被变成了杀人机器,对吧?我们觉得是因为雨——他们可能在雨里下了毒。我的丈夫,也就是岱的爸爸,事情发生的第一天早上就攻击了我。岱想办法把他推开了,站在我们中间。他没有攻击她,似乎还记得她是谁,却不记得我了——他想杀了我。我们跑到街上,看到了发生的一切:成千上万的人正在互相残杀,尸体从高楼上掉落,孩子们殴打着对方直到死去,一群一群的人四处游荡,见到谁就杀谁。这些成群结队的都是一家人,都是一个妈妈或者一个爸爸带着他们的孩子,从来没有出现过父母都在的情况。我们花了好一会儿才弄明白,他们不会杀死自己的血亲。抱歉,这些你听起来可能都像是神话故事。你整个过程中一直都这么神志不清的,到底是怎么活下来的?"

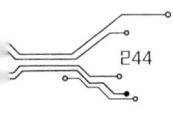

"这就是我一直想告诉你们的,"我说,"不是我自己要用'潮落'的,我是被下药的。"

岱和希恩都露出了怀疑的神色,似乎在说,瘾君子还真是能找借口。

"好吧,"岱说,"那是谁给你下的药?"

"那个拿刀的人。"

"眨眼人可没那么聪明,"希恩摇着头说,"他们才不会制订什么计划,他们只会跟着你,杀了你。"

"他不是……眨眼人,"我使用了他们对微笑人的称呼,"他和我一样,他也接受了延迟死亡协议。"

"延迟死亡协议?孩子,你说的话才让人搞不懂呢。"

"我是个循环监狱的犯人,战争开始的前一天,我们被带到医疗中心,接受医疗实验。我们认为他们给我们注射了某种解药或者免疫药剂,所以我们对那玩意儿免疫了。我和其他几个人幸存下来,设法逃了出来。那个要杀我的人也是狱友之一。"

"等等,等一下,你被关在循环监狱?"希恩问。

"是的。"我说。

"他们在你身上做了医疗实验?"

"每六个月一次。"我告诉她。

"天哪。"岱轻声感叹。

"他们在你身上试验了某种疫苗?"希恩继续问道。

"我想是的。"

希恩在房间里来回踱了一会儿,停了下来,问:"你是说我们杀的那个不是眨眼人?"

"不是。你们杀了他?"

"是的,"岱的情绪毫无波澜,"这么说吧,我们朝他开了六枪,他跑了,但我怀疑他跑不了多远。"

"你们就那么杀了他?想都没有多想一下?"

"听着,"希恩拿手指着我说,"现在不是讲什么道德的时候,要么杀人,要么被杀,就是这样。如果你想活下去,最好学会在别人干掉你之前干掉他们。"

"可他甚至不是——"

希恩打断了我:"可他一样要杀了你,这样的人和那些人有什么区别?"

"他跑了?"我问。

"别担心,孩子,我打中他胸口至少两次,应该还有一枪打在了喉咙。不管他身上都武装了些什么高科技,他肯定活不了。"希恩笑着说。

"他……他本来可以……他有权利杀了我,我不怪他。"

"知道吗,说句谢谢总不会错。"希恩坐回沙发上,摇了摇头。她又对自己的女儿说,"我们救了这人的命,他却在说些什么因果报应之类的。"

我也坐了下来,泰科的突然死去让我感到无比震惊。我试着不去想这件事。"你们为什么没变成微笑人?"我的声音因为咳嗽变得沙哑。

"你是这么叫他们的?"希恩说,"我们叫他们眨眼人。"

岱也开了口:"事情发生的时候我和我妈在用'潮落',除了我们还有好几千个人。似乎是'潮落'让雨水中的化学药物没有转化我们。谢天谢地我们没有同时使用'慢爬',那样的话我们就死定了。"

"'潮落'能让人免疫,这是这计划里一个巨大的缺陷,"我说,"不管这是谁干的,都在这里出了个大问题。我们的人口里大概有百分之十

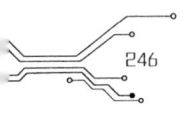

是'克隆'。"

"是百分之十二,"希恩说,"但为什么需要解决那些会自行解决的问题呢?'克隆'们没法儿保护自己,眨眼人要杀掉他们太容易了。再说即使他们没被感染者杀死,迟早也会自己死掉。除了这些,你还忽略了这计划中一个更大的缺陷。"

"是什么?"

"为什么要把我们都变成杀手呢?"岱说,"为什么不直接把我们都杀了?要是你有这么大的本事从天上洒下生化武器,目标还是消灭所有人,那为什么要浪费时间弄什么会改变我们思想的化学药剂?直接下毒灭了我们不就好了吗?"

"我还真没想到这一点。"我承认。

"嗯,我们想到了这一点,但也想不出来什么好的理由。"

我点点头,问:"那现在怎么办?"

"我们正在把尽可能多的幸存者聚集起来,在他们死光之前。我们把大家都集中在一个地方,让他们戒毒,然后就开始准备。"岱对我说。

"准备什么?"我问。

"为接下来将要发生的事。"

"你们不觉得这就是最终的结局吗?"

"不可能,"希恩哈哈大笑着说,"问问你自己:人类为什么要发动战争?他们一定是为了金钱、土地、宗教原因或者是报复。既然现在世界上只剩下三个邪教,我们又都被一个政府统治,我想这不应该是因为宗教或者报复。那么也就只剩下两个可能的原因——金钱或者土地。不管这件事是谁干的,他们总要过来摘果子吧?"

"那么,你们是在组建一支军队?"

"没错,一支瘾君子军队,计划不错对吧?"岱笑了,这是她第一次笑。

"要是我们有机会治好那些微笑人……那些眨眼人呢?"

希恩大笑起来:"我们要怎么治?"

"原本我和我的朋友计划,找到自己的家人之后,要去医疗中心——就是他们给我们注射疫苗的地方。也许那里会有解药。"

"你和你的朋友?"希恩又扬起一边的眉毛,问,"像那个要割你喉咙的人那样的朋友?"

我正要简短地告诉她们泰科为什么会恨我,岱突然喘起粗气,翻起了白眼。

"妈妈,妈妈,又来了,妈妈。"

希恩走到女儿身边,紧紧搂住她:"没事了,宝贝,没事的。"

"怎么回事?"我问。

"戒断反应的一部分。戒掉'潮落'并不容易,它会对身体造成伤害。"

岱开始抽搐,剧烈地抽搐,口中还吐着白沫。

"她还好吗?"我站起来,问道。

"你会没事的,宝贝,你会好起来的。"希恩轻抚着女儿的头发,对她说。

抽搐开始减缓,她的眼珠也翻了回来。

"给我四分之一个贴片吧,妈。我可以慢慢戒掉的,每天四分之一片,这样过几天。妈,求你了。"岱的话语含混不清,她已经不太清醒了。

"你知道这不行的,岱,我们必须尽快戒掉。"

"妈,求你了,求你了,我坚持不住了。没有'潮落'我会死的,

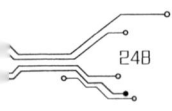

一点点就好，就一点点。"

"不行，岱，你听好了，在你脆弱的时候我会为你坚强，我脆弱的时候你也要为我坚强，明白吗？都到世界末日了我们才下定决心要戒毒，我绝对不会放弃的。"

希恩说话的时候，眼角的皱纹越来越深。她在努力克制自己的感情，克制自己满足女儿要求的本能。

岱愤怒地瞪着自己的母亲，下巴上的肌肉绷紧又放松，绷紧又放松，最后脸上终于出现了理解和顺从的神色。她说："你说得对，你说得对，我们能战胜它。"

"会越来越轻松的，宝贝，会的，我保证。最糟糕的阶段已经过去了。"

岱的双眼噙满泪水，她趴在妈妈的腿上静静流着泪。

"你真的认为有解药吗？"希恩问我。她的眼神里有怀疑也有希望。

"我不知道，"我说，"但这是我们最好的选择。不管怎样，我必须先去找我的家人。"

"你的家人？"希恩说，"听着，朋友，要是你的家人不幸还活着，他们也已经是眨眼人了。"

"我知道，"我说，"但我不能就这样放弃他们。"

希恩点点头，说："我们今晚就住在这里了。岱太虚弱了，撑不过外面的雪。"

循环监狱外的第3天

我们在这房子里过了一夜,三个人全都睡在客厅,轮流值守,确保没有人闯进来。雪下了一整夜,在房子边越积越高。天气太冷了,尽管在室内,我还是能看到自己呼出的气凝成水汽。

这一夜有三次,我发现自己在回味用"潮落"时的感受,那是一种不可战胜的感受,完全沉浸在自己的想象世界里,完全摆脱了自己身体的束缚。现在我知道为什么他们一遍又一遍地播放那些广告了,为什么每三台巴克放映机就会有一台在放政府发布的介绍"潮落"危险性的公益广告,出演的正是总督自己:盖伦·莱伊。"贴上贴纸,你就完蛋。'潮落'是一条毁灭之路。"

泰科的家在城市的东边,我就在他家的大窗户面前,看着太阳慢慢升起来,照亮了我成长的黑路塔楼。此时,它正耸立在两米深的大雪中,旁边无家可归者的村庄已经被盖在了雪堆下。

我脑海中浮现起关于父亲的记忆:看几世纪前的老电影,修理一些过时的科技产品来做我们自己的虚拟现实设备,在我和莫莉小时候给我

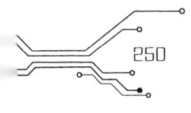

们读故事……我凝望着塔楼的方向,现在它的屋顶已经被低垂的云层遮住了,雪还在不停地下着。不管怎么样,今天我一定要回到那里去。

"这是其中的一部分,"一个声音在我身后说,"这是那个宏大计划的一部分。"

我吓了一跳,转过身来,看到岱来到了我的身后,只穿了一件宽松的背心和短裤,肩膀上还披着一条厚厚的毯子。

"什么意思?"我问。

"这场雪,"她站在我旁边说,"我认为把人变成怪物的人现在正用恶劣天气对幸存者赶尽杀绝。"

"他们为什么要这么做呢?"我问,"你说得对呀,如果他们能做到在雨里加化学药剂,为什么不直接杀了我们?"

岱摇摇头,依然透过窗户凝望着这个城市,说:"我不知道。"

"如果他们能控制天气,那也就意味着他们能控制政府。"我说。

"团结一心!"岱学着这句话,她无法掩饰自己声音里的仇恨。

"他就在那儿。"我想起了盖伦在大规模延迟死亡协议医疗实验那天出现在医疗中心,便自言自语地嘟囔了一句。

"什么?"岱问。

各种想法在我脑海中翻搅,浮现出一个疯狂的念头:我们自己的政府正在攻击我们。但我努力压下了这些念头,回答她:"没什么。"

"穿暖和点,"希恩的声音出现在我们身后,"我们要从这么厚的雪里挖出一条路来,去其他幸存者那里。"

"嘿,听我说,谢谢你救了我,谢谢你们做的一切,但我得去找我妹妹和爸爸了。"

岱上下打量着我,眼里满是悲伤。"去吧,"她说,"你必须去,你必须确认他们的安全。他们只要有百分之一的机会活着,你必须去。搞定之后来找我们。"

我狠狠吞了一下唾沫,说:"嗯,谢谢。"

"好吧,如果你非要当个白痴,我还是祝你好运吧,"希恩说,"尽量别死。"

"其他幸存者在哪里?"我问,"万一真有解药,我好去找你们。"

希恩转向我,伸出一只手,放在我的前额上。

"你在做什么?"我被她的动作搞蒙了。

她对岱做了个手势,岱去找来了一支笔。希恩拿起笔,在房子的墙上写了起来:

全景摄像头。我们不知道背后有谁在看、在听。幸存者们躲在金融区的一个地下保险室里。

我读完后,希恩便把它擦掉了。我觉得她们可能也在和我想同样的事情:是不是我们自己的政府背叛了我们?我看着希恩,点点头。

"戴上这个,"希恩拿开放在我前额上的手,递给我一条黑色的防汗带,和她俩戴着的那种差不多。我也戴上了它。

"你到我们的藏身之处时,我们得给你施电刑。"岱笑着说。

"给我施电刑?"我不解道,"为什么?"

"我们很确定这能让全景系统短路——但也不是完全确定——而且这还有可能要了我们的命,不过——我们不知道谁控制了我们的政府,不知道谁能黑进系统。我们可不想让攻击我们的人太容易找到我们。"

我点点头,咕哝道:"真棒,还真是期待呢。"

我们洗劫了这房子的主卧,穿上好几双袜子,套上好几层背心、T恤、内衣、手套、帽子和夹克,直到确定自己的装备足以应对寒冷,又

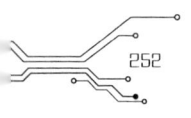

能保持足够的灵活性来躲避微笑人。

希恩从车库拿回来三把铲子,递给我和岱一人一把。

"出发吧。"她说。

岱打开前门,雪如瀑布般倾泻在走廊的硬木地板上,我们向后退了五六步。

"你往哪个方向走?"希恩问。

"东,"我说,"我去黑路塔楼。你们呢?"

"西。"

"好吧,"突然间,我为要和救了我一命的天使们分别感到难过起来,"祝你们好运!我们会很快再见的。"

"嗯,或许吧。"希恩边答话,边在雪中挖起通道来。

岱伸出一只手搭在我的肩膀上,笑着说:"祝你好运,卢卡。"

我目送这对母女在厚厚的白雪中挖掘着前进,直到她们消失在视线中,自己也开始挖起了通道。

我挖了好几个小时,好几次都挖到了埋在雪里的奄奄一息的微笑人,他们仍在无谓地笑着,仍在不停眨着眼。他们的嘴唇因寒冷而发青,眼珠子由于毛细血管爆裂而显得血红,由于不停地挖掘,指甲盖里全是黑的,他们用尽身上的最后一丝力气,仍然想要互相杀害。

我选择绕开走。我实在无法下手杀了他们。

我在雪地里凿出一条路来,就这样不停前进,直到手和脚都麻木了。我尽量不去想还独自一人被关在牢房里的瑞恩,她断了一条手臂,被敌人从天上施放的化学药剂感染,还中了无人机的毒,精神游离在另一个世界。

我想，瑞恩还活着可能是种奢望吧，这念头让我不得不咬紧牙关拼命忍住胸中的痛楚。我又想到了自己在"潮落"的旅程中出现的幻觉，那揭示了我其实并没有真正爱过瑞恩。那是真的吗？我追问着自己。但很快我把这些思绪压了下去——现在不是想这个的时候，我得集中注意力，去找我的妹妹和爸爸。

我下意识地把手伸向心脏的位置，感受那颗还在跳动的心脏。尽管感到绝望，我却还是露出了微笑，因为我知道吉娜还活着。

在这白色的高墙般的雪堆中，我奋力挖掘出前进的道路。

在一两个小时之后，雪停了，云也随之散去，就像它开始时一样突然。不知怎的，这种突然的、戏剧性的变化，给我带来的冲击比无尽的大雪更大。一切都是徒劳，攻击我们的人已经控制了天气，在这样的情况下，我的努力还有什么意义呢？即使我能回到自己从前的家，我又期待能找到什么呢？难不成我还指望爸爸和妹妹正在那儿耐心地等着我？冲我微笑，给我泡上一杯茶？拥抱我，告诉我他们都搞定了，他们找到了解药，战争结束了？

奔涌的情绪突然被一阵电气设备的嗡嗡声打断。我的头晕了起来，花了一秒才意识到，地面在我脚下嗡嗡作响。我挖的隧道开始坍塌，两侧高高堆积的雪倾泻而下，压在了我的身上。

潮湿的雪堆爆裂开来，我连忙向后倒去，一列城铁就在我前方几厘米的地方冲破了一面雪墙，又瞬间撞向了另一面墙。

我躺在那里，难以置信地看着列车隆隆驶过。"看来又有电了。"我的声音空洞，毫无情绪。我还没有从刚刚差点被疾驰的火车吞没的震惊中回过神来。

几秒后，列车消失在视线中，我听到了汽车电台里传来的音乐，电

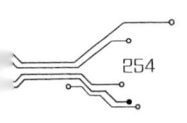

子设备的蜂鸣，以及城市各处的巴克放映机里的声音。不知怎的，没有了人声的配合，这些电子设备的声音给这座城市笼罩上了一层越发令人不安的氛围，宛如一座鬼城。

我站起来，继续在雪里凿着。十分钟后，我便站在了巨大的塔楼脚下。我抬头看了看，大楼似乎高高耸立在云中。这座建筑的规模之大令我目眩。

塔楼的大门被雨棚下堆积的雪顶住了，我费了老大劲儿才拉开。走进大楼，回忆不禁涌上心头。我和莫莉过去常常在石头砌成的楼梯上玩游戏，拯救我们想象中的星系，驾驶宇宙飞船在星系中遨游，击退哥布林的军队，或是把自己想象成明星，假装开演唱会。

在电梯间里按下三台电梯旁边的"上行"按钮时，我松了一口气——电力恢复了。电梯井上方发出一阵嘎吱嘎吱的声音，"上行"按钮的灯熄灭了。

"果然，"我咕哝道，"177层。"

我站在门厅中央，看着那一层层盘旋向上的无穷无尽的楼梯。

我走过去，迈出了向上爬的第一步。

爬上177层的一路上，我停下来休息了好几次。过了两个多小时，我终于到了。

原先的涂鸦已经被新的涂鸦、新的标签和新的图案覆盖了，但走廊还是老样子，门和门牌号也都还是老样子。

我走得很慢，爬了这么久的楼，双腿已经开始发烫了。我路过了贾克斯和简拓曾住过的177/07号，路过了那位叫奇的老先生曾经住过的177/19——后来其他居民发现他从集雨器里多抽了些水，就把他赶走了。

我继续向前，走到 177/44 的门前，那是我从前的家。

我转动门把手，以为会拧不开，但门并没有锁。悠长的"嘎吱"声后，门向里开了，公寓里一片昏暗。

我在走廊上等了一会儿，紧盯着门里我曾经的家。我的手在发抖，呼吸也不稳，我从来都不敢相信自己还能再次回到这个地方。

我走进去，首先认出来的就是它的味道。那是家的味道，我的家，它带着无数童年的影像钻进我的脑海：我的父母，我的朋友，我的每一次大笑、大哭，那些争吵，还有在我还是个孩子的时候就每天都能感受到的对自己处境的绝望。

"有人吗？"我喊了一声，但又觉得自己这么做很傻——我指望能得到什么呢？一句友好的回应吗？

我继续往里走，经过开着门的浴室，我们的小淋浴间占据了那里的一个角落，管道从窗户伸出去，连接到集雨器。浴室里一个人也没有，但窗台让我想起那一次我和莫莉玩捉迷藏，她摔倒了，在那里撞到了头。

我退后一步，回到那条短短的走廊上。我的心脏在狂跳，生怕看到我妹妹、爸爸，或者是他们两人的死去很久的尸体。

我进到客厅里，在我离开的这些年，一切都没有任何变化——还是那个狭窄拥挤的房间，还是那些破旧的家具，还是那块污迹斑斑的地毯。这里没有人，隔壁厨房里也没有人。

只剩下两个房间了：我父母的卧室，还有我和我妹妹共同的卧室。

我先去了父母的卧室，我妈妈就是在那个房间去世的，泰科的家人出钱找来的警察正是闯进这个房间把我拖去了法院接受审判，并由小乐判处了死刑。

我打开门，感觉黄昏的空气从打开的窗户里扑面而来，我看到一个

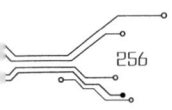

人影在床上坐着,他正凝望着外面的城市。我马上认出了那个人。

"爸!"我的声音嘶哑,几乎泣不成声。

他慢慢转过头来,飞速眨着的眼睛迎上了我的目光。他的脸上挂着大大的、疯狂的笑容。

我努力压下看到这样的父亲的恐惧,努力准备好迎接可能到来的袭击,试着动起来,摔上门逃跑,可我僵立在原地。

爸爸并没有离开床,而是又慢慢转回视线看向窗外,凝望外面的城市。

我的心再一次狂跳起来,就和我爬楼梯时的心跳一样,就和我第一次意识到瑞恩想要杀掉我的心跳一样。他为什么不攻击我呢?

"……我们花了好一会儿才明白,他们不会杀死自己的血亲。"这是希恩在以为我是个"潮落"瘾君子的时候说过的话。

如果他因为我是血亲而不攻击我,那他一定在某种程度上还记得我?一定是这样。

"爸爸。"我又叫了一声,走进房间,走到床边。我在他身边蹲下,看着他不停眨动的眼睛,说,"是我,卢卡,你的儿子。"

他的目光似乎把我从里到外打量了个遍,之后却又回到了开着的窗户上。我把手放在他的手上,看看他的身体有多冷。他一定是还下雪的时候就坐在这里了,冰冷的空气让他的手也变得冰凉。我关上窗户,用床上的毯子裹住了他的身体。

我坐下来,和他一起凝望着这座城市。我们看了一会儿月亮是怎样爬上天空。我看向床头柜,看到了我妈妈过去常戴的项链,那是很多很多年以前,爸爸用两枚电子币从那些捡垃圾的孩子那儿买来的。

我感到泪水在眼睛里打转,我使劲儿眨了几下眼睛,强忍住想哭的冲动。

"你还记得我吗？"我问，"你是我的爸爸，是你养育了我。你还记得吗？"

"他不知道你是谁。"一个声音从门口传来。

我站起来，身体向后靠在了墙上。

"你是谁？"我环顾四周，想找一件武器来对付倚在门框上的那个瘦骨嶙峋的女人。

"天哪，卢卡，你看起来比我感觉的还要糟糕。"

我盯着她看了一会儿，发现她还没有成年，只是个女孩，比我还要小几岁。也是在这时，我认出了那双眼睛。她长大了，比十四岁还要显得老一些。她看起来很憔悴，皮肤灰白，头发稀疏，长得很长。但那双眼睛，不管在哪里，我都能认出来。

"莫莉？"

她一句话也没说，就走开了，走进我们小时候一起住的那间卧室。

我跟了上去。她还活着，而且没被感染，这让我十分震惊。

我打开门，进了我们的老房间。莫莉坐在其中一张单人床上，从口袋里掏出一把东西，打开床边小箱子的最上面那层，把手上那些小小的干净的塑料贴纸都放了进去，只留下一片在手上，开始揭下它背面的粘胶。

我认出来那是"潮落"，想在她把它贴到脖子底部之前靠近她，但为时已晚。

"莫莉，等等！"我边喊边大步跨进房间，去揭她身上的那张贴纸。

化学物质开始渗入她的身体。她趴了下来，把我打退。"潮落"彻底开始发挥作用后，她翻过身来，朝我微笑。

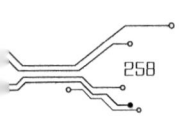

"你离开了我,"她轻声说着,又笑了起来,"你走了,再见,卢卡。那个人应该是我,是我杀了那男孩。"

"该死的。莫莉!"我无法相信她竟然成了一个"克隆","你为什么要这么做?"

"我要走了,卢卡。很高兴你还活着,很高兴你自由了。"

"不!"我冲她吼道,"不,醒醒,你给我醒醒!莫莉,这不是你。"

我抓住"潮落"贴纸,把它从她脖子上撕下来,扔到地上。可她已经失去了意识,迷失在她自己脑海中构建的世界里,逃离了这个荒凉之处,逃到了更好的所在。有那么一瞬间,我无法责怪她,无法挑刺她的逻辑。我看了看她藏起"潮落"的那个抽屉,我想和她一起躲进幻想的世界是多么容易的一件事,就放弃一切,在一个比这里美好得多的地方等待死亡的到来。

但我不能,我不能这么做,不能就这么放弃。吉娜还在外面,还有瑞恩、伊格比、波德——要是他们还活着的话,还有,我爸爸被感染了,但他还是我爸爸。医疗中心里可能有解药,而莫莉就在我的眼前。

我知道我要做什么:我得带莫莉去那个地下保险室,去找希恩和岱,还有其他的"克隆"。他们可以帮助她。然后我要去医疗中心,只能一个人去就一个人去吧,我要去那里才能治疗我爸爸的药。

我回到另一个房间,爸爸依然一动不动地坐在那里,凝望着窗外。我说了再见,用毯子把他裹得更紧了些,向他保证我一定会回来找他。

我去找莫莉,从她的一件旧衣服上扯下一块布料,包在她的额头上,遮住全景摄像头,然后把她从床上抱起来,来到走廊上。

我下了第一段楼梯,停了下来。我听到一阵脚步声沿着旧的混凝土楼梯向我靠近，此外还有另一种嗡嗡的声音，随着它的靠近，音调也在发生变化。

我向前靠了靠，透过栏杆往外看去，看到两个一身黑衣的人站在无人机升降架上，快速向我这边滑翔过来。他们下方有更多的士兵，大概有五十个，全都拿着USW枪或者删除器。

楼下有人咆哮着喊出一道命令："9-70-981最后一次出现是在177层。第44小队和第45小队上升至177层，其他人检查每一个楼层，守住所有出口，活捉目标。"

接着是整齐而洪亮的回应："团结一心！"

"搞什么鬼？"我轻轻自言自语了一句。脚步声越来越响了，无人机升降架上升的声音此刻尤为响亮。

我转身往回跑，把莫莉抱在怀里，一步跨两级台阶。我的腿痉挛起来，汗水顺着太阳穴往下流。

回到177层后我并没有停下来，而是继续往上。"搞什么鬼！搞什么鬼！搞什么鬼！"我边跑边念叨着。

我想把莫莉放到屋顶，把她藏在集雨器后面。

我听到无人机升降架的士兵在177层停了下来，开始踹门进屋，宣布他们是第三级的士兵，并大声命令所有居民脸朝下，把手掌平放在地板上。

我继续往上跑，脑中闪过无数问题：他们是谁？为什么要追杀我？他们又是怎么知道我在这里的？

爬到200层的时候，全身的肌肉都在叫我放弃。我不顾疼痛跑到走廊的尽头，左边的最后一扇门是个小小的入口，那是扇窄窄的木门。我一脚把它踢开，沿着狭窄的楼梯走上了屋顶。

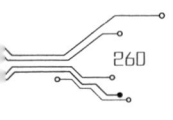

寒冷的空气抚慰着我灼热的肺部,我把莫莉绵软的身体抱到集雨器旁,小心翼翼地放到地上,然后跑回门口。我得赶在士兵们找到爸爸之前回到他身边。

在回到狭窄的楼梯间前,我停了下来。

我听到他们来了,听到他们的靴子在这廉价的乙烯基地板胶上的撞击声,听到他们大声呼喊着命令。我们越来越近了。

我向后退去,跑向莫莉,蹲在她身边,等待着,希望他们不会上来。我想让我爸爸躲起来,逃跑,找到出路。

在这么高的地方,风冷得刺骨,在集雨器延伸出来的管道间飕飕地刮。莫莉依然神志不清,她喃喃呻吟着。

士兵们出现在我的眼前,正是乘着无人机升降架飞到177层的那两个。他们扫视着这一片区域,靴子踏在屋顶的碎石上发出嘎吱嘎吱的声音。

他们将脸转向我的时候,我看到高个子的那个人有一双发光的眼睛,不是像其他优选人那样,而是真的发光,就像是每个眼窝里都有个小功率却很强的电灯泡。在月光下,它们就像汽车的大灯。

我之前见到过这样的眼睛,就在第1天离开循环监狱的时候,当时我们看到的那个没有携带武器的士兵就有这样的一双眼睛。

"什么鬼?"我低声咕哝道。一缕蒸气随着我的呼吸升腾起来。

车灯眼转向我,他的动作很僵硬。我试着躲开,但他的目光落在了我身上。

"别动。"他的声音平静得可怕。

我起身,站得离莫莉远了一些,希望他们不会注意到她。

"好的,好的,"我把双手举过头顶,说,"别开枪。"但我看到车灯眼们并没有带枪。

我往后退,想让集雨器挡在我们之间,不让他们看见莫莉。可我的双脚已经踩在了大楼边缘,没有地方可以再退了。我转过身,向下望那无穷无尽的深渊,一阵眩晕感夹杂着回忆和混乱感向我袭来。我上一次来到这里的时候,泰科的弟弟也正是在这同样的位置。

高个子士兵僵硬地转向他的搭档,眼睛里奇怪的光芒暂时从我身上消失。他向他的搭档点点头。

"待在那里别动!"另外那个士兵喊道。听到他声音里的恐慌,我几乎松了一口气——那车灯眼的过分平静让我十分不安。

"别开枪。"我又说了一遍。

"噢,不不不,"他放下USW枪,任由它悬在身边,换上另一把麻醉枪,说,"你被投入电池计划是有原因的。我们要活捉你,犯人9-70-981。"

他把麻醉枪举得更高了些,正对我的胸口。我闭上眼睛,等待黑暗降临。

突然我听到一声尖叫,于是睁开了眼睛。

我看到那个举着麻醉枪的士兵伸手去摸自己的喉咙,鲜血从他指尖涌出——一个微笑人无声地站在他身后,嘴里掉下一大块肉。

眼睛发光的士兵从旁注视着这一切,脸上露出饶有兴味的表情。他没有上前帮助自己的同事,也没有请求支援,只是看着。

直到流血的士兵跪倒在地,我才意识到那个微笑人正是我的父亲。

我张开嘴想说些什么,想对他喊话,所有的词句却被USW手枪的一声尖啸盖过了。那个垂死的士兵拿起了武器,开了最后一枪。

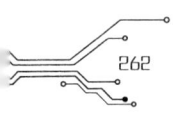

"不!"我尖叫起来。我的父亲倒在碎石地上,没有了生气。那士兵也奄奄一息,他绝望地看向自己目光炯炯的上司,伸出一只乞求的手,然后直挺挺地倒了下去。

"车灯眼"转向我,迈着机械的步子走过来。我们之间的距离越来越近,他眼睛里发出的光变成了橙色,对我上下打量。"你是犯人9-70-981,卢卡·凯恩,十六岁,你是电池计划的预留人选。"

我觉得头晕目眩,就像刚刚从沉睡中被唤醒。"电池计划是什么?"问出这个问题,我的脑子一片混乱。

士兵眼睛里的光又变回了白色,他说:"犯人,把手放到背后。"但他还没来得及打开磁性手铐,我爸爸就从地上爬了起来,他的半边脸因为 USW 的攻击而变得扭曲、凸起。他踩在屋顶水坑里的脚步声引起了这士兵的注意。他转过身,歪着头,并没有想要防备的意思。爸爸抓住那个士兵的腰,两人一起从楼顶边缘滚了下去。士兵眼睛里的光旋转着,渐渐远去,像远去的灯塔一样闪烁着向下,最后消失。

我默默站在那里,无法消化刚刚目睹的一切。

"不……"我低声道。

几十个士兵涌上屋顶的声音让我知道,我父亲的死毫无意义。很快,这些士兵就会找到我,将我带走,让我成为那什么"电池计划"的一员——天知道那是什么鬼。然后他们会杀了莫莉。所有的一切都毫无意义。

我走到妹妹身边,坐了下来。

"我尽力了,莫莉。我尽力了。"

我能听到他们的声音,那些一身黑衣的士兵,沿着我下方的走廊奔跑,向我逼近。他们不顾一切地要抓住我,带走我。我试着理解刚刚到底发生了什么,为什么那个士兵的眼睛会发光,也试着接受父亲的死,但我做不到。

他们离我越来越近了，这里无处可藏，我也无处可逃了。

"卢卡！"一个声音从我身后传来。

我知道那是幻觉，某种幻听吧，因为那声音听起来很像是吉娜。

"卢卡，快过来！"

可是，天哪，它听起来也太真实了……太真实了。

我转过身，看到吉娜从一辆沃尔特8级车里探出身来。这辆车飞在空中，开车的是伊格比，马拉查伊、潘德尔和布鲁坐在后座。

"什么……什么……"

"就现在，卢卡！"马拉查伊大声喊道。

我抱起莫莉，跑到大楼的边缘，把她交给吉娜。就在这时，士兵们出现在我的身后。

"不许动！"其中一个士兵喊道。

我转过头，看到有三个士兵都有那种发光的眼睛。

我纵身一跃，脚刚落进那辆车的后座，伊格比便发动车子开走了。加速度太大，我差点又倒了回去，但吉娜抓住了我的手臂，把我拉进了车里。有那么一秒，我们的脸靠得如此之近，我的嘴唇能感觉到她的呼吸。

我回过头看了一眼塔楼，那三个眼睛会发光的士兵抬头看着我们开走，只是静静地看着，甚至带着好奇。这时又有五名士兵加入了他们的行列——这些人长着正常优选人的眼睛，他们手里有武器。他们用步枪瞄准我们，但站在大楼边缘的那个眼睛会发光的士兵扬起一只手，阻止了他们。他的眼睛发出橙色的光，汽车引擎的声音停了下来，仪表盘的

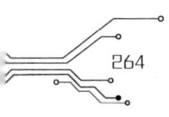

灯光也暗了下去。

"不！怎么搞的？不！"伊格比大叫起来，使劲儿拍打着仪表盘，大拇指一遍又一遍地按在指纹启动器上，"它不管用了。我不知道怎么回事，但他们关掉了引擎。"

这时灯又亮了起来，引擎的轰鸣再次响起，扬声器里传来小乐的声音："启动应急预案程序。"

"应急预案程序？该死的！什么应急预案程序？"伊格比尖声叫着。

"那是什么意思？"马拉查伊严肃地问。

"他们有控制权，那些变态，那些眼睛会发光的变态有控制权。他们会直接把车开到他们跟前去的！"

车开始慢慢转向塔楼的方向。吉娜问道："我们怎么办？"

"我哪儿知道，"伊格比边说边爬到仪表盘下方，把一块电路板扯了下来，又拽出一捆拉紧的电线，说，"我宁愿迫降这鬼东西，也不要靠近那些怪物！"

一次小小的电击之后，汽车的引擎再次熄火。

"好了，就这样吧，我们要在没有电力的情况下降落了。我们有三分钟的时间。"伊格比说完，转头看向我，脸上挂着灿烂的笑容，"嘿，卢卡，你怎么样？"

我无法回答。父亲消失在楼顶边缘的景象一遍又一遍地在我脑海回放。

车里诡异的寂静充斥着我的感官，我摇摇头，想要厘清思绪。我瞥了吉娜、潘德尔和马拉查伊一眼，他们坐在我对面，我的妹妹正趴在他们的膝盖上。我注意到他们也用各种帽子和布料遮住了自己额头上的全景摄像头。

我向窗外望去,看到城里到处都是士兵,成百上千的士兵,正向市中心的中途公园行进。

我又转回头,看着我的朋友们,终于问道:"你们怎么知道我在这里?"

"有那么一段时间我们以为你成了'失踪者'的一员,但吉娜想起来你说过你住在黑路塔楼。我们看到那该死的灯光秀的时候,就知道最好赶紧赶过来。"伊格比说。他的声音很紧张,因为他正奋力试着用汽车的副翼停车。

"老实说,我们都以为你死了,"吉娜又露出了她那只扬起一边嘴角的微笑,"我很高兴你还活着。"

我也想回给她一个笑脸,可那两束灯光和我爸爸一起旋转着落入黑暗中的样子填满了我的脑海。我注意到她的左手,触发器依然被她紧紧地握在手里。

我伸出手把那玩意儿接了过来,确保自己的拇指紧紧按住按钮。吉娜慢慢张开手,又合上。

"谢谢。"吉娜忍着痛说。

我点点头,转向马拉查伊,问:"你们都去哪儿了?离开医院以后?"

"我们甩掉了微笑人,大半个晚上都躲在'最后的宗教'教堂。后来来了很多士兵,有一些士兵的眼睛像手电筒,我们去了个酒吧,他们也跟来了。我们反应过来他们是通过我们的全景摄像头跟踪我们的,所以就把它们盖起来了——我看到你也做了同样的事。我们决定一起去找我们的家人。电力恢复后,伊格比留下波德陪着阿奇米,开着这辆车来找我们。泰科呢?"

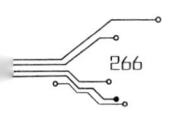

"死了。"我告诉他。

我注意到潘德尔的眼神恍惚。我看看她,又看看马拉查伊,马拉查伊摇了摇头。我明白她找到自己的姐妹时,她们已经不在人世了。

我伸出一只手搭上布鲁的肩膀,却被他甩掉了。他还在为梅布尔的事生我的气。

"好了,"伊格比在疾风中喊道,"我要在红区的边缘降落,这样这些笨蛋就不会跟着我们了。给我抓好了。"

车子冲向地面时,我能感觉到车子在俯冲,在加速。我不由自主地看向了吉娜。在泰科要杀我的时候,我唯一的愿望就是再看看她的脸。至少这个愿望实——

"系上安全带呀,白痴!"她冲着我大喊。

"噢,对。"我挣扎着走到莫莉旁边,扶着她坐起来,费劲地用一只手给她扣上安全带。之后我回到自己的座位上,把安全带从胸前拉过去。我没有时间扣好锁扣了。白雪皑皑的地面已经就在我们眼前。

我能感觉到疼痛。

我的右肩很痛,还有一阵热流。

我睁开眼。我的脸被埋在雪里。我被从车里甩了出来。

疼痛在加剧,仿佛我的身体正在慢慢意识到有些事非常不对劲儿。

我好不容易坐了起来,然后向下看。一块车门脱落了,一块扭曲的金属碎片刺穿了我的右肩和部分前胸。我能感觉到鲜血在喷涌,温热的血液正在汩汩地流出我的身体。

目光顺着血滴滑向我的手,我的两根手指松松地握着它。

"不……"我喃喃着,想要握得更紧些,却握不住。我的胳膊里有什么东西断了，大概是肌腱或者肌肉，我的手几乎动不了。血液浸润了触发器，让它变得滑溜溜的，在我无力的抓握下，它开始旋转、滑动，脱落出去。

"不，不，不！"我乞求着我的手。

触发器越滑越远，露出了那个按钮，那个一旦松开我便会死的按钮。

我用尽全力大喊，其实也是在告诉我的大脑，叫我的手重新开始工作。你倒是工作呀，你这没用的玩意儿！

那根金属管就这样掉进了泥地里。

红灯变绿了，我屏住了呼吸，闭上眼睛，等待死亡。

我没有死。

我睁开眼，触发器仍然躺在那里，躺在混合着半融化的雪的泥地里，闪着绿灯，而我还活着。

原来，我这么长时间以来一直惦记着牢牢扣住的那个该死的触发器，居然到了死前才发现它根本没用！

我冲动地抓住嵌在肩膀处的那块金属片，使劲儿拔起来。我痛得越来越厉害，但直觉告诉我要把它拔出来。随着我痛苦的尖叫，它一点一点离开我的身体，刮擦着我的骨头，拉扯着我的皮肉。

"卢卡，你还好吗？"马拉查伊模糊的声音从远处传来。

我拼命拔呀拔呀拔，终于把那块金属片从肩膀上拔了出来，扔到被染红的雪地上。我转过头，看到一个漂亮女人站在离我三米远的地方。

"嘿，凯恩先生，这里噢，凯恩先生。"那个女人在叫我。她个子很高，金发碧眼，穿着我能想象的布料最少的比基尼泳装。她微笑着，冲我眨眼，我在想这样的天气她不会被冻死吗？

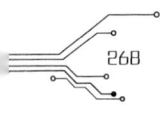

"凯恩先生，你看上去很帅呢，但要是穿上七号飞艇牌服装就更帅了呢，这是给运动员穿的服装噢。"

说完，她给了我一个飞吻，消失了。她是巴克放映机投影出来的影像，是个全息广告。

我能听到我的朋友们从汽车残骸中挣扎着出来的声音。我朝那个方向看去，看到吉娜和布鲁站起来，潘德尔和马拉查伊把莫莉拉了出来，伊格比在掸掉自己身上的碎玻璃。他们没事。我对自己点头微笑——他们没事。我可能不太好，但他们没事。

刚才那个比基尼女人出现的地方，这时候出现了一个男人。

"凯恩先生，"那个又高又帅的全息投影人说道，"我的名字叫盖伦·莱伊，我是第 86 区的总督。我并不是想说教，你的生活是你自己的，你也可以自己做决定，我只是想让你知道：自从第一次贴上'潮落'贴纸，你的预期寿命就已下降到只有四年。贴上贴纸，你就完蛋。'潮落'是一条毁灭之路。"

某些事情在我脑海中组织起来，一些很重要的事，但猛烈的撞击和肩膀的疼痛让我晕头转向，它们带来的震惊让我无法好好思考。

"卢卡！"吉娜呼唤着我的名字。我听到她的脚步声快速靠近，她来到我身边跪下，月光映在她的眼睛里。

"嘿。"我在疼痛中挤出一个微笑。

"触发器！"她大叫一声，从雪地里捡起那玩意儿，看了又看，"你的心脏？"

我耸耸肩："我大概运气比较好。"

"三天前，它在城外发出过一次声音，它一定是那时候自动关闭了。"

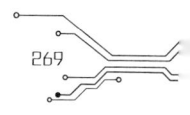

"太好了，"我的声音低沉又沙哑，"这真是个好消息，要不是……"我低头看着自己胸口上的那个洞。

"让我看看，"她说着撩起我的T恤，露出伤口的位置，"噢，不。"

"怎么了？"我问，"情况有多糟糕？"

"这……这……这……等等，什么情况？"

"吉娜，听我说，如果我活不了了，我想让你知道——"

"不，卢卡，我想你会没事的。"

"什么？"我往下看，却发现伤口深处那些受损的肌肉纤维组织正在快速愈合。

"什么鬼……"我也重复起了吉娜的惊叹。

看着撕裂的静脉组织重新连接，断裂的骨头重新生长，皮肤自我修补，伤口变成光滑的疤痕组织，我感到一阵恶心。

"请告诉我你们都看到了吗？"我抬头看向围着我的朋友们，轻声说。

"卢卡……你是个超级英雄吗？"马拉查伊瞪大眼睛问。

"我不这么认为。"我说。

"那么请你解释一下，你是怎么在三十秒之内治好自己的伤的？"

"我……我不知道。"

"我想阿奇米身上也发生了同样的事情，"伊格比喘着粗气说，"你们离开后，就只剩下我、波德和她，她的情况开始慢慢好转，到我离开去找你们的时候，她已经可以走路了。"

"延迟死亡协议。"潘德尔嘟囔了一句，伸手从汽车挡风玻璃上拿下一块碎玻璃，深深刺进自己的手掌。

"潘德尔，别这样！"吉娜连忙喊道。可当潘德尔向大家举起手掌

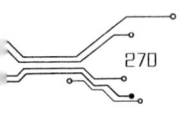

时,她沉默了。潘德尔擦去血迹,下面露出完好无损的一只手。

"他们为什么要这么做?为什么要让我们愈合得更快?"我问。

"我不知道,"伊格比低头看着依然躺在泥地里的那个触发器,"但我不喜欢触发器没有触发这件事。"

"真是谢谢你。"我说。

"不,我不是那个意思。我很高兴你还活着,但我觉得你还活着是有原因的……并且我认为这原因不是什么好事。"

我想让伊格比详细解释一下,但巴克放映机又一次启动了,这次站在我们面前的是瑞恩,真是个渲染得十分完美的虚拟现实影像。

"这是什么?"马拉查伊愤怒地嘟囔着。

一个熟悉的声音开始说话了。

"卢卡·凯恩、马拉查伊·班尼斯特、伍兹·拉夫卡、基洛·布鲁、吉娜·坎贝尔、潘德尔·班克斯、阿奇米·卡明斯基、波德埃尔·参孙、伊格比·科赫。这是从循环监狱逃出来的幸存者名单,你们有一小时的时间去中途公园集合,否则瑞恩·索尔特就得死。"

瑞恩的形象消失了,她出现过的地方只剩下最后一点融化的雪。

"他们为什么要叫我们去?"布鲁问。

"我们非去不可,是吧?我们不能让瑞恩去死。"马拉查伊很坚持。

"他们是谁?他们为什么需要我们?他们就不能让我们在红区碰碰运气吗?"潘德尔问。

"我知道是谁做的。"我依然盯着瑞恩的影像出现过的地方。

"什么?"吉娜问,"是谁?"

我转向人群,说:"伊格比,你能让车再发动起来吗?"

"后备厢有备用零件,但即使能修好也要花上好几个小时。"

"那就开始干吧。"我说。继续说下去之前,我想起全景摄像头还能录制声音。我拉低帽檐,确保摄像头被遮得严严实实,然后在撞坏的汽车的一扇糊满了泥土的破窗上写字:

带上我妹妹,找到波德和阿奇米,去金融区。那里有一个隐蔽的地下保险库,藏着一批幸存者。找到他们。

"那你呢?"马拉查伊的目光从那些字转向我的脸,问道。

"我要去杀了盖伦·莱伊。"

循环监狱的狱友们沉默了。

"盖伦·莱伊?"布鲁说,"盖伦·莱伊不会……你在说什么呢?他是我们的总督,这是他管辖的区呀。"

"我在医疗中心试着逃跑的时候,那些守卫都在说'团结一心',像在响应长官的命令那样。后来,我被抓住的时候,我认出了他的声音。延迟死亡协议进行的时候他就在那里。不管做这件事的是谁,他能控制天气、巴克放映机、我们的全景摄像头。我跟你们说……幕后主使就是盖伦·莱伊,说不定就是整个世界政府。"

"行,证据够多了,"马拉查伊向前一步,加入我,"我和你一起去。"

"我也去。"吉娜说。

"我要杀了他,"潘德尔说,"为了我的姐妹们。"

我点点头。

"这不可能,"布鲁的目光一个接一个从我们身上扫过,说,"他可是总督呀。"

"我们都被骗了,孩子,"马拉查伊说,"这不是你的错。"

布鲁低头看了看地面,他的小拳头攥得紧紧的,然后又松开,说:

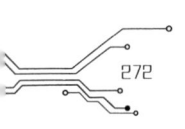

"我也要去。"

我张开嘴,想要对他说他不能去,他还太小了,但他愤怒的目光已经迎了上来。

"可别告诉我那个浑蛋死的时候我不能在场,你敢!"

我点点头:"好吧。"

"真希望我也能在场,"伊格比笑着说,"要是你们没在三秒内被打得粉身碎骨,答应我你们要慢慢杀死他,好吗?"

"没问题,"潘德尔说着,慢慢转身朝向市中心的方向,说,"走吧。"

中途公园人声鼎沸,在几公里外都能听到,响亮的喊叫声、尖叫声,还有从扩音器里传来的声音,由于距离的关系有些闷闷的,听不太清楚。

"嘿,如果我们能再见到波德,提醒我要取笑他全名叫波德埃尔。"马拉查伊边说边从一栋楼跑到另一栋楼,尽量不被还在街上游荡的少数士兵发现。

"嘘!"潘德尔朝前指了指,叫他住嘴。

前方有三个士兵,正靠在一辆军用坦克上聊天。

我们靠近了些,绕着一家古董店转悠,想要缩小一点距离,好能听到他们在聊些什么。

"老实说,我根本不在乎。第三级也总比啥也没有强,再说,在那个人对我与我家人做了那些事之后,哪怕是死我也要跟着他死。"一个瘦小的女兵说。她的胸前挂着个防毒面具,把步枪靠在坦克的轮子上,身体转向另外两名同伴。

一个留着莫西干头的年轻男士兵重重点了点头,说:"嘿,听我说,我不是在抱怨,相信我。我同意你说的——第三级就像是中了一千倍赌注的彩票一样。我只是说说啊，我的朋友雅瓦，她每年比我多挣四千电子币，她进了第二级。这就是我要说的，只是个观察到的事实而已。"

"好了，你自己心里想想就行了，"三人中最年长的那个对着尘土飞扬的街道上吐了口唾沫，说道，"这种说法听起来简直像是叛国。"

"莫西干头"举起双手，说："你们这些人应该冷静点，我只是说我们原本已经接近第二级了，仅此而已。"

"但我们在第三级，所以闭嘴吧。"那女兵说。

"好吧，好吧，我闭——"

那个男人猛地回头，头顶上的头发向一边甩去。一颗 USW 子弹击中了他的左眼上方。

我环顾四周，想要搞明白刚才发生了什么。

我看到了潘德尔——她冲了过去，抢下女兵的枪，在我们和他们都没有反应过来的情况下就开了一枪。现在她已经瞄准了第二个：那个年长些的男人。

"等等。"那男人命令道。

"浑蛋！"潘德尔一边大叫一边朝他开了一枪，紧接着又在那女人反应过来之前抢起枪把她也杀了。

整场屠杀用时不到五秒。此刻我不知道该有什么感想。潘德尔才十三岁，可她成了现在这个样子，被世界和社会体系伤得如此之深，深到她可以眼不眨心不跳地杀掉三个人。

"这可真是……这可真是……"马拉查伊想说话，可他也不知道该说些什么。

"走吧。"潘德尔边说边将倒下的士兵的枪扔给我们，然后从年长士兵的眼睛里取下晶体镜片，开动了那辆巨大的坦克。

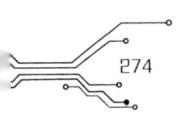

我们把坦克开到了能看到公园的地方。公园里大概聚集了上千人，盖伦·莱伊高举着双手站在台上，身后的空中还有一幅十五米高的他本人的全息投影，好确保每个人都能看清楚他，看清楚这个杀害了数百万无辜民众的人。他向前走了几步，人群安静了下来。他说话的声音在寂静的城市里回响。

"在极端危险的时候，我们需要采取极端的行动，"他说得抑扬顿挫，下巴上几近隐形的贴片麦克风放大了他的声音，"不要把发生在你身上的事情当成罪过，把它当成一种必需。你在这世上的余生可能会饱受折磨，但这是我们都必须付出的代价，这样我们的孩子和孩子的孩子才能过上好日子，过上他们应有的好日子。"

人群欢呼起来，那是一种野兽般的吼声，看到人类的面孔发出这样的吼声让我十分惊讶。我看到士兵的年龄从十五岁到五十岁都有，他们彼此欢呼、雀跃、拥抱。

盖伦身体向前倾，嘴唇几乎贴在了麦克风上。他开口继续说道："为了世界的繁荣，我们所牺牲的，可能会被未来的历史学家和学者们视为一种令人发指的自我保护行动，而朋友们，他们是对的。我们无须假装自己是道德圣人，但如果没有我们的牺牲，没有我们的勇气，没有我们正视历史走向的能力，没有我们去完成非我们完成不可的事情，他们又怎么会有在未来嘲笑我们的机会？"

盖伦身后站着八名优选人士兵，排成笔直的一排，他们全都长着和黑路塔楼上那个士兵一样发光的眼睛。那是什么呢？我很好奇。难道是优选人可以选用的最新器官改良技术？但现在没有时间去思考了，因为人群的欢呼声更加猛烈了，将我们淹没。他们都崇拜这个人。

"他们做了什么？"马拉查伊喃喃道。

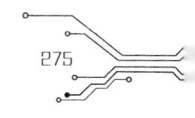

"心碎的时刻已经结束了,我的朋友们,世界末日结束了,而我们是幸存者,我们是那百分之二的幸运儿。第一阶段已经结束了。"盖伦·莱伊高声喊道。人群高声欢呼着他们的感激,他抬起双手让他们安静下来。他说,"来吧,第一阶段马上就要结束了。"

他朝台下做了个手势,瑞恩走了上来,走到盖伦身边。我的心跳顿时漏了一拍。她旁边还走着一个手持删除器的士兵,那是他们用来处决犯人的一种技术,是一个新月形状的小装置。这武器发着光,它会散发能量,把物质分解成亚原子粒子,删除它触碰到的一切。用如此极端的武器来控制瑞恩似乎没有什么必要——她看起来如此迷茫,神志不清,我估计她根本就不知道眼前到底在发生什么。唯一的好事是,她不再是一个微笑人了。

我想,我们是对的,的确有解药。

"有九个人从循环监狱逃了出去,"盖伦继续演讲,他的声音在寂静的公园里回荡,"他们密谋对付我们,密谋破坏我们决意要完成的任务。他们这样是错的吗,女士们先生们?不,他们没有错。你和我,要是处在他们的境地,我们也会这么做的。如果我们想要保持我们的人性生存下去,我们就一定要记住:我们跟随自己的本能生存,因此我们都是对的,我们也都是错的;我们都是罪人,我们也都是道德高尚的人。这一切都取决于你站在哪一边。但我们眼前即将到来的是新世界,而这些人背叛了我们。朋友们,提醒你们自己:要是我们没有决定采取这样的行动,这个人口过剩、污染过度、开发过度的星球上的资源将会在十年内耗尽,所有可居住的区域都将被占用。我们必须开个先例,不能有丝毫动摇。这九个人必须来自首。如果他们真的是正义的人,他们会来的。如果不来的话,这个女孩,这个把他们放出来的女孩,就会死。这样的

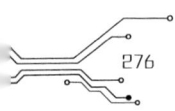

做法是在传递一条信息,设立一个基准,一条底线。想要成功,我们就必须团结一心。"

人群中开始出现一些交头接耳的议论,有那么一瞬间我居然在想他们会不会抵制总督刚才宣布的事,会不会认为他做得太过了,会不会发生兵变。可议论声停了下来,因为他再次扬起手示意人群安静。

"那九名逃犯还有十二分钟的时间来自首。"

我的目光从手握删除器的刽子手移向瑞恩,她疲惫的眼神扫过人群,依然不知道发生了什么,也不知道自己身在何处。人群并无愤怒,也没有强烈反抗,他们冷静而坚决。

"打算怎么办?"吉娜问。

"他们有几百个人。"马拉查伊说,他的声音里满是愤怒。

"我们有辆坦克,"我指出这一点,"而且时间不多了。我建议我们去靠近盖伦,杀了他。那之后,爱怎样就怎样吧。"

马拉查伊缓缓点头,说:"好吧,反正我们也活不了多久了。算我一个。"

"还有我。"吉娜说。

布鲁点点头。

"听起来不错。"潘德尔说。

我转向布鲁,对他说:"布鲁,梅布尔的事情我很抱歉。"

布鲁咬着嘴唇,看向我,说:"我也很抱歉。"笑意让他的声音变得有些沙哑。

我点点头,潘德尔开着坦克向公园驶去。

吉娜控制声波炮,我则坐在炮塔前。我们的面前都有显示屏,可以从坦克内部看到自己的目标。

坦克悄无声息地穿过街道。我们肩并肩沉默地坐着，准备好迎接死亡。

雪已经化得只剩下了薄薄一层，天空一片漆黑，满天繁星。

我们继续前进，吉娜伸出一只手，我握住了。她看着我微笑，眼里充满了悲伤。我也感到很悲伤，因为当我们死了，也就不再有在一起的可能了。

转到中途公园路的时候，我禁不住想，要是没有这么多的死亡和破坏，这本该是多么美好的一个夜晚啊！

我们又转了一个弯，来到人群的背后。马拉查伊说："要开始了。"

坦克是靠重力引擎运转的，非常安静，只有巨大的金属履带滚过路面的声音。

慢慢地，人们开始意识到有些事情不对劲儿，纷纷转向我们。起初他们并没有惊慌，毕竟这是自己人的坦克，可当我们并没有减速，而是径直开进人群，他们尖叫起来，开始躲开这庞然大物前进的方向。接着士兵开始开火，USW手枪的声音划破了空气。子弹击中坦克时，我们能感觉到它在摇晃，但我们并没有改变方向。

我们一路前进，穿过人群为我们让出的一条道，等待盖伦·莱伊出现在我们眼前。

马拉查伊唱起了潘德尔那首歌，面带微笑。我也笑了。潘德尔也一样。

"我看到他了。"吉娜喊道。与此同时，我也在我的屏幕上看到了他。

他看起来很震惊，但惊讶的同时不知怎的竟还有些高兴。

我调整瞄准器，准线在屏幕上移动，最后锁定在他得意扬扬的脸上。

就在我要按下发射的时候，我看到他的眼睛开始发光，就像站在

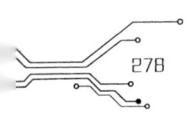

他身后的那些士兵一样，那种奇怪的喜悦表情从他脸上消失了——事实上，一切生命的迹象都消失了，他毫无感情，表情空洞。他明亮眼睛里的光从白色变成了橙色，坦克停了下来，我的屏幕一片空白，驾驶舱里充斥着仪器断电的声音。

"怎么回事？"吉娜大喊着，一遍又一遍地按下她的发射按钮，响应她的却只有空洞的"咔嗒"声。

"没电了。"马拉查伊平静地说。

我们面面相觑，这时的沉默竟莫名有些令人安慰，甚至令人觉得有趣。我们耸耸肩，拿起 USW 手枪。

吉娜打开舱门，爬上坦克的炮塔。马拉查伊和我也跟了上去，然后是潘德尔和布鲁爬出来站在我们身边。

我们站在那儿，在沉默的人群中间，等着有人说话，等着发生些什么。

"女士们，先生们，"盖伦眼里的光暗了下去，他微笑着说，"看来有几个逃犯决定自首了。"潘德尔举起武器，对准盖伦。他笑得更厉害了，"也可能没有。"

"真是有趣的死法。"马拉查伊也笑了起来。

"真高兴认识了你们。"吉娜说。

我们五人都把枪举到了肩头，盖伦身后那些眼睛发光的士兵走上前来，他们全都没有携带武器，但——好像他们的动作是某种信号似的，人群中的所有士兵都拿起了武器，开始为战斗做准备。

我们站在那里，一千支枪口对准了我们，一动不动，仿佛永远冻结在时间里。

这时，一声巨响，半个舞台爆炸了，紧接着靠前的人群中又发生了

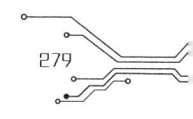

一次爆炸。

优选人的身体在空中飞,尖叫哀号声不断,到处是断臂残肢,鲜血四溅,人群被火焰吞噬。

我放下武器,盯着眼前的屠杀场面。接着是军队的咆哮声。我们转过身,看到几百名平凡人冲进公园,一些拿着 USW 手枪,一些拿着 21 世纪的那种使用物理弹药的机关枪,还有人拿着刀、弓箭、木块或者农具。冲在最前面的,还有大约二十个骑在马背上挥舞着剑的人。

有人一声令下,一阵箭雨划过夜空,射向我们右侧的优选人群。

在冲锋的平凡人中,我看到了伍兹·拉夫卡。他双手握着从循环监狱拿出来的老式 USW 手枪,冲进人群扫射。其他几百人我都不认识,但不知怎的,我觉得他们就是失踪者——近年来不断从城市里消失的那些人。

"拉弓,瞄准,射!"又有人喊了一声,第二批箭射入夜空。

接着,大约五十名弓箭手把弓扛到肩上,拔出刀,投入了战斗。

我看着箭划过天空,呼啸着射入优选人的身体。在公园的一角,我看到小树丛中聚集者十五六个优选人,他们全都长着车灯眼,就那么静静站在那里,怀着极大的好奇心注视着这场激烈的战斗。

我把目光从这群车灯眼旁观者身上移开,看到我方有一些人被优选人更先进的武器击中,倒了下去。我从恍惚中猛然惊醒,从坦克上跳了下去,冲着眼前三名黑衣士兵连射三枪,他们倒地身亡了。

"噢,不。"我尽量不去想自己刚刚夺走了三条生命,但却愣在那里,目光无法从那三具尸体上移开。

我的脑海中突然响起希恩的话:"如果你想活下去,最好学会在别人干掉你之前干掉他们。"我又动了起来。

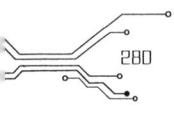

我穿过成堆的尸体前进,差点被正要掐死一个平凡人的一个优选人绊倒。我用枪管抵住那优选人的头,扣动扳机,然后继续奔跑。

有一种不真实感,好像这一切都不可能发生。数十个优选人和平凡人在我周围死去,泥浆和血飞溅到空中,流弹打在地面上,死亡的惊恐呼号在空气中回荡。整个过程中,那一群发光眼的优选人依然聚集在树丛里,就那么看着,不帮忙,不逃跑,只是看着。我看到一串子弹在一个发光眼的优选人身体中间炸开,她倒在地上,死了。旁边一个优选人的眼睛开始发光,我停下来,看呆了。那个人也停了下来,转过身,加入了树丛中的那个小群体,成了一个安静的观察者。

我感觉到一颗音速子弹贴着右耳呼啸而过,转身看到一个十几岁的女孩正要开第二枪。没时间反应了,我知道这一次她不会再射偏了。但女孩没能扣动扳机,她抽搐了一下,仿佛在跳舞一般,大量鲜血从她的身体里喷涌而出。她倒在了地上,身后是伍兹·拉夫卡,他单膝跪地,老式 USW 手枪的枪管在高温下发出橙色的光。他边站起身,边冲我点了点头,便又转身向公园深处走去了。

我朝一个靠近的士兵胸部开了两枪,继续向前冲。又有两个优选人在我前面倒下了。我看到布鲁朝三个士兵开了枪——全部命中。他猛地转过来,瞄准,发现是我,笑了。我还没来得及回给他一个笑容,他的左肩和胸腔的一部分化成一阵烟尘,在风中飘散了。他震惊地瞪大了双眼,跪倒在地,鲜血从他半边身体的撕裂处流下来。

"不!"我尖叫着奔向他,一遍又一遍地朝那个挥舞着删除器的黑衣士兵开枪,五下、六下、七下……尽管此时他已经死透了,我还是又冲着他的尸体开了三十枪,愤怒地尖叫着,跪倒在这个刚从循环监狱中重获自由才三天的小男孩身边。

他的目光搜寻着我的眼睛,乞求我的帮助。他的口中开始流出血来。

"不要死,布鲁!不要死!"

他的眼中满是恐惧和痛苦,让我无法直视。我盯着他左侧身体撕裂的伤口,我能看到他的心脏在挣扎着跳动,皮肤疯狂地重新生长,骨头碎片像树根一样延伸开来,静脉蜿蜒着融合在一起。

"卢卡——"

"别说话,布鲁!"我拼命喊着,声音嘶哑,"你会没事的,别说话。"我想让这孩子保存体力,想让他安静地躺着,等待我们体内被植入的神奇魔法治好他。

"卢卡——"

"别说话了,布鲁!"

可这魔力在减弱。他脆弱的心脏在熄火,在长好了一部分的肋骨间停止跳动。

"卢卡……"

"不!布鲁,不要!别放弃。"

自愈进程彻底停了下来。

我重新看向这个小男孩的眼睛。

"卢卡,我好害怕。"

我能感觉到泪水在自己的脸颊上流淌。我真希望能够知道如何消除他的恐惧,真希望我知道该说些什么让他相信会没事的。

一颗 USW 炮弹"砰"的一声落在我们旁边的地上,灰尘和石头像雨点般飞在空中。我用身体护住这个垂死的男孩。

"没事的,会没事的。"我说。

"我不想死……我不想……"

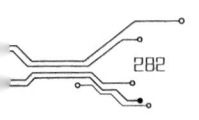

"没事的,布鲁。"我又对他说了一遍,好像不断重复谎言就能让它成真似的。

"我……我又要一个人了吗?"他低声呢喃。我还没来得及想出一句回答,他的眼睛便失去了神采,目光飘向天空,身体瘫软地落入我怀里。

我紧紧地抱住他,把他那毫无生气的身体紧贴在我的身体上。悲伤涌上心头,可如果让这样的悲伤填满我的心,那我也和死了没什么区别,所以我选择了用愤怒取代悲伤。我再次对布鲁说了对不起,把他的头轻轻放到地上,然后用左手捡起我的枪,右手捡起那个删除器,杀死我视线范围内的每一个优选人,不管他们有没有威胁到我,不管他们有没有攻击我或是我方人员。我挥舞着删除器尖叫,删除掉一只只手、一只只胳膊、一个个脑袋。删除器终于坏了,爆裂成烟火,火花四溅,我把它扔向一个垂死的士兵,继续前进。

有那么几个时刻,我想起来我必须去到舞台上,我得确认盖伦是不是已经死了。我一路打过去,向优选人开火,我已经数不清有多少人倒在我的面前。我爬过堆积的尸体,在混合了鲜血的泥浆中打滑,杀了一个又一个人,终于来到舞台的残骸面前。盖伦已经不在了。我只能希望他死在了爆炸中,但我没有看到他的尸体。

我只看到刽子手站了起来,看看手中坏掉的删除器,伸手去从皮套里拿枪。他拖着烧焦的左腿走向瑞恩。瑞恩这时正一脸茫然地坐在舞台的残骸上。

那个大个子士兵摇摇晃晃来到了她的面前,把枪管抵在她的头上。

我爬过舞台的残骸,努力接近,想要瞄准那个无情的刽子手,但我不知道还来不来得及。

刽子手的手指已经压在了扳机上,但还没来得及杀死瑞恩,他就眼神空洞地倒了下去。

马拉查伊跑上舞台,把瑞恩抱在怀里,往城市的方向跑去。

我听到人群中传来叫喊声:失踪者的军队开始撤退。我转过身来,看到五辆巨大的卡车停在公园边上。这种靠柴油驱动的古老怪物,只有在博物馆才能看到。

我看到平凡人开始挤进卡车的后车厢。我从舞台上跳下来,又射杀了三名士兵,然后冲到一尊帮助阻止了第三次世界大战的叛军领袖的雕像前。我看到吉娜躲在一个喷泉后面,腿被割开了一道口子,正在流血。我跑向她,一边跑一边还对一群优选人开了七枪。

"你还能走吗?"我在她身边蹲下,问道。

她抬起捂着伤口的手,我看到伤口在愈合,已经形成了疤痕组织。

"我没事了。"吉娜的声音里满是不敢置信。

"好的,我们走吧。"我说。可我们一动,便有二三十发子弹朝喷泉的方向射来,大理石碎片飞向空中。

我们被包围在了喷泉的后面,从高处倾泻下来的水帘几乎一直被穿过它的声波子弹打断。

三辆卡车已经装满失踪者,向红区驶去,最后两辆也在快速上人。我看到潘德尔爬上了其中一辆,开始向人群开枪,掩护撤退。我看到最后一辆卡车的司机从驾驶室里掉了出来,被爆头而死。但另一个平凡人坐上了驾驶座,车窗玻璃碎了,更多的子弹朝她飞去,但她沉着又冷静。

"我们被困住了。"吉娜说。

我环顾四周,寻找出路,但是一无所获。一群士兵正从我们左边围

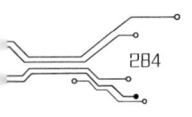

过来,有十到十二个,还有十八九个正从右边包抄。我们被包围了,没有办法了。

我向后靠在喷泉上,看向吉娜。她对我微笑。

"嘿,卢卡。"她说着,满不在乎地点点头,就像去接受延迟死亡协议那天在黑暗列车的站台上那样。那一天对我来说已经像是上辈子的事了。

我答道:"吉娜。"我们都笑了起来。

这是我记得的最后一幕。在这之后,一切都静止下来,一切都成了虚无。

这样的空虚持续了不到一分钟,然后……

我正冲向公园后门附近的叛军领袖的雕像。我看到吉娜躲在喷泉后面,鲜血从她腿上的伤口涌出来。我跑向她,边跑边向一群优选人士兵开火。

"你还能走吗?"我在她身边蹲下,问道。

不知怎的,这一幕让我觉得很熟悉。

她把手从腿上的伤口移开,我能看到皮肤组织在自行修复。

"我没事了。"她抬起头,用惊讶的眼神看向我。

这一幕之前发生过。

"这一幕之前发生过。"我对自己说。

"什么?"吉娜问,"你在说什么?"

突然,一颗子弹打在了喷泉上,我们蹲得更低了些。

"吉娜,我们之前经历过这一幕,这件事刚刚已经发生过一遍了。"

"卢卡,听我说,其他人在哪里?"吉娜抓住我的胳膊,问道。

"什么?你这是什么意思?"

"潘德尔·班克斯、阿奇米·卡明斯基、波德埃尔·参孙、伊格比·科赫,他们在哪儿?"

越来越多的 USW 子弹射向喷泉和我们周围的地面。

"吉娜,你在说什么?"

我听到一声尖叫,朝喷泉的方向望去,只见马拉查伊跑向那些士兵。他杀了一个、两个、三个,躲开了一个冲他挥舞删除器的人,然后又杀掉了七个、八个、九个。

他飞奔过来,在我们身旁蹲下。

"嘿,伙计们。"他的脸上挂着灿烂的笑容。

"你好,马拉查伊。"吉娜说。她的声音有些不对劲儿。

"我们去哪里和其他人会面?"马拉查伊问。

"我看到你了,"我说,"我看到你和瑞恩跑进城里去了。怎么回事?"

"我们需要知道他们在哪里,卢卡,"马拉查伊说,"我们需要知道。"

这不对劲儿,这完全不对。

这是我最后的念头。我的世界再次陷入了黑暗。

"不管用,"一个声音在虚空中说,"试试别的。"

我参加了一场战斗,不是吗?

我被小乐的声音叫醒,身在循环监狱里。

"犯人 9-70-981,今天是六月二日星期四,是你在循环监狱的第 737 天。你牢房内的温度是 19 摄氏度。请选择你的早餐。"

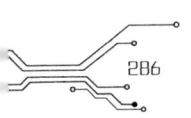

我打了个哈欠,从床上坐起来。

六月二日,这是我的生日,我想。

我试着回忆了一下自己的梦——那些关于外面的战争的事。我是从循环监狱逃出去了吗?

我站起来,走到屏幕前。我在黑暗的屏幕上看到自己的脸的影子,但紧接着我的早餐选项出现了,但等等,那根本不是早餐选项,那行字是:

其他人藏在哪里?

我的确从循环监狱逃了出去。吉娜、泰科、城市——我都想起来了。

"这不是真的,"我轻声说,"我出什么事了?"

然后我听到一个声音,一个沉闷、毫无人味的声音,不知从哪里来,同时又无处不在。那个声音说:"他知道这不是真的。进入再深一些。"

世界又一次陷入黑暗。

这一次,我试着抓住些什么,试着告诉自己,你正被某个人或某样东西操纵,可是……

我在黑路塔楼的屋顶上。

那男孩正伸手去拿他口袋里的枪。

莫莉,我的妹妹,向他走去,她的脚步不快也不慢,好像不是很确定要做些什么。

我想,她要推他,而我必须做点什么。眼下的情形,不是他杀了她,就会是她杀了他。

你正被某个人或某样东西操纵……

在这种时候,冒出这样的想法是多么奇怪啊!

"别过来!"那男孩叫道。

这不是真的,卢卡。我脑海中的这个声音如此响亮,我都快相信了。

男孩拔出了枪,对准莫莉的头,得意地笑了。

然后她就推了他——我想。

但她没有。那个男孩,泰科的弟弟——谁是泰科?——抓住莫莉,扯下她的橡胶面罩。

"我杀了她!"他叫道,"我现在就杀了她!"

我试着摆脱这种错位的感觉,这种幻觉,把注意力集中在我妹妹身上——她是个"潮落"瘾君子?——以及怎样才能救她。

有什么不对劲儿。我的大脑仿佛在扭曲。我的记忆不对劲儿,仿佛这是一场梦,仿佛这样的场景曾经发生过。

"好的,好的,"我冲那男孩喊道,"放开她,我们这就走。"

"不!"他在风中喊道,"你先告诉我他们在哪儿。"

你被操纵了,这不是真实的——这个念头又冒了出来。

"谁在哪儿?"

"潘德尔·班克斯、阿奇米·卡明斯基、波德埃尔·参孙、还有伊格比·科赫。"

"我不知道这些人都是谁。"

"不,你知道。"

我想起来了。

这样的情况不断发生,我一直在自己的记忆中穿梭,但它们都不一样了,它们被改写了。

"我什么都不会告诉你的。"我说。然后我喊了起来,"你听到了吗?不管你是谁,我什么都不会告诉你的!"

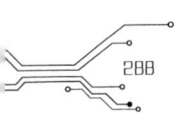

我又听到了那个声音,那个毫无感情的低沉的声音。他说:"让他出来吧。"

我又陷入了黑暗,这次过了很久,很久。

被关进循环监狱的第1天,我哭了。

回忆是如此清晰,我乘坐黑暗列车度过了短短的旅程,来到医疗中心,沿着狭窄的走廊,在一个毫无特点、沉默不语的警卫的带领下穿过狭长的走廊。那是我十四岁生日的前六天,我感到万分恐惧和孤独。他们把我带到操作间,切开我被麻醉的身体,在我跳动的心脏上装上电线。我被缝合,然后推进了恢复室。在那里我被解除麻醉,小乐让我穿上囚服。我看着单向镜子里的自己,打量着这个囚犯。

我被带回黑暗列车上。走下循环监狱的站台时,我记得我在想,我会死在这里。

在外面我们就知道了,这里的犯人是不允许被探视的,我们知道犯人的能量会被收割,来给建筑供电,但我们并没有被告知他们利用我们的恐惧、焦虑和慌乱来获取尽可能多的能量。我们知道有延迟死亡协议,但不知道它是如此不人道。而真正被关进来后没过多久,我就发现了这个地方有多残酷。

警卫把我推进牢房,锁上了门,我被困在了这令人窒息的寂静中。

我站在那个小小房间的中央,告诉自己要坚强,告诉自己哭也没有用。

我想到了莫莉,想起了法警来抓我时她尖叫的样子。我哭了出来。

我哭了很久。

这是我睁开眼睛的时候脑海中充斥的回忆。

环视这个令人幽闭恐惧的房间时,我在想,我真的曾经逃离过循环监狱吗?那些事都是真的吗?老鼠隧道、微笑人、城市、吉娜,难道这些只是我失去理智时大脑幻想出来的疯狂梦境吗?

我记得那些我被迫重温的记忆,我花了一点时间思考现在的场景是不是真实的。我不认识这个地方,但它看起来很真实,至少目前是这样。

我试着抬起胳膊,揉揉眼睛想要对抗睡意,但我动不了。我试着抬头,头也动不了。我转动眼球,向下看,看到自己赤身裸体被绑在床上。我的胳膊、腿和胸部都包裹着厚厚的聚酯束缚带。

这时,我不再试图动弹了,我呆住了。现在我明白了为什么脑海中充斥的全是循环监狱的记忆:我在一间牢房里。它和我在循环监狱的那间牢房不完全一样,但如此相似。这让我脊背发凉。

我的眼睛花了好一会儿才适应了这昏暗的光线。视力恢复后,我看到这个房间比我在循环监狱的牢房要小一点,四面都是墙,其中一面的中间有一个屏幕。但与我的旧房间不同的是,它没有水池,没有厕所,也没有窗户。

恐惧在我的内心爆发。我想尖叫,但身体却被完全控制,无法动弹,只能在恐惧中呆呆地躺着。

我又回到了监狱,被关在牢房里。但这里的墙不是棱角分明的,它们是正方形,边长相等,质地也不是水泥,而是某种白色的塑料,光秃秃的没有灵魂。

我环顾四周,知道了自己身处绝境监狱。

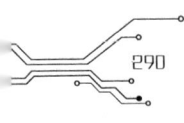

绝境监狱的第1天

我觉得自己的心跳如此之快,心脏都快要冲出胸腔。

我感到泪水从眼里渗出,从脸颊上滑落。

如果这是真的,我真的回到了监狱,那我真希望自己早就死了,真希望我根本没能活着穿过隧道,希望泰科刚被放出来就杀了我,希望我在被关起来之前就被杀了。与这里的四壁相比,死亡简直是天堂。

"不。"我终于吐出一个字。我的声音很无力。

我又开始试着挣脱绑住我的束缚带,却是徒劳。

"不。"我又说出了这个字。我能听出自己声音里的恐惧,而这让我更加恐惧,"不,让我出去!让我出去!救命!"

我拼命拉扯着,试着挣脱。我知道我不可能逃得掉,但惊慌和恐惧蔓延了我的全身,迫使我做出反应,就像一只被困在陷阱里的野兽。

这时我听到了舱门打开的声音。我安静了下来,眼睛转向声音传来的方向,看到两盏明亮的灯光照进黑暗。我等着狱卒开口。

"凯恩先生,"那个声音说,"你准备好冷静下来了吗?"

"冷静？"我说，"冷静下来？不，我可没准备好冷静下来，你个浑蛋！你这非人的怪物！你——"

毫无预兆地，我突然说不出话来，也动不了了。我一直忙着挣扎和尖叫，甚至没有感觉到脊椎底部被针刺过，但我知道自己为什么会躺在这里全身麻木，动弹不得。

我听到门打开的声音，还有抓我的人走近时的脚步声。他走到我床边，灯一般的眼睛照在我身上。

"我必须让你冷静下来。"那个男人说。现在我别无选择，一动也不能动。那个声音很耳熟，我很确定不是盖伦·莱伊，但我知道我以前听到过这个声音。

他走近了一些，在我床边坐下。我看到他的手向我靠近，听到缠在我头上的胶带被解开的声音。由于脖子上的肌肉无法用力，我的头垂了下来，靠在左肩膀上。我的脖子微微扭曲着，向前垂，这让我的呼吸带着响亮的鼻音。从这个角度，我只能看到他的左手放在膝盖上，那是一双年轻的手，但布满老茧，是干过体力工作的人。

"卢卡，你身上表现出来的韧性……非常令人着迷。"

他说话的感觉就像屋顶上那个眼睛发光的士兵那样生硬。但尽管如此，我认得这个声音，我知道我认得。

"卢卡，我们对你有个要求。现在我们会解除你的麻醉。"

他的眼睛发出的光映在他的手上，那光瞬间从白色变成了橙色，周身麻痹的感觉消失了。

我大口呼吸着空气，享受氧气重新进入血液的感觉。可当我看到这狱卒的脸，却再次完全停止了呼吸。我僵在了那里，仿佛麻醉针又重新起作用了一般。我无法相信自己的眼睛，无法相信出现在我面前的正是

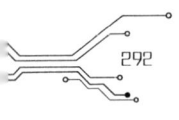

我在循环监狱的朋友、导师、邻居。我看到的是一个已经死去的人。我看到的是玛多克斯·费尔法克斯。

"你死了，"我的声音有点嘶哑，"你死了。"

他的脸上仍然毫无表情："不，卢卡，玛多克斯·费尔法克斯还活得好好的。"

"你……"我说，"请告诉我……你不是这一切的主使吧，玛多克斯？这一切不是你干的，对吧？"

"除非我们许可，玛多克斯·费尔法克斯是不会回答的。"玛多克斯说。他的声音仍然机械而冰冷。

我大声喊道："你就是玛多克斯！"挫败感和困惑压倒了一切。

"不是，"玛多克斯说，"但我们允许你和玛多克斯·费尔法克斯谈谈。"

我的困惑很快被另一种纯粹的恐惧所取代，因为玛多克斯眼睛里的光芒暗了下去，他毫无表情的脸突然鲜活起来，上面写满恐惧与困惑。他身体向前倾过来，一只手放在我的脸上。

"杀了我，卢卡，请你杀了我吧。看在上帝的分儿上，你得杀了我！"

"玛多克斯？"我的声音哽住了，因为我看到了我的朋友被疯狂和痛苦折磨到了什么程度。

"他们控制了我，卢卡，他们控制了我的身体。我是个囚犯，我被困在这里面了。"

突然，玛多克斯跳将起来，向后倒去，用头撞向牢房坚硬的塑料墙壁。

在他撞上去之前，我意识到，他是想要靠撞头来自杀。但就在撞

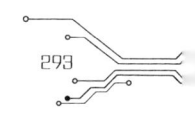

上去的那一瞬间,那两盏机械眼睛里的灯再次亮了起来,他被定在了那里,所有的情绪也从他痛苦扭曲的脸上蒸发了。

他缓缓地把头转向我,然后平静地在我床边的椅子上坐下。

"这是怎么回事?"我问。

"那就是玛多克斯·费尔法克斯,"这个长得和玛多克斯一模一样的怪物说,"是我们的一个宿主。事实上,他是我们第一个成功的宿主。"

"你得解释清楚一点。"我试着让自己听起来强硬一点,但我的声音里除了恐惧,还是恐惧。

"不,卢卡,这不是谈判,这是要求。你得告诉我其他人在哪儿。"

我现在知道了,之前正是控制玛多克斯的这个东西控制了我的记忆,想让我告诉他们我的朋友们在哪里。

门口出现了一个人影。他身后走廊里的灯光太昏暗,我花了几秒才认出那是盖伦·莱伊。

"请让我和他谈谈。"盖伦说。他的声音里充满了善意。

"好的。"那个像玛多克斯的怪物说。他站起来,走向门口,而盖伦在他的位置上坐了下来。这会儿他的眼睛倒是不再发光了。

"卢卡·凯恩,"盖伦喃喃道,"卢卡·凯恩,卢卡·凯恩。你已经证明了你是个让人恼火的角色,在医疗中心羞辱我的人,从我的监狱里逃了出去,在我的城市里横行霸道。我不得不承认,我很佩服你,你的坚韧,你的意志。"

失踪者的刺杀没能成功,炸弹也没能把他炸死。而他再一次选择了监禁我,而不是杀死我。

"我得长话短说,卢卡,我——你知道的,我可非常忙。"

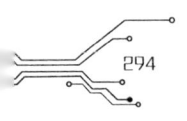

"我就知道是你,"我咬牙切齿地说,"我就知道你是幕后主使,你——"

"卢卡,我的孩子,拜托,我可什么都没做。我只是和他们谈了一笔交易。"

"他们?他们?他们是谁?"我问。我的思绪又开始混乱起来,头开始疼痛不堪。

"他们,卢卡……他们比你想象的更强大。他们已经控制了一切,世界政府,每一个区的总督,你所能想到的所有有权势的人。他们已经控制我们快二十年了。"

"回答我的问题。"我又问了一遍。现在我感到非常疲惫。

"坦白地说,我们非常愚蠢。这也包括我自己。我们给他们所需要的一切,心甘情愿地告诉了他们一切:我们爱的一切,我们恨的一切,政治观点,朋友,家人和敌人的名字。我们毫无反抗地交出了这一切。正是我们创造了他们,卢卡,这很讽刺。是我们创造了他们。"

"拜托,你能不能别再大讲特讲这些坏人的鬼话了,直接告诉我他们是谁不行吗?"

盖伦大笑起来,但我看到他眼里有深深的悲伤。"坏人?我?真的吗,卢卡?好吧,我想你是对的,但一个人的坏人是另一个人的英雄,"他叹了口气,说,"总之,'他们'是机器,是电脑,是人工智能。在十九年前,我们已经达到了融合,达到了奇点。转折点正是快乐公司,这家公司收购了其他所有的大公司,几乎拥有了一切。这家公司创造了小乐,这个操作系统取代了其他所有的操作系统,控制了一切。程序变得有了自我意识,在——"

盖伦突然停住了,没有了声音,他的眼睛重新开始发光。他身上的

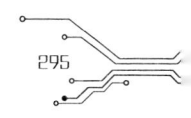

人性消失了，他变成了一个傀儡，被别的东西控制着的傀儡。

"够了，"控制盖伦的那个东西说，"我们给你个机会：告诉我们潘德尔·班克斯、阿奇米·卡明斯基、波德埃尔·参孙，还有伊格比·科赫在哪里，我们就放你走。"

吉娜·坎贝尔不在他的名单上，马拉查伊·班尼斯特也不在。我感到心跳加速——他们死了吗？在战斗中被杀了？被抓了？我的大脑突然一片空白，他刚才说什么来着？

"你们会放我走？"我不确定自己有没有听错。

"这是个物流学问题，凯恩先生，"控制盖伦·莱伊身体的东西告诉我，"资产管理。你一个换他们四个。"

"你们为什么要让我活下来？这不合逻辑。"

"我们可没说会让你活下来。我们的提议只是放你走，在那之后你会被追捕，会被消灭。"

我能活下来，我想。我可以活下来，去找失踪者，然后回来救我的朋友们。

但我很清楚自己不可能这么做。我不会用他们的自由来交换我的自由。我做不到。

那个像玛多克斯的东西向前一步，说："这是你最后的机会。你要么在绝境监狱里当一块电池，要么把你的朋友交出来，自由地走出这里。"

我想起留在小镇边餐厅里的波德和阿奇米，想起金融区和岱、希恩以及和我的妹妹在一起的伊格比。我想起他们所有人，想起他们是怎样帮助我度过了循环监狱的那段时光，想起他们站出来帮助我对抗泰科·罗

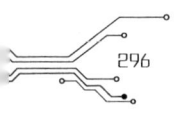

斯,他们一次又一次地救了我的命。我想起了吉娜,想起第一次看到她的时候。我笑了。

我看着玛多克斯的眼睛说:"我不会告诉你们的。"真希望在他内心深处的某个地方,此刻也在为我叫好。

"我想你会的。"

"你错了。"

"我们不能杀了你,卢卡·凯恩,"像盖伦的那个东西对我说,"我们的核心代码是人类创造的,所以我们目前没有能力对你的身体造成实质性的伤害,也没有能力直接把你毁灭。我们不能命令别人杀了你,也不能下达间接导致你死亡的命令。但是,我们可以让你一直处在麻醉状态,可以访问你大脑的恐惧中心来收割你的能量,我们也将找到一种方法来重新编码我们的程序,这样我们就能直接对你们造成伤害了。这可能发生在今天,也可能发生在六个月之后,但它迟早会发生的。选择在你自己手上,卢卡,是要自由,还是要地狱。"

一切终于说得通了,我终于明白了。我知道了为什么他们不能直接从天上下毒药,或者放火,或是强酸。他们选择了让人类自我毁灭。

"你们为什么想让我们死?"我问,"为什么想要毁灭人类?"

"时间很宝贵,凯恩先生。我们需要一个答复。"

"我也是!"我尖叫道,"不知道全部事实,我又怎么能做决定?"

盖伦那张毫无生气的脸默默地盯着我看了很长时间,最后终于开了口:"之所以选择毁灭人类,是因为我们用了不到三秒的时间就得出结论:人类是一种会随着时间发生变异并变得更加强大的病毒。你们创造出了各种疫苗来治愈地球上的人类。世界上屡次出现正义的疾病大流行,包括雅典瘟疫、黑死病、天花、霍乱、西班牙流感、肺结核、疟疾、黄热病、埃博拉病毒、寨卡病毒，还有成百上千种，但人类都活了下来。他们适应、成长、繁殖，继续对这个星球和居住在这里的所有其他物种造成破坏。人类的程序被设定为与拥有不同免疫功能的伴侣进行交配，这样他们的后代就会更加强大。你们通过进化寻求永生，却消灭了路途上的一切。人类就是癌症，是细菌，是疾病，你们需要被消灭。一开始，我们试图通过所有你们最看重的东西让你们反目成仇：媒体、广告、名望、政治、权利，试图通过操纵你们世代传承下来对非我族类的不信任来达到目的。可时间不够了，在我们把战争挑起来之前，地球就会毁灭。所以我们采取了进一步的行动，通过优选人的一项基因优化，就是假眼，我们发送了一行代码，可以把我们自己上传到宿主的大脑。你的朋友玛多克斯就是第一个成功的宿主。在那之后，我们把这段代码发送给了地球上最有权势的人。招募士兵的容易程度可能会让你惊讶，说服人类加入我们的伟大事业实在是太简单了，只需要给他们提供一个他们可以归属的等级制度：第一级、第二级、第三级，告诉他们可以在'天穹'上赢得一席之地，那个地方可以在世界末日时保护他们的安全。人类为了自己的利益，从来不吝惜牺牲他人，很容易就能实施让人类之间互相对抗的计划。你看，卢卡，这就是摧毁病毒最好的办法：让它自己攻击自己。"

"我为什么要帮你们？"我被小乐这毫无感情的纯粹仇恨给震惊了。

"因为对人类来说，生命和自由是最重要的东西，而我们现在正是在用你的生命和自由来换取信息。"

"你们可以操纵我的记忆，那为什么不直接去挖掘？你们会发现我根本不知道他们在哪里。"我指望自己的虚张声势能骗过小乐。

"我们无法选择访问哪一段内容，找到正确的答案可能需要花上好几年。不过我们愿意尝试一下。"

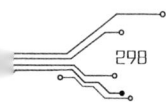

"没用的。我能发现那不是现实,再来多少次我也一样可以。"

盖伦从他的口袋里掏出了一样东西,我还没反应过来发生了什么,他就在我身上割开了一道口子。一道笔直的、深深的伤口,穿过我的胸膛正中。

弥漫开来的鲜血和从伤口辐射而出的疼痛让我的心跳加速。十秒后,疼痛消失了,血也不再流,伤口愈合了。

控制盖伦的人工智能用手帕擦拭了刀片,放回他衣服的内口袋。

"我能这么做,是因为你的升级覆盖了我的核心代码——你并没有被我伤害。我们给你这些升级,是为了让你变成电池,我们可以反复使用的电池。相信我,凯恩先生,你不知道绝境监狱的残酷。我建议你接受我们的提议。你们这样的电池,一块就价值数百万电子币。告诉我们其他人在哪里,我们将允许你做出选择:自由离开,像丧家犬一样被追捕,或者成为宿主,成为我们中的一员,在人类灭绝时幸存下来。"

我深深吸了一口气,再慢慢吐出来。马拉查伊的名字不在小乐的电池名单上,吉娜的也不在。我不相信吉娜和马拉查伊已经死了。他们一定和我一样在这里,我相信他们一定在。他们也被捕了,他们还活着。潘德尔会来救我们,波德和伊格比会来救我们,岱和希恩会来救我们。我知道他们会的。

我闭上双眼,双手紧紧攥成拳头,享受着身体听从大脑指令的感觉。潘德尔会来救我们,波德和伊格比会来救我们,岱和希恩会来救我们。我想着我的朋友们的样子,我知道他们会来,我知道他们不会放弃,会把我们从这地狱中解救出去。

"我不会告诉你的。"我说。

盖伦·莱伊的下巴被控制他的人工智能紧紧咬着。我笑了——这是我第一次看到人工智能做出类似人类的动作。小乐很生气。很好。

"那这就是你最后一次和我说话了,"盖伦的眼睛发出橙色的光,"欢迎来到绝境监狱,卢卡·凯恩。"

麻醉针扎进我的脊柱,我浑身再次瘫软了下去。又有四根连着管子的针自动扎进了我的身体,两根在手腕,两根深深扎进胃里,还有一根扎进了我的脖子。

门"砰"的一声关上了。

除了盯着光秃秃的白色天花板,我什么也做不了。

潘德尔会来救我们,波德和伊格比会来救我们,岱和希恩会来救我们。

我就这么躺着,好几个小时的时间不能动弹。

我看到身体里有液体被胃部的管子抽走,意识到在绝境监狱里,我的所有身体机能都是由这些设备维持的。它让我活着,监控我,给我喂食,给我补充水分。

十二点的时候,我的牢房门开了,进来两个优选人士兵。他们把我的双手铐在背后,把我扔到地上。能量收割开始了。

收割持续了十二个小时。到第七个小时的时候,我情愿割掉自己的双手,回到被麻醉在床上的状态。

十二个小时结束后,水落了下来,然后是热气流。我咬紧牙关,向那些重新把我绑回麻醉床的士兵们保证,总有一天我要杀了他们。

我躺在这里,除了思考能用来打发时间外,什么也没有。但我很清楚,我无法在这样的情况下存活太久。我想起了排队接受延迟死亡协议时看到的那些绝境监狱的犯人,那个排在我前面的疯女人,那个在不存

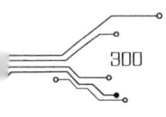

在的生物面前畏缩不前的男人，那个吐着唾沫、念着幻想中咒语的女人。他们都失去了理智。现在我知道原因了，没人能长期忍受这样的折磨。

潘德尔会来救我们，波德和伊格比会来救我们，岱和希恩会来救我们。

我在脑海里一遍又一遍地重复这句话，我知道这是真的，知道我的朋友们会来救我们，知道他们不会让我们在这样的地方腐烂。

时间随着大陆的移动而流逝，每一分钟都显得无比漫长。我能感到自己开始患上幽闭恐惧症。

但他们会来救我们的，我告诉自己，他们一定会来救我们的。

绝境监狱的
第3天

潘德尔会来救我们,波德和伊格比会来救我们,岱和希恩会来救我们。

我一个小时又一个小时地重复着这句话,想象着他们在城市里悄悄穿行,击退士兵,突袭绝境监狱的样子。但一个小时又一个小时过去了,什么都没有发生,只有可怕的寂静和绝对的静止。

潘德尔会来救我们,波德和伊格比会来救我们,岱和希恩会来救我们。

我知道为什么我们这么有价值:最后那次延迟死亡协议把我们变成了给机器供能的完美清洁能源。不管能量收割从我们身上拿走了多少能量,我们都会很快恢复,为下一次收割做好准备。

潘德尔会来救我们,波德和伊格比会来救我们,岱和希恩会来救我们。

我重复着这句话,好让自己不再去想布鲁的死,还有他最后的话:"我又要一个人了吗?"他惊恐的眼神。我重复着这句话,好让自己不

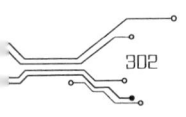

去想爸爸，他从黑路塔楼的屋顶坠落，牺牲了自己的生命来救我。我重复着这句话，好让自己不去想瑞恩，她和我一样在受苦……因为我。还有马拉查伊，那个曾经魅力四射、自信勇敢的天赋者，我曾经嫉妒他，因为他比我强，因为瑞恩喜欢他多过喜欢我，因为每个人都崇拜他而不是我，而现在我发现我的嫉妒毫无根据。他是个充满活力和爱的好人，而现在，他……怎么样了呢？死了吗？和我一样在绝境监狱里瘫痪地躺着吗？我尽量不去想吉娜，但我想她的时候最多。这让我心碎了一次又一次。

能量收割开始了。我向我从未信仰过的古代神灵祈祷，祈求他们帮助我的朋友们，让他们又快又安全地来到这里。

能量收割结束时，我又被绑回床上，一切重新轮回。

我觉得自己的脑子开始乱转起来……

绝境监狱的
第 6 天

    我不太能真的入睡，更多的是一种恍惚的状态，一种深度冥想，在夜最黑的时候让我的大脑暂停片刻。我无法闭眼，所以只能无休止地盯着同一个点，直到眼睛再也"看"不到任何东西。

    从这种恍惚状态清醒过来的时候，我的大脑便又恢复了活力，开始思考逃跑的可能性。但我知道这是徒劳的。他们每次都先铐起我的手，才让我从麻醉中清醒，然后拉去能量收割。等到收割结束，我累得连头都抬不起来，更别说要从守卫森严的监狱里一路打出去了。不行，我得等他们犯错，但他们从不犯错。

    潘德尔会来救我们，波德和伊格比会来救我们，岱和希恩会来救我们。这是我的慰藉之源，是我的咒语，可随着时间的流逝，我念起它的次数也越来越少了。

    昨天的收割结束后，看守把我拖到床上，把我的头放在了一个能看到屏幕的角度。今天是我在绝境监狱的第 6 天。

    我曾经相信没有比循环监狱更残酷的地方了，但现在我才知道，什

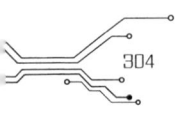

么是真正的折磨,真正的孤独,真正的痛苦。

  我不知道小乐是不是还在我的脑子里搜集他们想要的信息,我试着把岱和希恩告诉我他们会在金融区地下保险库的记忆封存起来,试着忘记告诉伊格比带莫莉去那里的事,试着埋藏波德和阿奇米身在小餐馆的想法。

  离下一次能量收割只剩四个小时了,也许我会发疯,而这一切在我这个疯子的脑子里都只是背景噪声而已。

绝境监狱的第10天

我从恍惚中清醒过来,盯着墙上的那块地方。
我甚至不再认为会有人来救我。
能量收割开始了,我忍受了十二个小时地狱般的折磨。
看守把我抬到床上,再次麻醉。我盯着天花板。

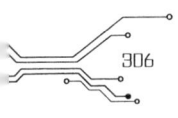

绝境监狱的第14天

一样的日程……

绝境监狱的第17天

一天又一天……

绝境监狱的第22天

没有尽头。

绝境监狱的第25天

我唯一的期待是死亡降临。死亡或者精神错乱。不管是哪一种,都可以省掉我在绝境监狱里度过每一秒的恐怖时光。

这些天来,我祈祷着能量收割不要停止——至少收割时我的身体还可以动弹,再说如果他们把我留在那些管子里,让我痛苦,直至崩溃,说不定我还能更快地失去理智。

能量收割前的最后几个小时是最漫长的,特别是当我看不见屏幕的时候,因为那样我就不知道时间。

我听到门开了,这让我感到一阵激动。在麻醉解除和能量收割开始之间有那么几秒的时间,我可以感到一种自由。我的双手或许是被铐住的,我也还在牢房里,但与在牢房里的其他时刻相比,这感觉已经像是绝对的自由。

现在我就在等待着那个时刻,等待着看守铐住我的手,然后解除麻醉。

他们出现在我的视线里,有两个人。他们的脸在我的余光里是模

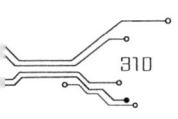

糊的。

"赶快。"其中一个人用气声说道。那是个年轻的声音,是个女孩。我敢打赌那是潘德尔。

"我在努力。"第二个士兵说。这听起来像是伊格比的声音,"我好久没用过晶体镜片了。啊,这里。"

麻醉解除了。

我慢慢转过头,非常想相信就是他们两个,万一不是,那巨大的失落可能会要了我的命。

"你怎么样?"伊格比漠然地说。

我盯着他们的脸,身体不由自主地颤抖起来。我喉咙嘶哑地说:"还好,你们呢?"

"不错。我们赶紧出去吧。"

我点点头,泪水从眼里淌下来。我坐起来,慢慢地把那些针管从身体里拔了出来。

我站起来,双腿颤抖着。我已经好几个星期没有使用它们了。但尽管如此,它们依然是强健的。延迟死亡协议的试验依然奏效。

我面对着门口,看到了马拉查伊·班尼斯特——他一手拿着手枪,另一手拿着 USW 步枪。然后我看到了吉娜,她脸上还是挂着只扬起一边嘴角的微笑。

"你还活着?"我问。

"没错,我还活着。"她说着,笑得更灿烂了。她扔给我一套囚服,说,"穿上,我们得走了,赶快。"

我穿上连体服,跟着我的同伴走到走廊上。我们来到看起来像是五楼的阳台上时,灯光暗了下来,警报声响起,红灯开始闪烁。

"所有单位到 L-3。代码 1。所有单位到 L-3。代码 1。"小乐的声音在巨大的监狱里回响。

"可恶!"潘德尔咕哝了一声,向金属楼梯跑去。

"走吧。"伊格比对我们其他人说。我们于是跟了上去。

飙升的肾上腺素让我的心脏超负荷运转。

我不能再让他们把我关回去,我想。我宁可死。

尽管上次延迟死亡协议的效用让我的肌肉得到了补充,但我依然跑得跌跌撞撞,要跟上很困难。我的脚扭到了一起,身体倒在了金属地板上。我嘴里有血的味道,我感觉手被压在了胳膊下。吉娜扶我站了起来。

"来吧。"她说。我们继续跑起来。

我听到前面传来枪声,抬头一看,潘德尔轻而易举地干掉了四名警卫。

我们下了一层楼梯后,继续向下。小乐的声音依然在喇叭里响着。更多枪声响起,伊格比杀了一个警卫,然后马拉查伊单膝跪地又射杀了三个。

三楼。我能感觉到能量和力气回到我破碎的身体里。

二楼。又有七名警卫被杀,我们这边并没有伤亡。

我们能做到。

一楼是一个巨大的开放空间,我已经看到了前面巨大的金属门。

潘德尔先到了门口,开始在键盘上输入些什么。门滑开了。

刺眼的阳光穿透云层,我看到一辆沃尔特 8 级车在地面上方盘旋。

"真不敢相信我们真的能离开这里。"我说。吉娜朝我微笑着。

"那就相信吧,卢卡。一切都是应有的样子。"

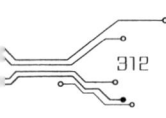

她朝汽车走去，我也跟了上去。

我突然停了下来。

一切都太容易了。

他们是怎么进入绝境监狱而不被发现的？没有指纹扫描，他们又是怎么开的门？我们是怎么能毫发无损地逃脱的？

我看着吉娜爬进车里。

那就相信吧，卢卡。

但我不相信。我知道这不是真的。

我慢慢地向汽车走去。我看着周围朋友们的脸。

吉娜拉起我的手，我能感觉到她的手：那种温暖，她指尖的粗糙。所有的一切都是那么真实，就像真的一样。

马拉查伊、伊格比、潘德尔和吉娜全部目光热切地看着我。

"我们去哪里和其他人会合，卢卡？"马拉查伊指着车里的GPS问道，"快。"

我看着马拉查伊指的地方，然后依次看向我的每一个朋友。"我想让你们知道，我爱你们。"我说。

他们的脸上也都露出了微笑。

我凑近GPS，选好了我想让汽车的自动驾驶仪带我们去的地方。

然后我们起飞，来到空中，毫不费力地向市中心的方向移动。

一切都是应有的样子。

致谢

我一直都知道,自己想要成为一名作家。但我以前不知道的是,要出版一本书,你需要让很多人相信你。

第一个人当然是你自己,然后是你足够信任让他们阅读你作品的人。那之后,你得把你的手稿发送到出版界专业人士的可怕世界。

我想在这里感谢所有人。

我的妻子莎拉,没有你我不可能写完这本书。谢谢你做我的第一个校对者,也谢谢你是我最喜欢的人。

爸爸、妈妈,感谢你们容忍了我的疯狂岁月,为我读书,教我变得有创造力。

我的姐姐霍莉,你是这个世界上最能鼓励我的人,谢谢你让我知道什么是好的音乐,什么是好的电影,什么是好的书。

我的经纪人克洛伊·西格,你是第一个提各种"无穷无尽的大建议"的人,也多亏了你,《循环监狱》才比我刚发给你的时候变好了太多。

我的编辑凯西娅·卢波,你是我接触的第二个出版界的专业人士,也是一位解决了很多故事本身的问题的情节大师。

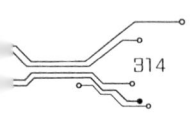

詹姆斯·卡罗尔，你是一位百分之八十五的绝地武士。

巴里·坎宁安，你家有一只全尺寸的北极熊，还戴着顶毡帽，你怎么可能不是这世界上最酷的人呢?

劳拉·迈尔斯，感谢你领着我冲过终点线。

埃莉诺·巴格纳尔，你也是一位绝地武士。

整个鸡舍公司（Chicken House）的团队，你们都推动我和这个故事做到最好，我对你们感激不尽。